Un Noël de glace

LAURIE ANTOINE

City
Poche

Retrouvez tous les titres City Editions :

www.city-editions.com

Couverture : Shutterstock/Studio City
ISBN : 978-2-8246-2704-5
Code Hachette : 32 8449 5

Collection dirigée par Christian English & Frédéric Thibaud.
Catalogue et manuscrits : city-editions.com

Dépôt légal : Novembre 2025

1

Désillusions

Au top.

Voilà comment je me sens ce soir.

Jusqu'à maintenant, je n'avais jamais fait mieux. Je n'ai jamais été du genre à jouer les modestes, j'ai toujours eu conscience de ma valeur, mais ce soir, je parviens encore à m'étonner moi-même.

La représentation de Noël, c'est mon chef-d'œuvre annuel, l'écrin qui valorise notre club, la vitrine qui finance nos projets, prépare la saison suivante et encourage l'inscription de nouveaux adhérents. Les captations réalisées pendant le spectacle seront largement partagées par des mamans enchantées de susciter l'admiration de leurs pairs via le groupe WhatsApp de l'école primaire. Dès demain, les vidéos mettant en scène des lutins, des rennes et des bonshommes de neige inonderont Instagram et Facebook, accompagnées de titres tels que « Premier gala de ma Louloute ! Tellement fière » ou encore

« Les débuts sur la glace de Victor-Hyppolite ! Bravo, mon champion ».

J'écarte délicatement le rideau qui masque les coulisses et jette un coup d'œil aux gradins. Partout, des visages radieux, des bras levés, smartphones en main, cherchant l'angle parfait pour immortaliser la performance de leur progéniture en pleine action. Et ces sourires, tellement de sourires… L'esprit des fêtes de fin d'année est à l'honneur, et sur la patinoire entourée de sapins monumentaux, les enfants offrent le meilleur d'eux-mêmes : vêtus de tuniques parsemées de paillettes éblouissantes, maquillés comme pour une première à Broadway et impliqués comme s'ils participaient à une représentation d'*Holiday on Ice*, aujourd'hui, ce sont eux, les stars.

En ce premier jour de décembre, la nature a décidé de nous faire un cadeau en lâchant ses premiers flocons de neige sur Paris. Dès les premières lueurs de l'aube, ils ont envahi la grise capitale, recouvrant les toits et les trottoirs d'un fin tapis blanc. Retrouver la neige m'a fait du bien. C'est peut-être la seule chose qui me rende nostalgique de mes montagnes natales.

Tout se déroule comme prévu, mais cette année, je me sens fébrile. J'ai les mains moites, le sang qui bat aux tempes, des papillons dans le ventre.

J'attends le discours qui clôturera le spectacle avec impatience.

J'ai (presque) tout gagné quand j'étais athlète de haut niveau : cinq fois championne de France, vice-championne d'Europe, médaille de bronze aux Jeux olympiques… J'ai dédié ma vie au patinage artistique et ce soir, c'est enfin le moment du passage à la caisse. Parce qu'organiser des shows pour enfants, c'est gentillet. Moi, ce que je veux, c'est repérer la relève, trouver le prochain numéro un français, et le former.

Et je sais, sans l'ombre d'un doute, que je peux y arriver.

La musique sur laquelle se dandinaient les plus jeunes se termine sous les applaudissements nourris de la foule, et les bambins retournent, entre chutes et approximations, vers le bord de piste où je les attends pour les aider à sortir en toute sécurité. L'équipe technique du complexe se précipite ensuite pour dérouler le tapis qui permettra à Philippe Richard, le président, de rejoindre le centre de la piste afin de s'adresser au public. Une fois en place, il se saisit d'un micro, ajuste l'écharpe rouge autour de son cou et prend la parole.

— Familles, parents, amis, merci à tous d'être là ! Ce moment est toujours très important dans la vie de notre club. C'est l'occasion de resserrer nos liens…

Oui, oui, resserrer les liens, tout ça... Allez, accouche...

— … trouver le temps d'aller vers l'autre, pour comprendre, mais également apprendre à nos petits la nécessité de…

Je n'en peux plus, je vais me sentir mal...

— … Vos enfants sont, pour nous, le cœur même de notre engagement et chaque année, c'est avec bonheur que nous accompagnons, chaque semaine, ceux qui poussent la porte de notre patinoire pour le simple plaisir de la glisse, mais aussi ceux qui espèrent devenir l'avenir de ce sport. Pierre, notre entraîneur depuis quinze ans, prend sa retraite cette année…

Des applaudissements fusent des gradins en l'honneur de cet homme unanimement apprécié. À l'annonce de son nom, Pierre s'avance dans la lumière, ses patins noirs étincelants glissant avec élégance sur la glace, avant de s'immobiliser au plus près du tapis dans un parfait chassé. Un instant de fascination m'étreint alors, je suis captivée par l'envolée de copeaux scintillants autour de lui. Après tant d'années, l'effet produit par ce geste, pourtant simple, continue de m'émerveiller. Pierre exécute une révérence irréprochable, puis, d'un léger hochement de tête, indique à l'orateur du jour de reprendre son discours. Un sourire s'esquisse sur mes lèvres en le voyant si réservé, si mal à l'aise, lui qui a tant fait pour moi.

— Il mérite vos applaudissements, s'enthousiasme le président. Oui, bravo, bravo, Pierre ! T'avoir auprès de nous pendant ces nombreuses années a été une véritable chance pour notre équipe. Mais désormais…

Il ménage une pause dans sa phrase, faisant monter la pression.

— Désormais, place à la jeunesse !

Ça y est, c'est le moment. Il va annoncer le nouvel entraîneur.

— J'ai la joie de vous apprendre aujourd'hui la nomination d'une personne à la tête de notre club. Son engagement, sa détermination vont, sans nul doute, permettre à chaque membre de cette équipe de porter des projets majeurs dans les années à venir…

J'inspire profondément et lisse le tailleur-pantalon que j'ai acheté pour cette occasion spéciale. En satin bleu nuit, parfaitement ajusté, il me confère la crédibilité attendue d'une leader, tout en révélant, à ceux qui pourraient l'ignorer, mon côté sexy. La teinte met également en valeur le blanc éclatant de mes patins à glace. Alors que certaines femmes se sentent belles en talons, pour moi, ce sont les bottines rigides, marquées par les heures de pratique, qui m'offrent cette sensation de légèreté, comme si je flottais.

— Mesdames et messieurs, je vous demande d'applaudir notre nouvel entraîneur…

Mme Sybille Jaffrelot, cinq fois championne de France...

Je fais un pas en avant, écartant discrètement le rideau noir, prête à surgir dès que mon nom résonnera dans l'immense salle.

— M. Hugo Labarthe.

Je relâche ma respiration comme une baudruche qui se dégonfle. Qu'est-ce qui vient de se passer là ?

Je fais un pas précipité en arrière, retournant à l'obscurité. Cela ne peut pas être vrai. Ce qui vient de se passer est irréel. Mon nom n'a pas été prononcé devant les 600 personnes actuellement présentes pour la grande fête annuelle. Mon nom aurait dû résonner, être applaudi par tous. On parle de ce moment depuis des semaines, on s'est tous habillés comme pour aller à une communion, les petits fours ornent les tables de la salle de réception, le champagne repose au frais, prêt à être versé dans les flûtes de verre blanc que l'on ne sort qu'une fois par an. Nous avons même trinqué avec le président, portant un toast en avance, à la santé du nouvel entraîneur. Ai-je mal interprété le clin d'œil qu'il m'avait adressé ?

Je me sens tellement stupide. Comme une impression de m'être fait passer dessus par la surfaceuse.

J'ai écrit mon discours il y a des mois ! Comment cet instant tant espéré, fruit de tant d'efforts, ce moment mille fois imaginé, peut-il s'évanouir aussi facilement, comme s'il n'avait jamais existé ailleurs que dans ma tête ? Pourquoi suis-je contrainte à assister à la consécration d'un autre, dissimulée derrière un rideau sombre, en luttant désespérément pour contenir mes larmes ?

Je scrute la foule à la recherche de Sophie, en quête de son soutien.

Ma meilleure amie fronce les sourcils et m'observe avec la tête de quelqu'un qui vient de se prendre un uppercut.

Non, je n'ai rien imaginé.

On m'a toujours dit qu'un jour ce club serait le mien ! Depuis des années, on m'y a préparée, on m'a laissé entendre que la relève, ce serait moi. Hugo aurait dû travailler pour moi !

Sophie court autour de la piste pour me rejoindre.

— Je ne comprends pas… commence-t-elle. Le chef a craqué ou quoi ? Et qu'est-ce qu'Hugo vient faire là-dedans ?

— Aucune idée. Personne n'a jamais évoqué son nom comme faisant partie des postulants. Et il s'est bien gardé d'en parler… Je vais me sentir mal… Partons, s'il te plaît, sinon je risque de vomir devant tout le monde, ajouté-je dans une grimace.

Sophie s'approche et m'enlace, mais la doudoune qu'elle ne quitte jamais quand elle doit affronter le froid ne favorise pas l'étreinte amicale dont j'ai tant besoin. Je respire de plus en plus vite, mon estomac se contracte douloureusement, mes oreilles bourdonnent.

— On y va ? insisté-je. Je ne peux pas rester plus longtemps ici. Tu me ramènes à la maison ?

Elle me lâche et je m'apprête à me diriger vers les vestiaires pour récupérer mon manteau et mon sac, quand quelqu'un saisit mon bras. Je me retourne et croise le regard de Philippe Richard, alias le président, alias le type qui a refilé mon poste à quelqu'un arrivé chez nous il y a à peine deux mois. Son écharpe rouge agresse mes yeux et déclenche chez moi l'envie irrépressible de la serrer très fort autour de son cou fripé, histoire d'effacer le sourire hypocrite de son visage.

— Sybille, mon petit, j'espérais justement vous voir, me susurre-t-il doucereusement.

Son chuintement confère à sa voix une tonalité perfide, évoquant un serpent, cet être à sang-froid qui attaque ses proies par-derrière, en embuscade. La comparaison lui sied à merveille.

— Je ne comprends pas, entamé-je en tentant de rendre ma diction moins chevrotante. Il me semblait que l'on avait dit…

— Oui, oui, mais d'autres éléments ont été abordés pour faciliter la décision. Ce ne fut pas simple, croyez-moi ! Cependant, rappelez-vous que nous ne vous avons jamais rien promis ! Hugo nous a proposé d'excellentes idées, très novatrices. Après réflexion, nous avons opté pour une ligne moins dirigée vers la compétition, plus souple.

— Je n'ai pas souvenir que vous m'ayez parlé de quelque chose dans ce genre… lui rétorqué-je. D'où sort cette nouvelle politique ? Si vous axez moins les entraînements sur les performances, vous allez complètement changer l'ADN de ce club !

Il pose une main sur mon épaule et exerce une pression qu'il imagine sans doute apaisante, paternelle.

— Mon petit, vous êtes devenue trop rude, avoue-t-il. Les parents se sont plaints de votre manque de bienveillance…

Je déteste lorsqu'il m'appelle ainsi, comme si je n'étais qu'une gamine à qui il offrait une leçon de morale. Un manque de bienveillance… Qu'est-ce que cela sous-entend vraiment ?

Je me sens mal. C'est impossible, cette journée est un véritable cauchemar. Je lance un regard à Sophie qui assiste à la scène, impuissante. Philippe persiste à me révéler ses vérités, semblant totalement indifférent à ma détresse évidente.

— Les enfants n'acceptent pas la façon dont vous leur parlez… Nous ne sommes plus en 1990, les méthodes dignes de l'URSS, c'est fini… Il faut vous amuser un peu, mon petit, les médailles ne sont pas l'unique aboutissement d'une vie.

Il s'approche et me pince la joue, achevant de rendre la conversation totalement infantilisante.

— Hugo va vous aider à vous retrouver, ajoute-t-il, à devenir meilleure. C'est pour votre bien !

S'il a sursauté en attendant le hoquet qui a précédé le drame, il n'a pas eu le temps de reculer. Je me plie en deux, et vide le contenu de mon estomac sur ses chaussures. Une pensée incongrue me traverse l'esprit : je régurgite presque exclusivement du champagne. Du vomi de luxe.

Quand je relève la tête, un grand silence m'entoure. Les enfants me jettent des regards dégoûtés, pointant du doigt les pieds de Philippe.

Ce n'est pas ainsi que j'avais imaginé mon moment de gloire.

2

De la bûche et du vin

Sissi, c'est moi. Tu peux me rappeler ? Tu sais…

Sissi, c'est encore Sophie. Je sais que ça ne va pas. Rappelle-moi. On pourra…

Sybille… J'en ai assez… Rappelle. Ce n'est pas la fin du monde. Est-ce…

Je n'écoute pas les messages jusqu'au bout.

J'adore ma meilleure amie, ses efforts reflètent l'affection sincère qu'elle me porte, mais là, je n'ai vraiment pas envie de parler à qui que ce soit.

Parce qu'elle a tort. Bien sûr que c'est la fin du monde.

Récapitulons :

1. J'ai vomi sur les pompes de mon chef.
2. Devant l'ensemble de mes collègues.
3. Tous ont vu mon humiliation.

Le bilan est très simple à dresser : impossible d'y retourner. Jamais. Plutôt mourir.

Désormais, l'odeur entêtante du vin chaud, le piquant des couronnes de houx et les chants de Noël resteront à jamais associés à ce grand moment de honte. Bien sûr, depuis que je fais la crêpe dans mon lit, mille répliques intelligentes me sont venues. Enroulée dans ma couette, j'ai la répartie fine et percutante. Pour quelqu'un qui a la réputation d'avoir un caractère en acier trempé, la chute se révèle carrément rude.

Je ne sortirai plus de chez moi, c'est décidé. Il me suffit de dénicher un job en télétravail et de me faire livrer mes courses. Je m'imagine parfaitement vivre en ermite. Peut-être même que j'adopterai un chat, histoire d'avoir quelqu'un à qui raconter ma misérable vie.

Depuis trois jours, Sophie s'efforce de me joindre au téléphone, cherchant à faire vaciller mes nouvelles résolutions. Elle me connaît par cœur et n'ignore pas que je suis en train de me complaire dans les affres d'un avenir d'une médiocrité sans fond.

Depuis « l'incident » – je refuse de nommer ça autrement –, je suis terrée dans ma chambre et ne m'échappe de mon cocon que pour aller aux toilettes et fouiller dans le frigo. Je pense pouvoir dire, sans aucune hésitation, que je sens le chacal.

J'adorerais me bourrer la gueule, mais cela implique de sortir acheter de l'alcool. De m'habiller. De croiser des gens.

Trop compliqué.

Je reste donc allongée dans mes draps en boule, à regarder le plafond en buvant de l'eau du robinet.

Hier, j'ai appelé au travail pour dire que j'étais malade. Avec la galette que j'ai faite, ils n'ont eu aucun mal à me croire…

Pendant un instant, je m'interroge sur la possibilité de retourner là-bas, mais je repousse rapidement cette idée. Je n'imagine pas me présenter demain dans le vestiaire, croiser ce connard d'Hugo, et m'asseoir sur mon banc pour enfiler mes patins comme si de rien n'était. Ce type ne possède même pas le quart de mon palmarès. Pourquoi devrais-je accepter une décision aussi absurde qu'injuste ? Le milieu sportif n'a jamais été tendre envers les femmes, mais je n'aurais jamais envisagé que cela entre en ligne de compte dans mon cas. Je suis la seule championne du club, et ils viennent de cracher sur mes titres.

Cette semaine, j'aurais dû prendre possession de mon nouveau bureau, choisir l'emplacement pour la plante verte que j'avais achetée dans cette seule et unique perspective. J'avais parcouru toutes les jardineries du coin à la recherche de LA plante parfaite, à la fois originale et sans prétention. Cette quête symbolisait pour moi une avancée professionnelle, car quand on en arrive à choisir la décoration de son lieu de travail, c'est qu'on est devenu quelqu'un qui compte. J'avais opté pour un pilea, aux feuilles toutes rondes, d'un vert émeraude profond. Je l'imaginais déjà près de la fenêtre, à côté de ma propre machine à café, un luxe qui me dispenserait désormais de descendre dans le hall pour prendre un gobelet de mauvais cappuccino au distributeur en accès libre. Mes souhaits me semblaient raisonnables, en phase avec mon parcours… Apparemment, non.

Je ne peux m'empêcher de rejouer mentalement la soirée, de revivre ce moment où c'est mon nom qui aurait dû être annoncé, où j'aurais dû livrer un discours émouvant sur le chemin parcouru depuis mon enfance, grâce aux conseils et à la discipline de fer instaurée par Pierre.

Qu'est-ce qui a pu merder pour qu'on en arrive là ? C'est Pierre qui m'avait entraînée dès l'âge de 5 ans, et avait fait de moi la compétitrice que je suis. C'était lui que j'avais suivi au pôle d'excellence à Grenoble, puis ici à Paris. En tant que protégée et principale preuve de la réussite de ses méthodes, j'avais toujours été considérée comme étant la plus apte à les transmettre. Lundi encore, j'avais croisé Philippe, et notre conversation m'avait confortée dans mes certitudes.

Ma petite Sybille, vous avez été l'espoir de ce club, un jour, vous en serez l'avenir !

Je n'ai jamais aimé quand il m'appelait « ma petite »… Mais va dire à ton patron de changer de ton… J'aurais peut-être dû me montrer plus ferme, m'imposer davantage…

Le bruit de l'interphone me sort de ma spirale de mauvaise humeur. Je jette un coup d'œil au réveil sur ma table de nuit.

19 h 35. Une heure idéale pour ignorer les indésirables.

La sonnerie stridente reprend, mais ne s'arrête pas cette fois.

Sophie.

Je m'enroule dans ma couette et me traîne dans le vestibule.

— Oui ?

— J'ai de la bûche, me tente Sophie.

— Tu as de la chance, j'ai faim.

— J'ai également apporté du vin et de la pizza, insiste-t-elle. Beaucoup trop pour moi seule.

Mon estomac gronde à l'évocation de la pâte croustillante. Mon esprit jubile, puisque je vais enfin pouvoir noyer mon chagrin dans l'alcool. Je cède et entrouvre la porte.

En l'attendant, je me dirige vers mon canapé dans lequel je m'affale, tel un Bibendum dépressif.

Sophie fait son entrée, portant un gros carton de notre pizzeria préférée, une boîte de pâtisseries, et un sac en plastique qui semble contenir plusieurs bouteilles, si l'on se fie aux bruits de verre qui en émanent.

Elle dépose ses paquets sur la table basse et me fixe, arborant une moue dégoûtée.

— Magnifiques le jogging informe et le tee-shirt taché. T'es-tu changée… ou douchée depuis trois jours ? Si j'en crois la douce senteur qui règne ici, je parierais sur « ni l'un ni l'autre ». Tu veux bien faire quelque chose pour y remédier pendant que j'aère ? L'odeur de fauve me coupe l'appétit…

Sans répondre, je me lève et me dirige vers ma chambre. Je récupère dans ma commode un pantalon de survêtement encore plus moche que le précédent avant de me rendre dans la salle de bains.

Quand je me regarde dans le miroir, je suis bien obligée d'admettre qu'elle a raison.

Je me suis rarement sentie aussi misérable. Mes yeux clairs portent encore les traces de trois jours sans démaquillage. Mon mascara a magnifiquement maculé mes paupières et mes joues, mon teint est blafard, mes cheveux gras et mon expression pincée me donnent l'air aigri d'une bibliothécaire quand on parle trop fort.

Difficile de se relever quand la vie vous met un crochet. Je n'en ai pas reçu souvent jusqu'à maintenant, et je peux dire que la sensation de se sentir minable ne fait pas partie de celles que je souhaite expérimenter de nouveau.

Elle est belle, la championne aux yeux de cocker.

Je me douche rapidement, m'habille, et attache mes cheveux humides en haut de ma tête. Je ne prends même pas la peine de me regarder, sachant que mon nettoyage express n'a rien changé. C'est ce qui est difficile dans ce sport que j'aime tant : on doit être à la fois éblouissante, susciter l'envie et le désir, tout en ayant une discipline et un mental d'acier. Je n'y peux rien, depuis mon enfance, c'est quand je suis maquillée et couverte de paillettes que je me sens bien.

En retournant dans le salon, je constate que Sophie n'a pas chômé ; la table est propre, les coussins du canapé ont été remis à leur place et je ne vois plus l'ombre d'un mouchoir.

Je m'assieds en tailleur sur un gros pouf et tends la main pour qu'elle me nourrisse. Une part de pizza se matérialise devant moi, accompagnée d'un verre de vin bien rempli. Elle se sert à son tour et se place face à moi pour entamer l'inévitable discussion censée me remonter le moral. Mais je ne céderai pas aux sirènes de l'auto-apitoiement devant elle.

— Tu comptes aller au travail demain ? me demande-t-elle.

— Non.

— Tu ne vas pas pouvoir faire traîner les choses ainsi…

— Personne n'a parlé de moi aujourd'hui ?

J'ai tenu vingt-trois secondes. Finalement, j'ai décidé que l'heure de la flagellation avait sonné.

Sophie et moi nous connaissons depuis toujours. Elle est à la fois ma moitié et mon parfait contraire. Elle est tellement gentille ! Sophie, c'est un loukoum enveloppé de guimauve. Je n'ai jamais rencontré un autre individu doté d'une personnalité aussi conciliante, humaine, empathique. C'est d'ailleurs une des raisons pour lesquelles nous nous disputons si peu : elle déteste le conflit. Souvent, je me dis que nous nous sommes trouvées pour que je puisse prendre soin d'elle, à la manière de Bambi et de sa mère. Mais dans mes moments de lucidité, je constate, comme aujourd'hui, que c'est elle qui veille sur moi. Nous travaillons ensemble depuis deux ans. Elle est graphiste au service communication des fédérations sportives de la ville. Elle s'éclate à créer des visuels originaux qui vont immédiatement attirer l'attention en ouvrant les messages. Bien entendu, sa période de l'année préférée, c'est Noël. En ce moment même, elle arbore fièrement un pull orné d'une tête de cerf. Dès qu'elle bouge, les guirlandes représentées sur ses bois s'allument. J'aimerais avoir son culot, Sophie n'est jamais gênée de rien, elle assume le moindre de ses actes.

— Pourquoi auraient-ils parlé de toi ? Penses-tu que le monde tourne en permanence autour de ta petite personne ?

— C'est vrai ? lâché-je, mi-vexée, mi-soulagée.

Elle me regarde avec pitié.

— Bien sûr que ça a causé… Ce n'est pas souvent que l'on dégobille sur le patron et tu n'as pas raté ton coup. Si ça peut t'aider à mieux le vivre, ils croient que tu étais complètement bourrée.

— J'imagine que je devrais me sentir soulagée… La nomination d'Hugo ?

— Bah… Un peu d'étonnement, c'est sûr. Il faut dire qu'on t'avait tous observée en train de prendre les mesures de ton futur bureau.

Je proteste, la bouche débordant de nourriture. Elle exagère.

— Chais pas vrai !

— Excuse-moi de te contredire. Même le mec de la cafétéria était dans la confidence. On a tous été pris de court quand on a entendu le nom d'Hugo. Je t'avoue que tout le monde est… gêné.

— Sois plus précise, s'il te plaît.

Une fois encore, elle réfléchit. Elle boit une grande gorgée de vin avant de répondre.

— En gros, ils se demandent tous si cet « accord » n'a jamais existé ailleurs que dans ta tête. Tout le monde reconnaît ton talent, tes aptitudes… Mais ça ne garantit pas une position privilégiée pour autant.

— Mais… Mais… Je bosse comme une tarée ! Comment peuvent-ils douter de moi ! Ils me voient tous les jours, me connaissent ! J'y suis du matin au soir, je fais plus d'heures que n'importe qui là-bas !

— Ne t'énerve pas, je sais tout ça ! Je suis la mieux placée pour savoir que tu ne te consacres qu'à ça ! Bref, Hugo passe pour le mec discret, modeste, alors que toi… Pour être polie, tu es celle qui a mis la charrue avant les bœufs.

Je fonds en larmes. Putain, ce n'est vraiment pas juste. Mon amie se lève pour me faire un gros câlin.

— Désolée, ma puce… me réconforte-t-elle. Ni toi ni lui n'y pouvez quelque chose. C'est une décision qui vient d'en haut…

Je renifle et me redresse. J'attrape la boîte de mouchoirs et passe les cinq minutes suivantes à essuyer mes larmes de rage qui refusent de se tarir.

— Je n'y retournerai pas, dis-je en jetant furieusement le dernier kleenex sur la table basse. Je bosse depuis des mois en vue de ce nouveau poste. Je ne peux pas revenir là-bas, reprendre les entraînements comme si de rien n'était. Impossible de me retrouver en face de cet imbécile… À coup sûr, il a tout manigancé derrière mon dos. Quand je pense que je le trouvais sympa ! Un peu insipide, mais agréable ! Toujours se méfier des gars trop gentils, je le savais pourtant !

— Ne saute pas trop vite à la conclusion qui t'arrange. Et tu abuses en l'insultant alors que tu ne sais rien de lui. Beaucoup de personnes l'apprécient à la patinoire. Tu obtiendras sûrement davantage d'explications en te rapprochant de Pierre. Mais en attendant… qu'est-ce que tu vas faire ? Tu ne peux pas rester cloîtrée ici.

Je réponds quelque chose qui me paraît évident, alors qu'il y a encore cinq minutes, je n'y songeais même pas.

— Je pense que je vais retourner chez ma mère. Si je ne le fais pas, je ne sortirai jamais de cet appartement.

— À 27 ans ? Vous allez vous entretuer ! tente-t-elle de me dissuader. Non, c'est une très mauvaise idée.

— Juste le temps de réfléchir… De me poser… J'ai l'impression d'être vidée de mes forces. Depuis quand n'ai-je pas pensé à autre chose qu'à cette promotion ? C'est peut-être l'occasion…

Je ne suis pas retournée dans la maison familiale depuis plusieurs années. Maintenant que l'idée a germé, je n'arrive plus à songer à autre chose.

— Donc, tu repars vivre dans nos montagnes ?

— On dirait bien.

***

Le lendemain, je range mon appartement et prépare un sac avec la moitié de tous mes vêtements dedans. J'attrape mon ordinateur portable, le pose sur la table et ouvre un navigateur pour consulter les horaires de train.

Il y en a un dans deux heures.

J'appelle ma mère.

— Maman ? C'est moi. Je me demandais si ça te gênerait que je vienne quelque temps à la maison. Non, ça ne va pas fort. Je t'expliquerai tout plus tard. OK ? Je t'envoie mon heure d'arrivée par texto. À tout à l'heure…

J'achète mon billet de train.

Je change d'air.

3

Costume cravate et boule de neige

On frappe à ma porte. Encore.

J'ai l'impression que je ne vais jamais finir la rédaction de cet e-mail.

Depuis deux heures, je suis bloqué à la troisième ligne :

Bonjour à tous,

La distribution des diplômes est quasiment achevée. Il reste des élèves à contacter, absents les jours…

Je souffle, exaspéré, et réajuste ma cravate que j'avais desserrée dans la solitude de mon bureau, avant de me replacer correctement dans mon fauteuil. La pièce qui accueille ma présence solennelle est d'une banalité toute fonctionnariale. C'est une manière polie de dire « ennui profond ». Tout est dans les tons de beige, marron et noir.

— Oui, Manon ?

Ma secrétaire ouvre la porte. Son visage désolé apparaît dans le léger entrebâillement.

— Mme Babin demande à vous voir. Une affaire urgente qui, d'après elle, requiert votre attention… Vous avez un peu de temps, ou alors je lui conseille de repasser ?

J'aimerais tellement lui dire de repasser.

L'année prochaine. Voire celle d'après.

La petite voix dans ma tête me rappelle à l'ordre :

Matt. Tu es le principal de ce collège. Tu ne peux plus envoyer chier les gens, cette époque est terminée. Tu as des responsabilités. Tu es une grande personne, maintenant.

— Bien sûr ! Faites-la entrer.

Je me lève pour accueillir la plus ancienne des professeurs de l'établissement. Elle sévit ici depuis trente ans, 1993 pour être précis, l'année où Mandela a reçu son prix Nobel. Je me plais parfois à imaginer qu'à l'époque, Mme Babin était une trentenaire pétillante et qu'après sa première journée de travail ici, elle avait pris sa 306 toute neuve, avait roulé jusqu'au cinéma le plus proche pour acheter des tickets pour la prochaine séance des *Visiteurs*, tout en chantant à tue-tête *I Will Always Love You*. Ça me fait du bien d'imaginer qu'un cœur se cache sous ses écailles de dragon. Moi, en 1993, je suis passé du pot aux toilettes. Chaque fois qu'elle franchit la porte de mon bureau et me scrute de son regard méprisant, je sais exactement ce qu'elle pense : encore un gamin à qui il faut apprendre son travail. J'ai grandi dans cette ville, ce qui peut, dans ce cas précis, être un réel désavantage. Mme Babin a enseigné l'anglais à l'une de mes sœurs en classe, et elle se souvient parfaitement de moi, petit, en train de me curer le nez d'ennui, pendant qu'elle abordait le sujet du niveau dramatique en anglais de Lætitia avec mes parents. Autant avouer tout de suite que, quel que soit le temps que je consacrerai à l'étude de ma posture professionnelle, elle ne me verra jamais autrement que comme un gosse qui veut jouer à l'adulte.

Elle entre dans la pièce, hommage éternel au tweed, cliché vivant de la professeure d'anglais. Ses cheveux courts et gris accentuent l'air peu sympathique qu'elle arbore en permanence.

Elle s'approche et jette une liasse de papiers roses sur mon bureau.

Chouette. Encore des rapports d'incident.

— Bonjour à vous aussi, madame Babin, lâché-je avec ironie. En quoi puis-je vous être utile ?

Elle ne répond pas, se contentant de s'asseoir en face de moi.

Je reprends ma place dans mon fauteuil et attrape le cahier à spirale qui ne me quitte jamais. Pas besoin d'outils *high-tech* pour gérer le petit collège de Bourgueville. Je l'ouvre et trace un trait sous les précédentes entrées.

Prendre rendez-vous avec les parents de Mathys Hautreux. RDV PAI Gabin Chevreul. Appeler le rectorat, prof de musique. Concours d'éloquence le

17 décembre. Conseil de discipline Bidot, 8 décembre. Collégiens au cinéma le 12 décembre.

La liste sans fin.

L'année dernière j'ai eu besoin de cinq cahiers.

Elle me tend les rapports.

— Il va falloir faire quelque chose pour les 4e B. Il y a une petite bande de quatre ou cinq élèves qui empêche tout le monde de travailler. J'en ai parlé aux collègues, cela doit cesser ! Entre les jets de boulettes et les cris d'animaux, comment voulez-vous finir le programme ? C'est de mal en pis chaque année !

— Je peux les recevoir cet après-midi…

Je feuillette les papiers, et reconnais les noms. Des habitués de mon bureau.

— Toujours les mêmes, soupiré-je, Djamil, Eliott, Mohamed, Mattéo. Je les ai déjà convoqués plusieurs fois. Il va falloir appeler les parents.

— Ce n'est pas suffisant ! Je veux qu'on les expulse ! s'exclame-t-elle brusquement. Ils se moquent de nous !

Je prends mon stylo et note calmement les noms. J'utilise même ma règle pour tracer la flèche indiquant la tâche à effectuer à leur sujet.

Appeler parents 4 B.

Je constate que mon attitude posée l'irrite, alors je prends délibérément mon temps avant de lui répondre, aussi flegmatiquement que possible. C'est l'un des aspects de mon travail que j'apprécie le moins : l'impossibilité d'être authentique, l'obligation constante de masquer, de polir, d'aplanir. Le chef d'établissement n'est pas le « patron » des professeurs. Je ne peux malheureusement pas lui imposer purement et simplement mes choix. Je m'efforce d'être poli quand je lui fais part de mes décisions.

— Vous n'ignorez pas que l'on ne peut pas juste « les expulser ». Le terme est d'ailleurs un peu connoté, si je puis me permettre… Bref, tout ça pour dire qu'il y a des étapes à suivre. Et vous savez parfaitement que même s'ils se montrent extrêmement pénibles, et notez bien que j'en conviens, ils restent chez nous jusqu'au brevet.

— Ce n'est pas normal ! Ils empêchent les élèves sérieux de travailler ! Ceux qui valent le coup qu'on s'intéresse à eux !

— Et c'est pour cela, repris-je, tentant d'insuffler toute l'autorité possible dans ma voix, que je rencontrerai les parents en présence du conseiller principal d'éducation, entretien durant lequel ils seront informés de leurs heures de retenue, voire de leur exclusion d'une journée. Cependant, je n'ai pas l'intention de les renvoyer de manière permanente. En conclusion, je vous rappelle que vous êtes l'enseignante de TOUS les apprenants sous votre responsabilité. Il est hors de question d'effectuer une sélection dans nos classes. N'oubliez pas cela.

Cette fois, j'ai, semble-t-il, visé juste. Elle se lève et se saisit de sa lourde sacoche, probablement remplie d'outils destinés à torturer les élèves récalcitrants.

— C'est toujours pareil. Aucun soutien de la part de la hiérarchie. Vous et les autres, vous êtes tous les mêmes !

Les « autres ».

Elle parle de mes prédécesseurs, ceux qui ont réussi à se sauver, à échapper à la gorgone de la *cup of tea*. Respect, mes frères.

— Je ferai une intervention dans leur classe cette semaine, pour rappeler les règles, proposé-je une nouvelle fois.

C'est moins pour elle que pour les pauvres collégiens qui vont subir son courroux toute la journée.

— Mouais.

Elle me lance un regard haineux, marmonne un « au revoir » et quitte la pièce. Je jette mon stylo sur la table et me renverse dans mon fauteuil. En tournant sur moi-même, je fixe le plafond, blasé. Chaque jour, depuis deux ans que je travaille ici, je me dis que j'ai commis une erreur. De temps en temps, j'ai envie de tout laisser tomber et de redevenir simplement prof de maths, avec des centaines de copies à corriger, des cours à préparer et, surtout, des journées bien moins compliquées. J'avais été lassé de ce qui était ma routine depuis presque dix ans. Quand on m'avait proposé de passer le concours de personnel de direction, j'avais suivi ce conseil.

Tout bêtement.

Je ne sais pas ce qui m'a pris ce jour-là. Moi, le procrastinateur devant l'Éternel, l'immuable traîne les pieds, j'avais postulé sans attendre.

Et me voici dans ce collège que je connais depuis toujours, occupé à gérer une équipe constituée en grande partie de personnes qui, par principe, sont contre moi. Un peu compliqué comme entrée dans le métier. Mon portable vibre sur la table. Je jette un œil sur le nom qui s'affiche. Clara, ma petite sœur. Je décroche.

— Allô ?

— Matt, je te dérange ?

— Non, c'est bon, vas-y.

— Tu n'oublies pas Soline ? Tu lui as promis de l'emmener à la station pour son anniversaire demain, tu te rappelles ?

— Bien sûr ! Boules de neige et chocolat chaud. Tout est prévu !

J'avais, bien entendu, totalement zappé.

— OK, m'avoue-t-elle, soulagée. J'ai accepté un boulot et j'avais peur que tu me dises que tu n'étais plus dispo.

— Aucun problème ! Où vas-tu, cette fois ?

— Un resto près de Grenoble. Un gros mariage… Je vais revenir complètement crevée, mais c'est bien payé. Le patron m'avait promis de penser à moi s'il avait besoin d'extras. Je n'ai pas envie de lui faire faux bond. Il n'est pas impossible que je doive lui redemander du travail plus tard. Et j'adore leur cuisine ! Je n'ai pas les moyens de m'offrir un repas chez eux, mais rien ne dit que je ne pourrai pas goûter ces merveilles s'il y a des restes !

J'ai toujours un pincement au cœur lorsque ma sœur évoque ses petits boulots. Enfant, elle a eu le tort de tout miser sur le sport, et une blessure a anéanti ses rêves. Depuis, elle cherche sa voie et enchaîne les emplois sans avenir. Mais peut-être que les choses vont enfin changer.

— Des nouvelles de la patinoire ?

— Les entretiens auront lieu la semaine prochaine. J'essaye de ne pas y penser, sinon je vais encore tout rater.

Sa petite lueur au bout du tunnel. La possibilité d'exercer un métier dans lequel elle excellerait. Ce genre de poste est rare dans la région. Rater le coche signifierait devoir attendre des années avant que se présente une autre occasion.

— Je me tais. On en parlera une fois les entretiens passés. Tu veux que je te ramène Soline tout à l'heure ?

— Tu comptes sortir tôt ?

— Je la récupère après le dernier cours. Je gère.

La sonnerie retentit. 10 heures.

J'embrasse ma sœur et raccroche. Je décide de me promener dans les couloirs, histoire de me montrer. Je n'ai toujours pas assimilé le fait qu'ici, je suis le croque-mitaine, la représentation de l'autorité, et que ma simple présence incite les élèves à se calmer.

Je parcours des corridors sans personnalité, semblables à ceux de nombreux établissements du pays. Le collège est typique des constructions des années 1960, c'est-à-dire mal insonorisé, mal pensé, mal isolé, et repeint plusieurs fois depuis sa création, dans des tons de beige et jaune. Qui décide de ces couleurs ? À quel moment des types se réunissent et se congratulent pour avoir eu la bonne idée d'associer des murs pisseux à du lino orange ?

Les élèves me saluent vaguement. Moi, j'ai l'impression de toujours répéter la même chose.

Casquette.

Capuche.

Ne courez pas dans les escaliers.

Ça vient de sonner, vous devriez déjà vous trouver devant la classe.

Vous n'avez pas cours à cette heure-ci, jeune homme ?

« Jeune homme ». Chaque fois que ces mots franchissent mes lèvres, je prends dix ans dans la face.

Ils obtempèrent, mais j'ai perdu ma naïveté, la casquette rejoindra leurs crânes à la minute où j'aurai tourné à l'angle du couloir.

Je continue ma ronde jusqu'à la fin de la pause, avant de revenir dans mon bureau.

Ma secrétaire me sourit. Elle devait guetter mon retour afin d'adopter la position la plus flatteuse pour sa silhouette, à savoir celle qui fait pigeonner son décolleté. Ses seins paraissent prêts à jaillir de son chemisier. Je n'ignore pas qu'un simple mot de ma part suffirait pour la mettre dans mon lit. Elle est plutôt jolie, dans le genre « fille fraîche de la montagne ». La première fois que mes pas m'ont mené dans ce bureau, ses yeux ont pétillé quand elle a constaté qu'elle œuvrerait désormais pour un trentenaire avec tous ses cheveux et toutes ses dents. Manon vit ici depuis toujours, la ville est minuscule, mon retour est pour elle synonyme de possibilité. Depuis, je tente de ne pas donner une tournure trop personnelle à nos rapports, afin d'éviter de me mettre dans une galère sans nom… Mais elle ne semble pas comprendre et essaye de rendre notre relation plus intime, à coups de gâteaux, petites notes ambiguës et propositions de sorties le week-end.

Cela devient de plus en plus compliqué de lui faire croire que je préfère rester seul dans mon logement de fonction tous les soirs.

J'avoue, j'aimerais bien avoir quelqu'un dans ma vie… Mais où ? Je connais tout le monde ou presque, ici.

Il faudrait un miracle.

Mon regard se pose sur le plateau de mon bureau. De nouveaux papiers sont apparus en quinze minutes. Tel Sisyphe poussant éternellement son rocher en haut de la montagne, je me rassieds pour affronter la pile fraîchement érigée.

Au travail.

4

La lettre du père Noël

Le cerveau possède une réelle capacité d'abstraction. Quand j'ai pris la décision de retourner chez ma mère il y a seulement quelques jours, je n'avais en tête que des souvenirs de câlins, de mots réconfortants, de gros bisous sur les bobos. J'aspirais à ce que ma maman me rassure, qu'elle me confirme que j'étais bien victime d'une injustice criante et qu'elle allait tout arranger. Je désirais qu'elle renforce mes certitudes, qu'elle approuve mes choix de vie, si raisonnables et judicieux.

Elle l'a fait.

Bien entendu.

Au début.

Au moment où j'avais franchi le seuil de la maison, l'unique endroit que je considérerai éternellement comme mon seul vrai « chez moi », j'avais tout de suite retrouvé mes 8 ans. Le problème, c'est que pour ma mère également, j'avais 8 ans.

Littéralement.

Maman a toujours adoré Noël, le célébrant avec un éclat grandissant d'année en année. Depuis le pas de la porte, à travers mes yeux d'enfant retrouvés, j'avais contemplé la demeure illuminée par une myriade de guirlandes soigneusement disposées sur chaque surface disponible. Le sapin trônait comme à son habitude au cœur du salon, paré d'argent et de bleu profond. De délicates suspensions cristallines reflétaient à l'infini les lueurs des fausses flammèches, savamment disséminées parmi les épines d'un vert intense. Chaque année, ma mère choisit une thématique, un code couleur, et achète des ornements s'harmonisant avec son choix. Dès octobre, elle médite, dessine, planifie l'arrivée du sapin, le plus illustre invité du mois de décembre. Elle m'a transmis cette passion, a insufflé la même impatience en moi, celle de déambuler les soirs de neige dans des rues bouillonnantes de joie.

Elle possède ce grain de folie qu'on admire tant chez ceux qui n'ont jamais peur d'oser. Je me souviens particulièrement d'une année où elle avait mis en scène un sapin en le décorant entièrement de clémentines. Maman avait sélectionné chaque fruit avec soin, écartant ceux qu'elle ne trouvait pas assez ronds, rejetant sans pitié ceux trop loin de l'harmonie recherchée. Délicatement, elle avait passé dans chacun une cordelette à l'aide d'une grosse aiguille, avant de les positionner doucement dans l'arbre. Cela lui avait pris des heures.

Bien entendu, déguster la parure de fête avant le mois de janvier avait été exclu.

Après seulement trois jours ici, je commence à craindre de craquer si George Michael persiste à me harceler avec son *Last Christmas*. Et surtout, les raisons pour lesquelles je n'ai pas versé de larmes en quittant la maison me reviennent. C'est incroyable comme on peut oublier qu'à une époque, notre seul rêve était d'échapper au cocon familial.

Sissi, mon petit chat, tu me descendras ton linge sale ? Sissi, aère ta chambre, s'il te plaît. Sissi, un lit, ça se fait tous les matins ! Sissi, tu changeras tes draps samedi ? Sissi, tata Claudine aimerait que tu passes lui dire bonjour, tu peux y aller ? Sissi, tu ne peux pas rester toute la journée dans le canapé, sors ! Sissi, arrête-moi ces bêtises à la télé, y a Reichmann qui commence. Sissi, si tu veux changer de travail, commence par chercher ! Sissi, tu ne vas pas au bal, mais au supermarché, tu dois réellement t'habiller de cette façon ? Arrête avec tes ongles ! Tu n'as pas un peu grossi ? Non, ce n'est pas une critique, mais si à 27 ans tu commences à te relâcher, je te promets que tu le regretteras !

C'est encore pire que quand j'étais adolescente, puisque maintenant, ma mère est à la retraite.

Elle passe ses journées à la maison.

Avec moi.

Tout. Le. Temps.

Je l'adore, mais ce qui nous menace toutes les deux, c'est l'explosion.

La mienne.

Ce matin, je suis avachie dans le confortable canapé dans lequel j'aime me vautrer depuis toujours, un café dans la main gauche, ma main droite scrollant du pouce les offres d'emploi sur un site spécialisé. Je me rends compte que je n'ai pas encore atteint l'âge canonique de 30 ans et que je suis pourtant clairement à la ramasse.

Je ne suis pas allée à la fac. J'ai obtenu mon bac dans le cadre d'un cursus aménagé pour les sportifs et, à 18 ans, j'étais bien plus préoccupée par la préparation des Jeux olympiques qu'à réfléchir à mon avenir après le patinage. D'autant que je n'ai jamais envisagé autre chose qu'une carrière d'entraîneur… J'ai passé des certifications dans ce domaine, remplissant mon CV de compétences uniquement utilisables sur glace.

En résumé, je ne sais rien faire d'autre.

Malheureusement, le monde a bel et bien continué d'avancer sans moi. Il m'a même larguée loin, très loin de lui et de ses nouveautés.

Développeur, Community Manager, Webdesigner.

Ma mère pénètre dans la pièce et s'installe à mes côtés, savourant sa tasse de thé vert matinal. À présent qu'elle est près de moi, je remarque qu'elle a pris de l'âge depuis la dernière fois que je l'ai vue. Elle possède une grâce indéniable avec ses longs cheveux qu'elle refuse de teindre, ses yeux bleus d'une douceur infinie et sa silhouette élancée et gracile. J'ai toujours aspiré à hériter de son élégance, mais le destin m'a dotée d'une énergie bien différente… Cependant, aujourd'hui, je la trouve fatiguée. Mon cœur se serre en constatant qu'elle porte visiblement les marques de ses 65 ans.

Maman m'a eue tard.

À 37 ans, elle n'avait pas croisé le chemin d'un homme capable de susciter en elle le désir de renoncer à sa liberté, faite de voyages, d'après-midi tranquilles, de lectures au coin du feu et de soirées-débats entre amies en ville. Elle imaginait, sans amertume, que cette rencontre n'aurait plus lieu. Entre sa vie professionnelle exigeante et son engagement associatif, le temps pour une liaison amoureuse se faisait rare. Autant, pensait-elle, remplir décemment son quotidien en tant que femme indépendante et fière, plutôt que de courir après des chimères.

Puis un jour, mon père avait sonné à la porte. Pour me montrer plus précise, il avait débarqué avec sa caisse à outils pour réparer le chauffe-eau. Il possédait une entreprise de plomberie et ne se rendait plus sur les chantiers depuis qu'il avait des employés pour le faire à sa place. Ce matin-là, exceptionnellement, il s'était déplacé en personne. Grand bien lui en avait pris. Entre l'intellectuelle de gauche, professeure d'université, spécialiste de George Sand, et l'artisan bourru en chaussures de sécurité, le coup de foudre avait été immédiat.

Un an après, je débarquais dans leur vie.

Ce qui me rend toujours triste, c'est de penser que Cupidon a traîné en route pour provoquer leur rencontre, et qu'ils ont eu peu de temps pour en profiter ensuite. Cinq ans après ma naissance, mon père est sorti chercher du pain, et s'est fait renverser par un chauffard.

Je l'ai à peine connu.

Tout ce que j'ai hérité de lui, c'est son nom de famille, quelques photos, et un épi qui m'empêchera à jamais d'avoir une frange.

Ma mère a joué le rôle, seule, d'un couple parental. Et avec talent, je dois dire. La voir vieillir me file vraiment le bourdon.

— Alors, tes recherches avancent ? me demande-t-elle.

— Si l'on veut… J'ai l'impression de ne posséder aucune des qualifications nécessaires pour avoir un bon boulot…

— Définis « bon boulot ».

Nous n'avons jamais eu la même vision du travail.

— Je devais diriger une équipe, entraîner de futurs champions, remporter des trophées. Excuse-moi, mais je n'envisage rien d'autre que quelque chose de… fabuleux ! Je veux enfin avoir des responsabilités, prendre mes propres décisions !

— Le prestige, tu peux le trouver à plusieurs niveaux. Je ne dis pas que ce poste n'aurait pas été parfait pour toi, mais peut-être que le destin t'envoie un message ? Si ça ne s'est pas fait, c'est sûrement que de grandes choses t'attendent autre part, non ?

Je souris. Cette phrase, je l'ai entendue à chacune des étapes importantes de ma vie. Le destin… Un communiqué de la Providence pour m'expliquer que ma place se trouvait ailleurs, que quelque part, une personne ou une entité avait établi un plan pour moi.

— Peut-être… Admettons que j'écoute ce message et décide de changer de vie. Franchement, j'ignore par où commencer…

— Reprends les bases… Pourquoi as-tu choisi le patin, à l'origine ?

— Parce que je désirais voler, comme les filles de la télé.

C'était en regardant une compétition sur les genoux de mon père, à même pas 3 ans, que j'avais été subjuguée pour la première fois. Voir ces patineurs, beaux comme des dieux, glisser, sauter sans difficulté apparente m'avait littéralement happée. Quand j'avais enfin pu prendre mes premières leçons, j'avais voulu trouver un partenaire, évoluer en couple, mais j'avais rapidement compris que l'individuel me ressemblait davantage.

— Eh bien, insiste ma mère, il est probablement temps de te reposer les bonnes questions. Cherche une nouvelle manière de voler. Ce n'est pas si compliqué.

Depuis toujours, elle m'avait systématiquement soutenue dans mes choix. J'imagine qu'elle avait tout de même été déçue quand j'avais repoussé d'un air dégoûté ses livres préférés ou lorsque je refusais de l'accompagner dans ses virées culturelles parisiennes. J'avais toujours autre chose à faire.

Sans elle.

— Regarde ces annonces, insisté-je en lui collant mon téléphone sous le nez. Je ne suis bonne à rien ! Sauf en patinage artistique. Il doit bien y avoir des postes d'entraîneur à pourvoir quelque part… C'est mon sport ! Je refuse d'abandonner mes rêves à cause d'un connard arriviste.

— Langage, Sybille, me corrige-t-elle. Peut-être que tu en trouveras un près d'ici ? J'adorerais te voir plus souvent…

Notre-Dame de la Culpabilisation. Elle est très très forte à ce jeu. Les mères doivent développer ce talent au fur et à mesure que leurs enfants leur échappent.

— En gros, tu me dis que je ne vais pas devoir faire la fine bouche, et prendre ce qui se présentera, c'est ça ?

Elle se lève du vieux canapé en velours qui accueille nos soirées depuis toujours, et ramasse les tasses que j'ai laissées traîner sur la table basse. Avec seulement deux doigts, elle réussit à les saisir et parvient même, de l'autre main, à remettre à leur place initiale toutes les choses que j'ai dérangées en deux jours ici.

— Tu pourras aller faire ton lit ? me demande-t-elle une fois arrivée à la porte.

C'est une question rhétorique, bien sûr.

— Promis.

— Tu viens avec moi chez tata Claudine, samedi ? continue-t-elle en me contemplant de son regard de chien battu.

— J'ai prévu un truc, improvisé-je.

Ses yeux s'écarquillent.

— Avec qui ? Tu ne m'as parlé de rien !

— Je vais à Grenoble ce week-end. Voir de vieilles copines.

Elle hausse les épaules et sort de la pièce. Le problème, c'est que maintenant, je vais devoir partir pour de bon, alors que je n'ai plus aucun contact dans le coin.

Mais Sophie en a encore, elle.

Je lui envoie rapidement un texto.

Alerte, ceci est une lettre du pôle Nord !
Sinon, blague à part, tu ne veux pas venir sur Grenoble avec moi ce week-end ?

J'attends sa réponse. Sophie a son téléphone greffé à la main, ça ne devrait plus tarder. Trois points apparaissent, m'indiquant qu'elle rédige son message.

Tu lis dans mes pensées.
J'ai décalé mes congés ce matin
pour arriver plus tôt.

Je la bénis intérieurement. C'est incroyable de pouvoir compter autant sur quelqu'un. Je la revois, petite fille un peu garçonne, ses cheveux bruns tout emmêlés, toujours présente, prête à offrir des mots gentils et motivants aux personnes qu'elle croisait. Elle m'a aidée à me relever tant de fois… Aujourd'hui, elle n'a pas beaucoup grandi par rapport à cette époque, mais elle a conservé l'empathie et la ténacité qui font d'elle une personne exceptionnelle.

J'ai envie de m'amuser. Alors, on se fait un week-end à Grenoble ?
Tu pourrais appeler les copines ?

Les points apparaissent, disparaissent, réapparaissent, repartent. Elle réfléchit.

Lesquelles, Sissi ? Tu t'es fâchée avec tout le monde.

Elle exagère. On parle de trucs qui se sont déroulés il y a une éternité !

Mais non ! Je te laisse organiser la soirée, je m'occupe de la chambre d'hôtel. Je viens te chercher à la gare ?

Sa réponse se fait attendre. Un « OK » finit par apparaître. J'hésite un instant avant d'envoyer un dernier message.

Comment va Hugo, le saint patron des connards ? Il jubile ?

J'ai l'impression de l'entendre soupirer d'ici.

Tu sais, ce n'est pas sa faute. Il n'a fait
qu'accepter ce qu'on lui a proposé.
Tu aurais fait quoi, à sa place ?

C'est bien typique de Sophie, toujours à chercher des excuses à ceux qui le méritent le moins. Je range mon téléphone et ressens une certaine satisfaction. Un frisson d'impatience me parcourt à l'idée de cette soirée improvisée, fruit d'un pieux mensonge. Je sens que cela va me faire du bien.

5

Pinte de bière et étoile filante

Au boulot, on connaît tous ce moment de trop-plein, cette impression que si on ne relâche pas très vite la pression, on va craquer. Pour ma part, cela a failli arriver cet après-midi, après une énième intrusion de Mme Babin dans mon bureau. J'étais tendu à l'extrême quand elle a enfin claqué la porte derrière elle. J'étais tellement épuisé que lorsque Manon m'a proposé de sortir boire un verre, j'ai failli dire oui et me trouver à deux doigts de commettre l'erreur fatale. Elle est toujours à l'affût d'un moment de faiblesse pour attaquer. Un soupçon d'insistance de sa part, et j'aurais pu céder. Ma vie aurait basculé à l'instant où l'acquiescement tant redouté aurait franchi mes lèvres. Alors, pour m'échapper, pour éviter à tout prix de faire une connerie, je prends ma voiture et parcours les 150 kilomètres me séparant de la civilisation, Grenoble. Une fois sur place, je me mets une mine avec les copains, comme au bon vieux temps de la fac.

Impossible de faire ça ici.

Rien qu'à l'idée de croiser un parent d'élève complètement soûl, je manque de hurler de rire. Sérieusement, il est difficile de se lâcher dans une ville où je risque de rencontrer quelqu'un que je connais à chaque coin de rue. Je n'ai aucune envie de compromettre ma carrière professionnelle pour une bière de trop. En devenant principal, j'ai accepté de représenter l'autorité, de perdre une partie de mon individualité, de mes désirs, et de me métamorphoser en notable de service, en « M. Hilliard, sommité du collège Jean-Jaurès de Bourgueville ».

Prendre un verre avec les parents d'élèves ou les profs, franchement, c'est inenvisageable.

Alors aujourd'hui, comme c'est vendredi, je vais voir ailleurs. Je n'ai aucun plan pour le week-end, pas d'enfant à conduire au sport ou à un cours de musique, donc pas de raison de passer ma soirée tout seul.

J'aime bien l'ambiance de Noël, la nuit qui tombe tôt, les plaids sur les genoux, les instants en famille, les jeux de société à rallonge, mais je préférerais encore subir Manon plutôt que vivre un autre soir de déprime avec ma sœur. Clara a les nerfs en pelote depuis quelque temps. Elle brigue un poste d'entraîneur à la patinoire et n'a plus d'autre sujet de conversation. Ses journées sont rythmées par des moments de pure euphorie, suivis d'heures d'abattement total durant lesquelles elle semble perdue dans un gouffre d'incertitude d'où elle n'arrive pas à s'extirper. Elle en a toujours rêvé de ce job. Elle n'a pas pu mener ses projets à terme, mais la vie lui donne une seconde chance, la possibilité d'obtenir, pour elle et sa fille, une existence épanouie et exempte de regrets.

Clara et Soline. Les deux raisons qui m'ont fait revenir. Et j'en suis heureux. Sincèrement.

Mais ce soir, j'ai envie de m'occuper uniquement de moi.

J'ai appelé mes amis, ils sont partants pour une virée entre potes.

On se connaît depuis toujours – ou presque –, et malgré les années qui se sont écoulées depuis notre sortie de l'école, rien n'a changé dans nos rapports. Ils ont également une qualité importante à mes yeux : aucun ne travaille dans l'Éducation nationale. Aucune soirée ne dévie sur une sorte de préconseil de classe, comme à chaque fois que les profs sortent entre eux. Non, eux ont des métiers « normaux ». Nico est ingénieur dans l'aéronautique et a établi ses pénates près de Toulouse. Stéphane a été joueur professionnel de rugby et a acheté un restaurant après sa retraite sportive. Mika est médecin généraliste et Jérémy, escroc. Plus précisément, il est vendeur pour une grande marque automobile.

Escroc, quoi.

On s'est rencontrés au lycée et on a continué à se voir à Lyon, là où la plupart d'entre nous ont fait leurs études. Je crois que, sans se l'avouer, on est tous allés au même endroit pour une seule raison : *The Mortal*

Puppies, le groupe de rock que nous avions fondé en seconde. C'est Mika qui nous avait surnommés « puppies » en référence au regard de chiot larmoyant qu'on renvoyait aux filles qui nous jetaient. Ce qui se produisait beaucoup trop régulièrement à notre goût. Notre orgueil masculin, ce puits de virilité sans fond, avait tout d'abord refusé l'appellation ridicule, puis on avait choisi d'en rire. Impossible de me souvenir qui avait suggéré d'y ajouter « mortal », mais tout le monde avait convenu que cela sonnait beaucoup mieux. D'où *The Mortal Puppies.*

La musique, c'était notre rêve à tous. Il fallait nous voir avec nos jeans troués, chemises de bûcheron ouvertes sur un tee-shirt de Nirvana ou AC/DC, mèche sur l'œil, moue blasée. On enflammait la scène du bar du père d'un camarade de lycée, sous les battements de cils épris d'au moins cinq groupies. Aucun d'entre nous ne doutait d'une chose : les études, c'était pour faire plaisir aux parents, c'était le rock notre avenir ! Bon, le principe de réalité nous avait vite rattrapés.

J'avais choisi les mathématiques parce que je ne savais pas quoi faire d'autre. Ça marchait plutôt bien, j'aimais ça, alors quand il a fallu bosser, devenir prof, ce n'était pas pire qu'autre chose. À mon grand étonnement, j'avais adoré l'être. Le plus difficile pour moi avait été de ne pas rire aux blagues inappropriées des gamins. À cause de l'autorité, le respect de la fonction, tout ça… Parfois, on doit coller un élève qui a fait une connerie, mais au fond de nous, le cancre qui sommeille veut lui crier « Bien joué ! » Je pense sincèrement que les anciens glandeurs deviennent les meilleurs enseignants. Eux seuls savent comment inverser le processus conduisant à l'obtention d'un diplôme.

Bref, les gars et moi, on a mûri, grandi, fait des choix différents, mais on s'aime toujours autant.

Et ce soir, tout ce que je souhaite, c'est passer du bon temps avec mes amis.

Je prépare un caleçon et une paire de chaussettes en guise de bagage, et cherche mes clés de voiture. Mon téléphone sonne alors que je viens de mettre la main dessus. C'est Nico.

— Nico ?

— Déjà parti ? me demande-t-il sans préambule.

— J'étais sur le point. Pourquoi ?

— Prends ta gratte, mec !

— Si tu espères me voir l'utiliser, tu vas être déçu… Je n'ai pas joué depuis une éternité…

Depuis mon emménagement ici il y a deux ans, ma guitare est restée dans un placard. Vivre dans un logement de fonction, situé dans le même immeuble que mon adjoint, le conseiller d'éducation et quelques professeurs, m'a dissuadé d'exposer mes tentatives de solos, de peur qu'ils entendent mes piètres efforts.

— On va juste donner un concert tranquille, comme au bon vieux temps ! Stéphane a proposé au propriétaire du bar à côté de chez lui de jouer un truc, en début de soirée.

— Attends une seconde, si j'ai bien compris, tu veux qu'on se produise devant un public ? On va se faire insulter !

— On s'en fout ! Allez ! insiste-t-il. De quoi tu as peur ? Franchement, mec, t'as jamais été bon, ce n'est pas le moment de faire la diva !

— Connard, va !

En réalité, ça me tente plutôt. Un petit trip, un léger goût de « comme avant ».

— Bon... C'est l'occasion de se marrer... J'arrive dans une heure quinze, une heure trente max. On se retrouve chez Stéphane, alors ?

— C'est ça. À tout à l'heure.

Je raccroche et en me regardant dans le miroir de l'entrée, je m'aperçois que je ne suis pas habillé pour un concert entre potes. Je cours dans ma chambre, enfile un vieux Levi's, un tee-shirt que je recouvre d'un gros pull, et des Converse. J'ai tellement l'habitude des costumes que je jubile en revêtant ma tenue pour la soirée. Mon corps a l'impression d'avoir dix ans de moins. J'attrape ma guitare et me dirige avec impatience vers ma voiture.

***

Lorsque j'arrive chez Stéphane, je constate que nous partageons tous le même état d'esprit. Nous accordons rapidement nos instruments dans le restaurant tout en sirotant des bières. À 19 heures, l'appréhension de se faire jeter des tomates s'estompe, et après avoir dépassé trois verres, et on s'en fout complètement. Quand nous franchissons la porte du bar, l'ambiance est au rendez-vous avec des décorations festives qui scintillent de tous les côtés. Un autre groupe interprète avec enthousiasme d'incontournables classiques des fêtes. L'écoute de ces morceaux me plonge dans une forme de nostalgie, dans le bon sens du terme. Noël représente toujours ce moment de l'année où l'on accepte les surprises, où l'on tolère l'inattendu, le magique. C'est un temps d'espérance…

C'est enfin notre tour et il n'y a pas grand monde face à nous. On se chauffe, on retrouve notre rythme et franchement, j'apprécie. On s'est mis d'accord pour faire des reprises de trucs connus : The Beatles, Oasis, Bowie, Queen… C'est quand je lance les premières notes de *Shooting Star*, une de mes chansons préférées, que je me fais vraiment plaisir.

Mika est le chanteur, moi, je me cache derrière lui, avec ma guitare. Je suis le timide de la bande. Quand vous faites partie d'un groupe de grandes gueules, c'est commode et très confortable de les laisser parler. Ça ne m'a jamais dérangé, on va dire que je cultive un charme discret.

On met un peu de temps à se roder, mais après quelques morceaux, on commence à prendre notre pied. C'est un brin ingrat de jouer dans un bar, les gens prêtent peu attention à vous. Parfois, ils parlent même très fort parce que vous les faites chier avec votre musique. Mes amis s'en tapent, moi, j'avoue, ça me gêne un peu. C'est ce que je suis tout au fond de moi, le gars réservé qui refuse de déranger.

On attaque notre deuxième heure de concert quand la table devant la scène se libère, avant d'être immédiatement prise d'assaut par quatre filles. Je les épie depuis ma place dans l'ombre. Plutôt mignonnes, un peu plus jeunes que nous, elles semblent avoir commencé la soirée avec quelques verres, car elles éclatent de rire au moindre mot que l'une d'elles prononce. J'observe leurs interactions et m'aperçois que l'une n'est pas totalement dans le même état d'esprit que les autres. Ses lèvres laissent apparaître une ébauche de sourire, mais elle paraît sur la réserve. Elles captent l'attention de la serveuse pour commander et je spécule sur ce qu'elles vont choisir. On apprend beaucoup de choses sur une personne en fonction de ce qu'elle boit dans un bar. Je scrute le plateau lorsque leurs consommations arrivent : trois spritz – un des cocktails les plus dégueus que j'ai eu l'occasion de boire dans ma vie et une pinte de bière. J'attends de voir pour qui est cette dernière. Une femme qui commande un demi-litre de bière ne peut que me plaire. Je mise sur la petite brunette placée face à la scène, celle qui semble à part, moins touchée par l'ambiance festive. Mes mains maîtrisent le morceau, je joue d'instinct les notes tout en observant ma jolie inconnue. Elle ne sourit pas, mais possède des lèvres très sensuelles, pleines, d'un rose profond très attirant. Ses sourcils très foncés, épais, encadrent des yeux clairs dont je ne parviens pas à distinguer la couleur exacte. Elle a l'air contrariée, et je me dis que j'aimerais bien la faire rire pour voir à quoi elle ressemble, une fois parfaitement détendue. Quand la serveuse distribue les boissons, elle lève le bras pour attraper la bière.

Mademoiselle, je ne vous adresserai probablement jamais la parole, mais vous me plaisez beaucoup.

Tandis que cette pensée me traverse l'esprit, elle braque ses yeux dans ma direction. Je suis tellement stupéfait que ma main dérape et que je manque un accord. Nico m'observe, surpris, et je lui fais comprendre que tout va bien. Mon regard se tourne de nouveau vers elle, curieux.

Une moue satisfaite s'épanouit doucement sur ses lèvres, comme si elle savait parfaitement que c'est elle qui m'a déconcentré.

Est-ce que je tente une approche ?

6

Nom d'un pain d'épices

Ce n'est pas ainsi que j'avais imaginé ma soirée. Sophie m'avait rejointe à 19 heures, directement à l'hôtel. Plus tôt, elle m'avait envoyé un message depuis le train pour m'annoncer que deux copines d'école avaient répondu à son appel pour notre petite virée de ce soir.

Grenoble. Ses montagnes, son cœur historique, ses rues piétonnes. J'ai passé presque dix ans de ma vie ici, et pourtant je connais mal la ville.

C'était pour me rapprocher d'un pôle sportif digne de ce nom que j'avais déménagé. Ç'avait été la seule fois où ma mère avait paru hésiter à me soutenir. Laisser partir sa fille unique en internat avait été difficile à accepter pour elle. J'avoue ne pas avoir beaucoup pris ses sentiments en compte à l'époque. Je ne pensais qu'au patin. Une fois installée dans ma nouvelle vie, j'avais rencontré Sophie, venue pour les mêmes raisons que moi. Son parcours s'était arrêté plus vite que le mien, elle n'avait pas résisté à la pression des entraînements intensifs, mais une amitié sincère était née entre deux sauts. Elle a toujours été la plus sociable de nous deux, celle qui arrondissait les angles après mes coups de gueule et qui ne supportait pas les tensions après un conflit. Ce qu'elle préfère dans la vie, c'est prendre soin de ceux qui ont croisé sa route. Sophie n'a jamais eu besoin de « Copains d'avant », puisque jamais elle ne renonce à prendre des nouvelles.

Cette escapade tombait à point nommé pour me sortir l'autre imbécile de la tête. Faire la fête, voilà ce qu'il me fallait !

Stop, Sybille. Pense à autre chose. Profite !

Sauf que je ne m'attendais pas à une ambiance hivernale à l'extérieur et à l'intérieur du restaurant.

Quand Victoire et Gaëlle avaient repéré Sophie, elles s'étaient ruées sur elle, dans une envolée de cris stridents.

Puis elles m'avaient aperçue.

— Sybille, avait balbutié Gaëlle, en jetant des regards intrigués en direction de Sophie. Que fais-tu là ?

— Surprise ! Sophie ne vous a pas dit que je me joignais à vous ?

Leur silence m'avait enveloppée. Interminable. Gênant.

— Sophie a dû oublier, avait lâché Victoire. Bon, on ne va pas rester dans le hall pendant cent sept ans…

— Allez-y, on arrive, avais-je dit en retenant Sophie par le bras.

Les filles s'étaient dirigées vers le comptoir de l'accueil, où un serveur leur avait indiqué la table réservée à notre nom.

Je m'étais tournée vers mon amie, abasourdie.

— Merde, c'est quoi leur putain de problème ? Pourquoi ne leur as-tu pas dit que je venais ?

— Sérieusement, Sissi, tu ne peux pas être un peu moins vulgaire ? Regarde autour de toi, c'est Noël, les gens se réjouissent, il y a des enfants dans tous les coins. Tu ne veux pas défroncer les sourcils ?

— Ma vulgarité te dérange ? Veuillez m'excuser, mère Noël, ou plutôt mère la morale ! Je reprends dans les formes : nom d'un pain d'épice, Sophie, qu'arrive-t-il donc à nos chères camarades ?

— Tu me fatigues parfois... Alors, je ne leur ai rien dit, car, si elles avaient appris ta présence, elles ne seraient pas venues. Tout simplement !

J'avais été stupéfaite. Depuis quand ma présence empêchait-elle les gens de s'amuser ? Mon amie avait éclairé ma lanterne.

— Elles n'ont pas gardé un excellent souvenir de vos dernières rencontres ! As-tu pris des nouvelles depuis la fin du lycée ?

— Tu m'en donnais...

— Voilà. Tu pointes le problème du doigt. Je me suis dit que remettre les choses à plat pourrait te faire du bien pour repartir de zéro. Je t'adore, Sissi, mais il va falloir que tu fournisses de gros efforts pour changer de vie !

Elle m'avait plantée pour rejoindre notre table. Le restaurant choisi par Sophie était vraiment très chouette, mais l'ambiance des lieux se trouvait désormais en totale contradiction avec mon humeur : partout ça brillait, ça resplendissait. La musique jazz, discrète, laissait filtrer les sonorités chaudes des cuivres, et l'odeur qui sortait des cuisines avait de quoi faire saliver les clients. Personnellement, je n'avais plus faim.

J'avais pris une grande respiration pour me calmer – je devais bien ça à mon amie – avant d'aller m'asseoir à ma place.

Cette dernière m'avait jeté des regards inquiets, mais je m'étais empressée de la rassurer en lui serrant doucement la main sous la table. Je sais que je ne possède pas un caractère… facile. Mais je ne suis pas un monstre tout de même.

Et j'étais bien décidée à leur montrer à quel point elles se trompaient à mon propos.

Une heure et plusieurs verres de vin plus tard, j'avais constaté que j'avais peut-être fait preuve de désinvolture quant à la prise de nouvelles. Victoire et Gaëlle s'étaient reproduites et je n'étais pas au courant. La conversation avait tourné autour de leurs maternités épanouies. Et de rien d'autre. J'avoue ne pas avoir su quoi dire au sujet des marques de couches ou des séances de baby-gym. Je m'étais dit qu'il était temps de rediriger les discussions vers un sujet qui nous concernait toutes les quatre.

— Vous devez être impatientes de les emmener à la patinoire ! C'est tellement mimi, les petites patineuses !

Gaëlle m'avait lancé un regard assassin.

— Mon FILS n'a que six mois et je doute d'avoir envie de le voir mettre les pieds sur la glace un jour.

J'avais rougi de ma bévue avant d'exprimer mon étonnement.

— Tu as toujours adoré ce sport, Gaëlle ! C'était ta grande passion ! Notre grande passion à toutes ! m'étais-je exclamée.

Sophie avait détourné les yeux, les autres m'avaient dévisagée comme si je venais de lâcher une énorme grossièreté.

— En fait, tu n'as jamais regardé autour de toi, n'est-ce pas ? m'avait accusée Victoire. Toi et tes succès ! Toi et tes médailles ! Toi, toi, toi ! Tu n'as jamais remarqué que nous n'avions jamais une miette de l'attention qui t'était accordée ? Tu prenais tellement de place ! Ton égocentrisme t'a empêchée de voir que, pour nous, ces années se sont surtout révélées très humiliantes !

J'avais bégayé sous les accusations, incapable de faire face à ce flot de reproches. C'était une nouvelle fois Sophie qui était venue à mon secours.

— Moi, j'ai arrêté de mon plein gré, j'ai vite compris que persévérer ne servirait à rien. Quand tu as quitté Grenoble pour Annecy, tout a changé, spécialement pour Victoire et Gaëlle. L'espoir du club était parti ailleurs. Les autres ne comptaient plus. Ils se sont concentrés sur les plus jeunes.

— N'allez pas me reprocher les choix des entraîneurs ! Comme vous le dites, j'étais partie !

— Effectivement, ce n'est pas ta faute, était intervenue Victoire. Mais, durant toutes ces années où tu as été avec nous, tu ne t'es jamais intéressée à notre souffrance, aux humiliations que l'on subissait. Réussir n'est pas une excuse au manque d'empathie…

— Mais…

— Tu n'as jamais pris de nos nouvelles, persuadée que nous allions te suivre, t'aduler. Sybille Jaffrelot ne s'abaisse pas à fréquenter la lie du patinage, elle vaut bien mieux que ça ! Mais c'est fini tout ça, nous ne sommes plus des gamines fragiles et impressionnables…

— As-tu recontacté Clara après sa blessure ? m'avait demandé Gaëlle, enfonçant le clou.

L'image d'une petite blonde avec les dents du bonheur m'était revenue en tête. Clara Hilliard. Je n'avais pas pensé à elle depuis des années. Elle possédait un certain talent elle aussi, et avait été, sans doute, la seule capable de se mesurer à moi à l'époque.

— Qu'est-ce qu'elle vient faire là-dedans ? Clara était une concurrente, pas une amie.

— Une adversaire que tu as tellement poussée à bout, à force de la challenger, de la tester, qu'elle est allée s'entraîner alors qu'elle était blessée. Elle n'a plus jamais remis les pieds sur la glace après ton départ.

Je m'étais doutée qu'elle avait eu un problème puisque je ne l'avais plus jamais croisée sur le circuit. Mais pourquoi me blâmer pour un accident qui avait eu lieu il y a dix ans ?

— Je ne l'ai forcée en rien ! Arrêtez de me prêter des intentions que je n'ai jamais eues ! On dirait, à vous écouter, que j'ai des superpouvoirs ! Je suis curieuse, de quoi d'autre suis-je responsable ? La fin de carrière de Manaudou ? Le Covid ? avais-je ironisé en écarquillant les yeux.

Sophie était intervenue pour calmer la conversation.

— On peut peut-être cesser les récriminations ? Maintenant que l'abcès a été crevé, peut-on tenter de passer une soirée normale ? J'ai rarement l'occasion de vous avoir toutes les trois, j'aimerais en profiter !

J'avais ravalé les mots que je m'étais apprêtée à prononcer. Je lui devais bien ça.

— C'est vrai. Excusez-moi… pour tout. À première vue, j'ai beaucoup de choses à me faire pardonner.

Je n'avais pas pu m'empêcher de laisser percer une pointe de sarcasme en fin de phrase.

— Sissi ! m'avait grondée Sophie.

— Je le pense. Promis.

Les deux autres avaient acquiescé, visiblement à contrecœur, mais tout le monde avait voulu faire plaisir à Sophie. Je ruminais encore en finissant mon dessert, mourant d'envie de boire un verre pour faire passer l'amertume de ce début de soirée.

***

Quand je propose de nous rendre dans le bar situé juste à côté, je m'étonne qu'elles acceptent.

Nous payons et poussons la porte vitrée décorée de guirlandes. La voix avinée d'un fan de Mariah Carey nous happe immédiatement. C'est un hommage pathétique à la diva de Noël, mais il a le mérite de nous dérider et de nous faire exploser de rire. Il n'y a aucune place disponible, alors nous nous approchons du comptoir pour commander des verres. Les filles optent pour des spritz – quelle horreur –, je préfère me contenter d'une bière. On reste un bon moment debout et l'idée d'aller ailleurs commence à émerger, quand une table se libère juste devant la scène. On se rue dessus en gloussant et recommandons une tournée à la serveuse qui passait au même moment.

L'admirateur éperdu a laissé la place à un groupe de quatre mecs. On sent qu'il s'agit d'amateurs, mais c'est plutôt pas mal. Le mois de décembre n'a débuté que depuis quelques jours, mais je sature déjà des chants de Noël. Ces modestes reprises de classiques du rock réconfortent mes oreilles maltraitées.

J'écoute distraitement la conversation des filles. Victoire et Gaëlle ne sont pas retournées vivre dans la ville de notre enfance, elles sont restées faire leurs études à Grenoble après le bac. Elles ne me posent pas de questions sur ma vie, mais après notre discussion précédente, je comprends que je dois faire profil bas.

Pour m'occuper, je contemple le bar un peu miteux, mais chaleureux. À quoi ressemble-t-il en dehors de la période des fêtes ? Les guirlandes cachent la misère avec brio. Quand la serveuse revient, je prends mon verre sur le plateau et avale une grande gorgée de ma bière. J'accroche le regard du guitariste, qui m'observait apparemment depuis plusieurs minutes.

Je le fixe et il perd un instant ses moyens, ce qui fait naître un sourire sur mes lèvres.

Il est pas mal… Bon, OK, il est plus que pas mal, il correspond en tout point à ce que j'aime. Cela surprend toujours, mais le genre athlétique, musclé, élevé à la gagne, ne m'a jamais fait rêver. Non, ce que j'adore se trouve juste sous mes yeux. Mon guitariste est très grand, assez fin. Il arbore un style très british avec son jean usé, ses Converse, ses cheveux auburn en désordre. La pénombre règne dans la salle, mais je crois distinguer de légères taches de rousseur sur ses bras et son visage. Il me rappelle le héros de *Outlander*, en beaucoup moins bodybuildé.

Aaah, Jamie…

Mais il y a surtout un détail qui me fait fondre, qui est pour moi un véritable désintégrateur de culotte : il porte des lunettes. J'adore les mecs à lunettes. Les siennes sont rondes, en écailles. Elles lui confèrent un côté intellectuel, un air sérieux qui me donne envie de lui arracher son tee-shirt.

Je tente d'intégrer la discussion en cours à notre table – crèche ou assistante maternelle ? – mais mes yeux reviennent toujours sur lui. Quand le groupe prend une pause et que je l'aperçois se diriger vers le comptoir, je ne réfléchis pas et me lève. Sophie me regarde, intriguée.

— Qu'est-ce qui t'arrive ?

— J'ai soif, lui soufflé-je en désignant mon inconnu du menton.

— Sérieux ?

— Bah, écoute, il faut savoir saisir sa chance quand elle se présente…

Mon verre serré entre mes doigts, je me crée un passage vers lui en jouant des coudes, et parviens à trouver une place juste à son côté. Il ne m'a pas encore vue et commande une bière au barman. Il retire ses lunettes pour se frotter les paupières, se passe la main dans ses cheveux humides de transpiration. Il semble fatigué. Une fois servi, il se dégage de la foule et se heurte à ma personne en souhaitant se retourner. Ses yeux se posent sur moi, une lueur de surprise s'allume au fond d'eux. Purée, qu'il est grand ! Le menton relevé vers lui, un sourire étirant mes lèvres, je réfléchis à quoi dire avant de me décider pour la simplicité.

— Salut !

7

Devinettes et bottes fourrées

D*'accord.*

Elle vient de s'adresser à toi. Trouve quelque chose d'intelligent à dire, Matthieu...

Je la scrute avec curiosité maintenant qu'elle est si près, et la découvre délicate, ravissante. Je constate que ses yeux sont d'un gris intense. J'aimerais tellement lâcher quelque chose de percutant qui me donnerait une allure virile, mystérieuse.

— Salut.

Au temps pour la profondeur. Je crois que j'ai même légèrement tremblé en prononçant ce seul mot.

On se regarde en se souriant. Je ne sais pas quoi dire pour lancer la conversation. Elle a la bonne idée de le faire.

— Bravo pour la musique. J'adore les reprises que vous avez choisies, me dit-elle.

— J'ai conscience qu'on n'aura jamais le talent du groupe qui nous précédait, mais merci, ça fait plaisir.

Ma réflexion l'amuse.

— Le *Mariah Carey's boys band ?* Oui, il est difficile d'atteindre un tel niveau de perfection. J'espère qu'elle aura la chance de les applaudir un jour ! L'hommage est si flatteur !

La demoiselle a de l'humour.

Ça me plaît.

— Je t'offre un verre ? lui proposé-je en lui faisant remarquer que sa chope est vide.

— Je ne sais pas si c'est raisonnable, me répond-elle, mais ses yeux rieurs me disent qu'elle n'a pas forcément envie de l'être.

— Bière, alors ?

— Bière.

J'avale la mienne d'un trait pour en recommander une et l'accompagner. Je la vois adresser un signe à une des filles à sa table.

— Tu dois y retourner ? On dirait que ta copine s'impatiente.

— C'est juste ma meilleure amie qui se mêle de ce qui ne la regarde pas, précise-t-elle dans un sourire. Sous prétexte que je la connais depuis toujours, je devrais lui demander la permission pour tout.

— Je comprends. Les gars qui jouaient avec moi sur scène sont comme des frères. C'est compliqué d'avoir une vie privée quand tes amis n'ignorent rien de toi, non ?

Elle hoche la tête, tout en prenant une gorgée de la blonde que le barman vient de déposer devant elle.

— Au fait, moi c'est Matt.

Je penche ma chope dans sa direction pour trinquer.

— Sissi, se présente-t-elle, tout en cognant son verre contre le mien.

— Comme l'impératrice ?

— Ah, ah, je n'avais jamais entendu cette blague avant ! C'est juste un diminutif, continue-t-elle, sans en dire davantage.

— Pour quel prénom ? Sylvie ? Sidonie ? Simone ? tenté-je.

— Conduis-toi en gentleman et je te le révélerai peut-être en fin de soirée… Tu rejoues après ? m'interroge-t-elle en désignant la scène du doigt.

Elle me parle de la fin de soirée. J'y vois comme un encouragement.

— Non, notre tour est passé. Ça te dit de… enfin… de rester un peu en ma compagnie ?

— Pourquoi pas ! Tu m'as l'air du genre mignon et bien élevé. Je reviens tout de suite, me dit-elle en me collant son verre dans les mains. Ne te sauve pas.

Aucune chance.

Elle retrouve son amie et lui glisse quelques mots à l'oreille. L'autre femme hausse les épaules, m'observe, intriguée, avant de lui tendre son manteau et son sac. Elles discutent encore un instant, Sissi l'embrasse puis me rejoint.

— Tu as demandé l'autorisation de minuit ?

— Elle vient de m'être accordée. On reste ici ou tu m'emmènes en voyage sur ton traîneau ?

— Je l'ai laissé au pôle Nord, mais si tu acceptes de marcher un peu, on peut se promener ?

Elle me montre ses pieds.

— J'ai bien fait de porter mes bottes enchantées ! J'aime être prête pour de nouvelles aventures.

— Des bottes de sept lieues ? Alors, tu me proposes une longue balade ?

La belle enfile son manteau, son bonnet et noue son écharpe.

— Nous verrons. Commençons déjà par sortir d'ici.

Je lui demande de patienter un instant, le temps de prendre ma parka et de prévenir mes amis que je rentrerai plus tard. Ils rangent nos instruments près de la scène.

— Dis-moi, tu ne t'emmerdes pas ! Ses copines ne voulaient pas faire notre connaissance ? me reproche Nico, après que je lui avais expliqué mes plans pour la soirée.

— Écoute, c'est elle qui a engagé la conversation, je n'allais pas pousser ma chance ! Débrouillez-vous !

Stéphane m'appelle et me balance des clés.

— On ne va pas rentrer tout de suite ! La tournée des bars de nuit peut nous occuper longtemps… Je t'ai mis une couette sur le canapé du resto.

Je le remercie et retourne vers mon rendez-vous inopiné.

J'ai l'impression qu'entre nous, ça a fait *tilt.* Du genre « se plaire au premier regard ». C'est étrange comme sentiment. J'ignore ce qu'elle attend de ma part. Ce type de situation ne m'arrive pas souvent. Habituellement, je range pendant que les autres draguent.

Sissi patiente au bout du comptoir, et un crétin s'est empressé de prendre ma place auprès d'elle à l'instant où je suis parti. Il lui parle, essaye de lui toucher les cheveux, d'attirer son attention par tous les moyens.

Elle tente de l'ignorer tant bien que mal, mais le type ne semble pas comprendre qu'elle lui oppose une fin de non-recevoir. Ça me chauffe de voir des mecs de ce genre. Je mets mon manteau tout en marchant d'un pas décidé, prêt à en découdre.

Je n'aurai pas besoin de le faire.

Le chacal a touché l'épaule de ma mystérieuse amie, ce qu'elle n'a pas aimé. Du tout. Elle est en train de lui tordre les doigts, un air méchant dans le regard. Il réussit à retirer sa main et paraît sur le point de l'attirer à lui, quand je vois le genou de la jeune femme se diriger vers les parties les plus sensibles de son assaillant.

Ouille. Voilà qui devrait le calmer quelque temps.

Elle lui murmure quelques mots à l'oreille, avant de se redresser et de m'apercevoir. L'homme gémit, elle lui lance un regard apitoyé, tellement méprisant que j'éclate de rire. C'est hilarant de l'observer le toiser de toute sa – petite – hauteur. Quelle femme !

— Je m'apprêtais à voler à ton secours, mais tu n'avais pas besoin d'aide apparemment !

— J'ai appris à me débrouiller seule. Alors, on y va ?

Elle semble peu affectée par la scène. Est-ce que ça lui arrive souvent ?

On sort et la différence de température, une fois la porte passée, nous arrache immédiatement des frissons. Il neige depuis quelques jours, sans que cela ne tienne au sol. Mais, ce soir, l'atmosphère est glaciale et une couche blanche, duveteuse, recouvre la route. Il est déjà tard, peu de promeneurs bravent le froid de la nuit. On se dirige silencieusement vers la place Grenette et sa fontaine. Cette dernière est figée dans une gangue de givre, le gel ayant coupé l'arrivée de l'eau, formant des stalactites le long des pierres. En m'approchant, j'aperçois les angelots de bronze rendus brillants par les paillettes de glace. On marche tranquillement. La nuit et les immeubles qui nous entourent dissimulent les montagnes, me donnant le sentiment que je me balade dans une ville inconnue, en compagnie d'une belle anonyme. C'est loin d'être désagréable, l'obscurité permet de se cacher, mais également de trouver un courage que la pleine lumière amoindrirait.

Le silence se révèle confortable entre nous, mais j'ai envie d'en savoir plus sur elle.

— Alors, mademoiselle Sissi, que faites-vous dans la vie ?

— Ce serait trop simple de te le dire… Devine.

Je réfléchis un instant, et une idée me vient rapidement.

— Quand je me remémore ta façon de maîtriser ce type au bar, je t'imagine bien faire partie des forces de police, ou de gendarmerie. Affirmatif ?

Elle rit en secouant la tête, l'air incrédule.

— Regarde ma taille ! Penses-tu que l'on m'engagerait pour faire respecter l'ordre et la loi ? Je doute même d'avoir le droit de passer les tests !

— Eh bien, ils auraient tort de ne pas t'accepter ! Et ne critique pas ta taille, je la trouve parfaite, moi. Je pourrais te mettre dans ma poche.

Je laisse passer un silence pour qu'elle apprécie ma médiocre tentative de flirt. Comme elle ne dit rien, j'enchaîne.

— À ton tour. J'écoute tes suppositions.

— Tu veux dire que tu n'es pas guitariste professionnel ? exagère-t-elle en roulant des yeux.

Je lui donne un coup d'épaule pour la punir de sa mauvaise blague. Elle dérape sur le trottoir et s'accroche à mon manteau pour ne pas tomber. Je lui prends le bras et le glisse sous le mien pour la stabiliser. La jeune femme se rapproche et se colle à moi, sans chercher à s'éloigner par la suite. Nous avançons dans les rues calmes, sous la lueur dorée des réverbères. Les flocons de neige grossissent de minute en minute, allant jusqu'à recouvrir nos bonnets d'une couche humide. Je commence à regretter le choix des

Converse, les baskets de toile devenant de plus en plus mouillées, mais je refuse d'abandonner notre promenade nocturne sous prétexte que j'ai joué au citadin qui découvre la montagne.

— Tu n'as pas répondu, lui rappelé-je notre sujet de conversation.

— Hmmm, en t'observant tout à l'heure, je me disais que je pourrais parfaitement t'imaginer en disquaire, entouré de vieux vinyles, ou encore en libraire, une tasse de café à la main, conseillant des polars ou des BD aux clients. Touché ?

— Désolé, je garde mon porte-avions… Mais franchement, l'image que tu me présentes me plaît beaucoup. Le problème, c'est que je lis peu et que je n'ai jamais été fan de BD… Ce n'est qu'un léger détail à régler.

Elle rit, d'un beau rire, très féminin, en total contraste avec la combattante que j'ai entraperçue dans le bar. C'est peut-être moi qui suis dépassé, en fait. Les femmes de maintenant sont sans aucun doute capables d'être délicates, et de frapper un relou dans les noix avec férocité. Je m'en veux d'avoir envisagé les choses différemment. Mes sœurs m'auraient fait la peau si je leur avais fait une telle réflexion.

— Une autre question… Quel est ton film préféré ?

— Devine ! joue-t-elle en se mordant la lèvre.

— Hmmm… Pourquoi ai-je l'impression que si je lance *Pretty Woman* ou *Dirty Dancing*, je vais subir le même sort que l'imbécile du bar… Voyons… Un film avec des personnages forts, déterminés, lumineux… Dont la taille ne révélerait rien de la vaillance… Bien sûr ! C'est une évidence !

— *Rocky* ?

— Je pensais plus aux *Minions*…

Elle me pousse et prend une poignée de poudreuse qu'elle me balance au visage.

— J'aurais pu te retourner le compliment avec *Moi, moche et méchant*, mais tu es bien trop chou pour être comparé à Gru…

— Chou ?

Je l'attrape et la hisse sur mon épaule, lui mettant au passage une petite claque sur les fesses.

— Impertinente ! Je suis grand et fort, comment oses-tu !

Elle rit aux éclats tandis que je la trimballe sur plusieurs mètres. Je m'arrête quand elle perd son bonnet et que ses longs cheveux frôlent le sol.

— Je n'ai jamais dit que je n'aimais pas ça… La virilité extrême, c'est pour les faibles.

Je la repose doucement, ramasse son couvre-chef que je replace sans délicatesse sur ses mèches emmêlées.

— Tu veux dire que mon physique d'Adonis ne t'impressionne pas ?

Ouah, c'est fou ce que la nuit me fait gagner en confiance !

Elle revient se serrer contre moi et passe les bras sous ma parka.

— Ton physique et ton air adorable me plaisent beaucoup, murmure-t-elle posément.

Je sens que je dois agir, qu'elle attend de ma part que je lance la soirée dans une autre direction.

Les rues blanchissent à vue d'œil et le vent glacé s'insinue dans nos vêtements. Les cafés et restaurants s'éteignent un à un. Je n'ai ni envie d'aller dans un bar de nuit ni de me séparer d'elle.

Je palpe le trousseau dans ma poche, et me demande si l'idée qui me vient lui conviendra.

— Tu as froid ?

— Un peu, m'avoue-t-elle. Je boirais bien quelque chose, mais tout est en train de fermer.

Elle regarde autour d'elle, à la recherche d'une lumière indiquant un endroit chaud et accueillant. Je sors les clés pour les lui montrer.

— Mon pote Stéphane, le bassiste, précisé-je pour qu'elle puisse voir de qui je parle, possède un resto près du bar de tout à l'heure. C'est là que je dors ce soir, et je ne pense pas me tromper en disant qu'il est équipé d'une machine à café très performante. Ça te tente ?

Elle me regarde étrangement, comme pour me jauger, avant de se décider.

— D'accord. On se dépêche ? Je gèle sur place.

On rebrousse chemin, et regagnons, moitié en courant, moitié en glissant, la rue dans laquelle nous nous sommes rencontrés il y a à peine deux heures. On dépasse le bar d'où s'échappent les notes si caractéristiques de la musique des années 1980, avant de nous retrouver devant *Sud*, le resto de mon pote.

J'ouvre la porte et nous fais entrer. Les rideaux sont baissés, nous donnant une totale intimité. Je retire mon manteau et vais directement mettre en marche le percolateur. Elle s'approche pour me regarder faire et prend place sur une des chaises. Je galère, et ne parviens pas à rendre la machine opérationnelle. Au bout de cinq minutes, je lâche l'affaire et nous sers deux cognacs. Je m'accoude au comptoir, me retrouvant ainsi à sa hauteur.

— Navré pour mon incompétence. Ça ira pour toi ? demandé-je en montrant le petit verre entre ses doigts.

Elle sourit et boit l'alcool fort d'un trait. Je la vois s'approcher de moi, de plus en plus près. Elle finit par doucement poser ses lèvres sur les miennes, comme pour tester ma réaction. Je fais le tour du bar pour la rejoindre et l'entoure de mes bras. Nous nous embrassons à perdre haleine. C'est simple, naturel, il n'y a aucune gêne entre nous. Elle se serre contre moi, attendant de ma part que je prenne l'initiative de la suite. Nous sommes adultes, il paraît clair qu'aucun de nous ne semble vouloir en rester là. Je laisse mes mains courir le long de son corps, anticipant un geste qui m'indiquerait qu'il faut que je stoppe ma progression. Elle ne m'arrête pas, et entoure mon cou de ses bras, me donnant accès à sa nuque que je m'empresse de couvrir de baisers. J'arrive finalement à ses fesses.

Je l'ai déjà dit, je suis timide. Mais je sens que ce soir, je dois dépasser tout ça.

Mes doigts s'agrippent à elle et je la soulève pour que ses jambes enserrent ma taille. Je cesse de l'embrasser un instant pour lui murmurer quelques paroles à l'oreille.

— Tu veux ?

Deux simples mots, qui attendent une réponse tout aussi simple.

— Oui.

8

Gueule de bois

J'ouvre les paupières en entendant l'escalier craquer bruyamment. Le soleil qui inonde la pièce m'agresse les yeux et me colle immédiatement la migraine.

J'enfouis mon visage dans l'oreiller en attendant le retour au calme. J'ai à peine fermé l'œil cette nuit, je crois que je pourrais traîner au lit toute la journée.

Ce qui achève de me réveiller, c'est l'absence d'une présence près de moi. Je me redresse d'un coup et constate qu'il n'y a plus de trace de ma compagne.

Merde.

Je me suis endormi comme une souche hier. Mais quand je suis tombé dans les bras de Morphée, il y avait un petit corps doux et chaud contre moi. Blottis l'un contre l'autre sur l'étroit canapé, on avait discuté de tout et de rien pendant des heures. On avait fini par abandonner les verres, continuant à jouer à « Devine » en buvant du cognac au goulot. C'est flou, mais je me rappelle avoir beaucoup ri. Je sens encore ses cheveux me chatouiller le nez, sa tête contre mon torse… On ne s'était pas posé de questions, on avait profité de cette nuit comme d'un cadeau inespéré qui nous avait laissés comblés.

Moi, en tout cas, je l'avais été.

Pas elle ?

Merde. Merde. Merde.

Non, je ne peux pas croire qu'elle n'ait pas ressenti les mêmes choses que moi.

Je dois dire que c'est étrange que la meilleure relation sexuelle de ma vie se soit déroulée avec une parfaite inconnue. Mais, franchement, c'était magique. Tout s'est passé naturellement, sans pression.

Je me souviens du moment où nous nous étions étendus l'un contre l'autre sur ce canapé, nous embrassant avec passion, avides de caresses et de tendresse. Je repense à nos fous rires, lorsqu'il avait fallu retirer nos multiples couches de vêtements. À notre timidité, quand nous nous étions découverts du bout des doigts. Au moment où nous avions enfin été unis, je me rappelle m'être dit que faire l'amour avec elle était merveilleux. Je n'avais pas rêvé ses soupirs, elle aussi adorait ce qui se passait…

Je me lève et cherche mon caleçon. Une fois enfilé, je regagne ma place et saisis la couette pour m'en entourer. Je ne peux m'empêcher de regarder autour de moi, au cas où j'aurais manqué quelque chose.

Stéphane ouvre la porte qui sépare le restaurant de la partie privée. Il s'approche de moi, deux tasses de café à la main. Il m'en tend une et se pose près de moi.

— Si tu ne veux pas que mes serveuses te reluquent, je te conseille de t'habiller rapidement !

— Où est-elle ?

Il me regarde comme si j'avais perdu la tête.

— De qui parles-tu ?

— Sissi, la jolie brune que j'ai rencontrée au bar ! Tu l'as vue ce matin ?

— Tu as trop picolé, je crois. Y avait personne ici quand nous sommes revenus cette nuit.

Je me fige.

— Comment ça, personne ?

— On est revenus vers 5 heures, et quand on a voulu vérifier que tu étais rentré aussi, on t'a vu tout seul dans ce même canapé. Tu ronflais comme un bienheureux, tu ne t'es pas rendu compte qu'on titubait près de toi. Alors qu'on n'était pourtant pas frais, nous non plus…

Elle est partie et je n'ai rien entendu. La petite voix dans ma tête me dit qu'elle ne m'a pas réveillé, qu'elle est sortie en douce en veillant à ce que je ne me doute de rien.

Stéphane constate mon hébétement.

— Sérieusement ? Tu n'es pas rentré seul hier ?

— Non… Elle était avec moi.

— Et ? me demande-t-il d'un ton suggestif.

Pas besoin de sous-titres pour comprendre ce qu'il sous-entend.

— Oui.

Il passe la main dans sa masse de cheveux aux boucles serrées. Il paraît désolé pour moi et me tape sur l'épaule dans un geste qu'il veut réconfortant. Stéphane, c'est le bon copain, le type aux allures de rugbyman avec un caractère de nounours. Si je le lui demandais, il ne rechignerait pas à me faire un câlin pour me consoler.

— Ça arrive, mec. N'oublie pas qu'on ne peut pas tirer le gros lot à chaque fois.

Sauf que moi, très sincèrement, j'ai eu l'impression de le décrocher en la rencontrant.

— Je peux monter prendre une douche ? Je resterai ici aujourd'hui au cas où elle reviendrait. Je te filerai un coup de main au resto.

Stéphane paraît gêné, comme s'il avait pitié de moi.

— Appelle-la. N'attends pas qu'elle change d'avis. Montre-lui qui c'est le bonhomme !

Quand je repense à sa façon de calmer l'abruti du bar, je doute que « lui montrer qui est le bonhomme » soit la bonne approche avec elle ! Stéphane n'a fait que l'apercevoir, il ne soupçonne pas à quel point les choses ont été simples et rapides entre nous… Il va me prendre pour un imbécile si je lui avoue que je ne possède ni son identité ni son numéro de téléphone.

Je ne sais même pas à quel prénom correspond le diminutif « Sissi ».

Merde.

Je reste en salle pendant le service du midi, levant la tête comme un labrador dès que la porte s'ouvre. Chaque minute, c'est la grande roue des souvenirs. Je me remémore chaque geste effectué, réinterprète chaque soupir de sa part, à la recherche d'un indice qui expliquerait son état d'esprit. Je ne peux pas m'empêcher de me demander ce que j'aurais pu changer dans notre soirée pour qu'elle ne s'enfuit pas. En fin de journée, je dois me rendre à l'évidence : elle ne viendra pas.

Stéphane me propose de passer une nouvelle nuit chez lui, mais j'ai promis à ma nièce de l'emmener à Chamrousse demain. J'ai beau avoir envie de faire un sitting devant la porte au cas où, je me résigne à rentrer.

Je rédige tout de même un mot, que je glisse dans une enveloppe, à son intention. Au cas où elle serait prise de remords de m'avoir lâchement abandonné sans une explication, mes coordonnées l'attendraient ici.

Mais je sais que c'est mort. Cette fille n'est pas adepte de la demi-mesure. Si elle est partie, c'est qu'elle ne voulait plus me voir. Ce sentiment d'inachevé me laisse un goût amer.

Je rentre donc chez moi retrouver mon terne logement de fonction et mes costumes, après ce qui n'aura été qu'une parenthèse enchantée, trop courte à mes yeux.

Je me couche en accordant une dernière pensée à cette fabuleuse nuit, avant de refermer irrévocablement la porte des regrets. Je me demande quand même à quel moment ça a merdé…

***

Le lendemain matin, je suis occupé à revêtir ma combinaison de ski quand l'interphone m'annonce que ma nièce est arrivée.

J'appuie sur le bouton, entrouvre la porte, et retourne à mes préparatifs. Quelques secondes plus tard, le bruit des pas dans l'escalier m'indique leur entrée imminente.

— Tonton ! s'exclame Soline en me sautant dessus. On y va ?

Je ris devant tant d'enthousiasme. Quand je la croise dans la cour de l'école primaire, située à côté de mon collège, nous ne faisons pas étalage de nos liens familiaux. Ce n'est pas un secret – rien ne reste caché longtemps dans une ville de la taille de la nôtre –, mais on respecte un certain protocole.

— Laisse-moi embrasser ma sœur d'abord ! Tout le reste de la journée t'est entièrement dédié !

Je m'approche de Clara pour lui faire la bise et lui proposer un café avant de partir, qu'elle décline.

— Ma fille va me tuer, si je vous retarde.

— Tu as des plans pour la soirée ? lui demandé-je.

— Un extra dans un resto. Tu te souviens ? Je t'en ai parlé.

Ah oui. Clara est mère célibataire. Elle a peu de marge de manœuvre avec la petite, alors je fais de mon mieux pour la seconder.

— C'est vrai. Prête pour mercredi ?

Elle lève les yeux au ciel.

— Je ne suis pas une de tes élèves, Matt. J'ai préparé l'entretien, affûté mes patins pour la partie pratique…

J'essaye de ne pas y penser. J'ai tellement envie que ça marche…

— Il n'y a pas de raisons. Il y a d'autres candidats ?

— Bérénice, me répond-elle, parlant d'une des employées de la patinoire. Elle est beaucoup moins qualifiée que moi pour le poste, ça devrait aller. Il faut juste que je ne foire pas le truc… Comme d'habitude.

Ma sœur avait connu un gros creux de la vague après l'arrêt du sport. Elle devait participer aux championnats d'Europe, mais avait cédé aux provocations d'une peste en concurrence avec elle à l'époque. Ce jour-là, ce fut la chute de trop. Elle n'avait jamais pu remonter la pente après ça. Elle refusait même de regarder ou de parler de ce sport. Clara avait ensuite enchaîné les conneries, mais quand la dernière en date l'avait mise enceinte, elle s'était reprise. Ce travail d'entraîneur, c'est l'occasion pour elle de voir que toutes ces années passées à trimer ont servi à quelque chose.

Je m'approche et l'embrasse sur la tempe.

— Je ne me fais pas de souci pour toi, tout va bien se passer. Bon, la crevette, dis-je en me tournant vers Soline, prête pour la luge ?

Elle ne répond pas et court en direction de la sortie.

Nous la suivons, et je prends mes clés dans l'entrée pour fermer.

— Tu te sens bien ? me demande ma sœur. Tu n'as pas l'air en forme.

— J'étais à Grenoble hier, je suis un peu fatigué. Tout ne s'est pas passé comme prévu.

— Tu veux en parler ?

Est-ce que je souhaite en parler ?

— Non, t'inquiète, ça va mieux maintenant que je vous ai vues. C'est oublié.

9

Overdose de chocolat

Je reprends un praliné aux noisettes du paquet posé près de mon ordinateur.

Depuis hier, je traîne dans mon lit, adossée à une montagne de coussins, la couette remontée jusqu'au menton.

Je me suis mise en mode régressif pour ne pas avoir à penser. J'enchaîne les épisodes d'*Outlander*, en faisant une overdose de chocolat.

J'ai mal au ventre, mais ça ne m'empêche pas de continuer à manger.

Je ne veux pas me remémorer ma réaction d'hier matin. Je refuse de faire face à ma lâcheté.

Quand les bruits de la rue m'avaient réveillée, j'avais d'abord ressenti un flottement pas désagréable. Je me sentais bien, détendue. Puis je m'étais souvenue que je n'étais pas seule.

Matt.

Ses bras autour de mes épaules, son souffle caressant mon cou. Allongé sur l'étroit canapé, il avait passé une jambe par-dessus les miennes, collé son torse à mon dos. Nous avions dormi enlacés. Rien de tout cela n'avait été réfléchi. Notre spontanéité nous avait offert une nuit fabuleuse.

Puis mon cerveau s'était remis en marche et j'avais commencé à me demander ce que j'allais raconter à mon inconnu, autour d'un café et d'un croissant. Rien ne m'était venu.

Ensuite, je m'étais dit que je ne savais même pas à quoi correspondait ce surnom – Matt – et il m'avait semblé ridicule de l'interroger à ce sujet à ce moment-là.

Avais-je couché avec Matthieu ? Matthias ? Mathew ? Mattéo ? Mathis ?

Cette interrogation avait longtemps tourné dans ma tête, jusqu'à la panique. Impossible de gérer ça. Finie la belle assurance, j'avais eu l'impression d'avoir 16 ans et de devoir rentrer avant que ma mère ne s'aperçoive de mon absence. Jamais je n'avais agi ainsi… Est-ce que je devais lui proposer de le revoir ? Lui laisser mon numéro de téléphone ? Cette soirée avait-elle signifié quelque chose pour lui ou avait-il déjà vécu ce moment de nombreuses fois ?

Alors, j'étais partie. J'avais réussi à m'extirper de son étreinte, à me rhabiller et à filer sans le réveiller. On avait pas mal bu la veille, il dormait comme une bûche.

Une fois dehors, j'avais commencé à trembler comme une feuille, au bord de la crise de larmes.

Je ne parvenais pas à savoir si j'avais envie de me sauver au plus vite ou d'y retourner.

Parce que ce type était vraiment parfait. Physiquement, il ressemblait à un de mes fantasmes qui aurait pris vie. Et, le reste… Drôle, intelligent, prévenant, tendre… Sexuellement, entre nous, ç'avait été… incroyable !

D'un coup, je nous avais vus, mon cynisme et moi, lui tenir compagnie au matin. Il allait forcément être déçu. C'est fou à quel point la nuit vous permet de gagner en confiance. Autant le laisser sur un bon souvenir.

Une fois revenue à l'hôtel, j'avais réveillé Sophie. Elle s'était dressée dans le lit, tel un cran d'arrêt, imaginant le pire.

— Il t'est arrivé quelque chose ? Dis-moi ! Je savais que je n'aurais pas dû autoriser ce type à t'emmener… Il semblait trop gentil pour être honnête, je m'en doutais !

— Non, rien de tout ça, je…

— Tu peux tout me dire, avait-t-elle insisté, devenant de plus en plus agressive au fur et à mesure que les idées prenaient de l'ampleur dans sa tête. Si tu veux, on y retourne !

La voir me défendre ainsi m'avait directement fait basculer dans la sensiblerie. J'avais éclaté en sanglots sous ses yeux effarés. J'avais bredouillé une suite de mots entrecoupés de hoquets, qu'elle avait paru pourtant comprendre.

— Mais pourquoi tu es partie ? S'il est tellement parfait ? avait-t-elle demandé, incrédule.

— Pour qu'il continue de croire que moi aussi, je le suis, avais-je reniflé. Je n'ai jamais réussi à avoir une relation sérieuse, j'ai été virée de mon boulot…

— Tu n'as pas été virée, m'avait-t-elle interrompue.

— C'est pareil… Je viens de retourner chez ma mère, mes amies d'enfance me détestent sans raison…

Je l'avais vue pincer la bouche et lever les yeux au ciel, comme pour refouler des paroles inopportunes.

— Sans raison. J'insiste.

— Je ne vais pas te contrarier avec ça maintenant, m'avait-elle assuré. Il n'empêche que je ne m'explique pas pourquoi tu es partie.

— Je ne savais pas quoi lui dire. J'avais trop peur que l'on se réveille et que seul le silence nous accompagne.

Elle avait hoché la tête, compréhensive.

Quand les premières lueurs du matin étaient apparues, nous avions bouclé nos valises et trouvé un train pour rentrer. Ma mère n'était pas revenue de chez ma tante Claudine, j'avais pu profiter de la tranquillité de la maison jusqu'au lendemain.

À présent que j'ai eu le temps d'y penser, de nombreuses phrases me viennent, et je me fais des conversations imaginaires, sans fin, avec mon bel inconnu, tout en boulottant du chocolat.

Maintenant que j'ai un peu de recul, je me dis que je suis une idiote. Une fille d'une stupidité sans pareille.

Il a dû me prendre pour une folle.

J'appelle Sophie, j'ai besoin de conseils. Elle décroche et je n'attends pas une seconde pour lui poser la question qui me démange.

— Tu crois que je devrais essayer de le retrouver ?

Elle est rapide, ma Sophie, elle sait de quoi je parle.

— Comment ? Tu comptes ouvrir ta fenêtre et hurler jusqu'à ce qu'il t'entende ? me propose-t-elle, moqueuse.

— Le resto. Celui dans lequel on a dormi, c'est celui d'un copain. Je pourrais lui faire passer un mot ?

Elle reste silencieuse un instant avant de reprendre la parole.

— Qu'attends-tu de sa part ? Je ne dis pas que tu ne dois pas l'appeler, mais réfléchis un peu tout de même… Si ça se trouve, il a été soulagé de constater que tu avais déguerpi avant son réveil.

— Je n'avais pas envisagé ça sous cet angle…

— Tu veux entendre ce que je pense ? Réellement ?

— Bien sûr !

Sophie n'a jamais manqué de me dire ce que je faisais de travers. Elle ne va pas arrêter maintenant.

— N'idéalise pas l'instant. Votre rencontre t'a permis d'échapper aux remontrances des filles… Mais ça reste une occasion d'un soir, comme ça arrive à beaucoup de personnes. Tu as passé un bon moment, c'était ce qu'il te fallait. N'intellectualise pas trop les choses.

— Tu le penses vraiment ? Tu crois que j'en fais trop ?

— Clairement. Garde ce que tu as vécu précieusement, redonne à ces instants la place qu'ils méritent. Si tu essayes de rentrer en contact avec lui, ça va se transformer en bourbier, et tu vas le regretter.

— Tu as raison.

Je l'embrasse et raccroche sur ces sages paroles. Pourtant, je m'octroie encore une journée pour me lamenter sur ma bêtise, avant de remiser cette histoire dans un coin de ma tête.

***

Le lendemain, ma mère revient de son week-end chez ma tante. Sa mine radieuse m'étonne. Elle paraît plus détendue que ces derniers mois. Elle s'approche de moi pour déposer un baiser sur mon front, et ne peut pas s'empêcher de me serrer dans ses bras.

— J'aime bien quand tu rentres chez nous. J'avoue que ça me manque de ne pas te voir régulièrement.

— Désolée… Je m'aperçois que je n'ai pas fait beaucoup d'efforts pour venir plus souvent.

Je m'écarte pour la regarder. Elle a vraiment bonne mine, elle paraît plus en forme qu'au début de mon séjour.

— Tu devrais aller plus fréquemment chez Claudine. L'altitude te réussit, tu rayonnes !

Elle rougit sous le compliment. C'est drôle de la découvrir toujours sensible à de simples mots.

Elle fouille dans son sac et y prend quelque chose qu'elle tend dans ma direction.

— Peut-être que tu pourras rester un peu ici… Claudine t'a imprimé ça, elle l'a vu sur le site de la ville.

Je saisis le papier. C'est une offre d'emploi.

Je sens l'excitation me gagner au fur et à mesure que je la parcours.

La patinoire recherche un entraîneur. Si je me fie à ce que je lis, il y a tout à faire. Pour l'instant, il n'y a pas d'équipe en place, il va falloir la monter de toutes pièces, détecter des jeunes, les former, les accompagner aux compétitions.

Tout ce que j'aurais dû faire à Paris, sans ce blaireau…

— Qu'en penses-tu ? me demande ma mère.

— C'est inespéré ! C'est exactement ce que j'attendais. Ce poste est pour moi, c'est le destin qui me l'envoie !

— Et ça te permettrait de vivre plus près…

Je ne peux pas m'empêcher de relire les mots inscrits. C'est trop beau pour être vrai. Mon regard se pose sur la date limite de candidature. Elle est dépassée de quinze jours. L'excitation retombe comme un soufflé.

— C'est trop tard. Il fallait répondre avant le 23 novembre…

Je suis déçue. J'en veux presque un peu à ma mère d'avoir fait naître cet espoir chez moi.

Elle me balaye les cheveux d'un geste de la main, avant de caresser ma joue, comme quand j'étais enfant.

— Tu es médaillée olympique, championne d'Europe. Les qualifications demandées ne représentent qu'une infime partie de tes compétences. Penses-tu réellement qu'ils vont ignorer ta candidature ? Quand ils entendront ton nom, ils vont aussitôt songer aux articles que la presse sportive fera à ton sujet ! À la notoriété que le club gagnera en t'ayant à la tête de leur équipe d'encadrants. Fais-moi confiance, passe ce coup de fil.

Elle a raison. Je suis plus que qualifiée pour ce poste. Je prends mon portable et cherche le numéro de l'association de la patinoire.

CSGB. Club des sports de glace bourguevillois.

Pour le glamour, on repassera…

Je lance l'appel et une voix féminine suraiguë me répond sur-le-champ, refusant de me passer le recruteur.

— Les candidatures ont déjà été étudiées. Les tests commencent cette semaine.

Je vois ma mère effectuer des mouvements de bras pour attirer mon attention, et me mime de poursuivre, à l'aide de grands coups de poing sur sa paume. Agnès Jaffrelot, fan numéro un, toujours au taquet sur les encouragements.

— Puis-je tout de même lui parler ? Je n'en aurai pas pour longtemps et je vous assure qu'il ne le regrettera pas. S'il vous plaît, insisté-je d'une intonation implorante, quasi larmoyante.

Elle souffle et me met en attente. Une musique de Noël emplit mes oreilles pendant que je patiente. Mes doigts pianotent *Last Christmas* sur la table, je chuchote nerveusement les paroles en poireautant.

— Allô ? me répond une voix masculine.

Je ravale la suite de la chanson et me racle la gorge.

— Bonjour, merci d'avoir pris mon appel. Je vous contacte concernant le poste d'entraîneur. Il me semble qu'il n'a pas été pourvu, non ?

— Effectivement, mais nous avons terminé la phase de sélection. Les entretiens auront lieu mercredi.

— J'en suis consciente, mais je viens de revenir dans la région et je n'ai pas envie de laisser passer l'opportunité d'apporter mon savoir-faire à votre club.

Ma mère lève le pouce en me voyant si bien me vendre.

— Vous ne paraissez pas douter de vos compétences, me répond-il, intrigué. Avez-vous déjà de l'expérience ? Que ce soit au niveau de l'entraînement ou de la compétition ?

Je ris en entendant sa question. Tu vas rigoler, mon gars.

— Tout à fait. Je m'appelle Sybille Jaffrelot. Vous avez sans doute entendu parler de ma petite expérience dans le milieu du patinage artistique !

— Sybille Jaffrelot ? Sérieusement ?

— Sérieusement. Acceptez-vous de me recevoir ?

— Si vous êtes effectivement celle que vous prétendez être, je vous attends de pied ferme mercredi à 14 heures ! Je vais vous repasser ma collègue qui va prendre les renseignements indispensables à la constitution de votre dossier. Vous m'envoyez les documents nécessaires au recrutement dans la journée ?

Nous échangeons encore quelques instants avant que je ne finisse par raccrocher.

Maman se penche pour me serrer contre elle.

— Je te l'avais dit ! Tu oublies constamment la règle numéro un : écouter sa mère. Bon, on va fêter ça en se concoctant un petit repas… Crêpes. Ça fait une éternité que je n'en ai pas mangé ! En revanche, il me manque quelques ingrédients, tu peux aller à la supérette ?

Je râle pour la forme, mais les crêpes de ma mère, ça ne se refuse pas.

— OK. Qu'est-ce que je dois acheter ?

Je la vois filer dans l'arrière-cuisine pour vérifier les réserves. Quand elle revient, elle arbore un air piteux.

— Euh… De la farine, du sucre, du lait et des œufs ?

— En gros, tu n'as que le rhum pour parfumer la pâte.

Elle se baisse de nouveau pour scruter le fond d'un placard.

— Même pas.

Je ris et monte enfiler mon jogging informe et des Ugg, colle un bonnet sur mes cheveux emmêlés, enfile mon anorak et sors en direction de la supérette.

Purée, ce que ça caille ici.

J'attends sur le trottoir que le feu daigne devenir rouge et observe les voitures d'un air absent quand, soudainement, je sursaute.

J'ai l'impression d'avoir reconnu mon inconnu dans une des berlines qui vient de passer devant moi.

Après un instant de réflexion, je comprends que c'est improbable et que c'est mon subconscient qui me fait le voir partout.

Il va me falloir un peu de temps pour me le sortir de la tête.

10

La revenante

Doit-on exclure un élève qui a pour unique tort de détester Mme Babin ? Doit-on sévir pour un simple excès de franchise ? Dans ce cas, ne devrais-je pas, moi-même, m'autoexclure ? Difficile de trancher…

— Monsieur Hilliard ?

La voix de ma secrétaire me sort du dilemme dans lequel j'étais plongé.

Elle a légèrement ouvert la porte et passé la tête dans l'entrebâillement pour attirer mon attention.

— Oui, Manon ?

Je retire mes lunettes et me frotte l'arête du nez. Un coup d'œil à l'horloge m'apprend que je n'ai pas levé les yeux de mes dossiers depuis deux heures. Ce qui veut dire que personne ne m'a dérangé. Le collège a tourné sans nouveau drame. Un record.

Je reporte mon attention sur ma secrétaire qui n'a toujours pas franchi le seuil.

— De quoi s'agit-il ? insisté-je. Avez-vous besoin de moi ?

Elle entre dans mon bureau et remet coquettement une mèche de cheveux derrière son oreille.

Ce geste m'est devenu familier. Elle le fait dès qu'elle tente de flirter avec moi.

— Ne posez pas ce genre de question si vous refusez d'entendre ma réponse, minaude-t-elle.

Quelle situation embarrassante ! Mes joues commencent à brûler et je maudis une nouvelle fois les lointains ancêtres qui m'ont transmis une peau si claire. Il m'est impossible de jouer au mec détaché qui n'a pas compris, mes vaisseaux sanguins me trahissent immanquablement. Si elle continue, il va falloir que je m'occupe personnellement de lui dénicher l'homme de sa vie, sinon les moments de solitude comme celui-ci vont se multiplier…

J'ignore cet appel du pied. Encore. Comment fait-elle pour ne pas se vexer ?

Elle est pourtant jolie, Manon, si on aime les blondes plantureuses : un charmant minois, des lèvres boudeuses, de longues jambes toujours mises en valeur par des talons hauts. Quelques semaines auparavant, je n'étais pas intéressé à cause des relations impossibles entre un supérieur hiérarchique et son employée, mais maintenant, mon indifférence relève d'une autre raison : je me suis découvert une passion pour les petits modèles.

Les femmes dotées d'un fort caractère et qui tiennent dans la poche. Ma poche, en l'occurrence.

— En quoi puis-je vous aider ? reformulé-je.

Son rictus s'affaisse légèrement, mais je sais qu'elle ne laissera pas tomber pour autant.

— Une personne importante demande à être reçue. Puis-je la faire entrer ?

Une personne importante ? Je remets mes lunettes et attends l'arrivée du visiteur. Mode professionnel *on*.

La porte s'ouvre et un petit lutin vient dans ma direction. Tout de vert vêtu, un chapeau pointu sur ses tresses blondes, il me regarde de son sourire aux dents écartées, si semblable à celui de ma sœur au même âge.

— Soline ? m'étonné-je en voyant ma nièce. C'est toi, mon rendez-vous important ?

Elle opine du chef et contourne mon bureau pour s'installer sur mes genoux. Elle n'est pas du genre à réclamer un câlin à 16 h 30, quelque chose a dû la chagriner.

— Voulez-vous que je vous apporte quelque chose ? Un chocolat chaud ou autre ? propose ma secrétaire.

Je regarde ma nièce qui refuse, congédiant ainsi Manon. Elle nous laisse à regret, et retourne à son poste.

— Que se passe-t-il, ma puce ? Est-ce que j'ai oublié que je devais te ramener aujourd'hui ?

— Maman a raté la fête de l'école. Je ne sais pas comment rentrer à la maison.

L'inquiétude me gagne immédiatement.

— Comment ça ? Elle ne t'a pas prévenue de son absence ?

— Elle devait apporter un gâteau et regarder le spectacle… J'ai attendu à la fin avec la maîtresse, mais comme elle n'était toujours pas là, je suis venue ici.

— Tu as bien fait. Je vais passer un coup de fil à Mme Lambert pour lui dire que tu es bien arrivée.

Je pianote sur mon portable et cherche le numéro de ma collègue de l'école primaire. Après l'avoir assurée que la petite se trouvait avec moi, j'appelle ma sœur. J'essaye deux fois, mais tombe toujours sur la boîte vocale.

Je n'aime pas ça du tout.

— Comment était l'ambiance à la maison ce matin ? Maman, ça allait ?

Soline se serre un peu plus contre moi et me confirme que quelque chose cloche.

— Elle est triste depuis hier. Elle a pleuré dans son lit toute la soirée. Elle ne m'a même pas fait à manger…

— Pourquoi ne m'as-tu pas appelé ?

Elle se redresse et je vois son petit minois se fermer.

— Je suis grande, tonton. Je sais me préparer des céréales !

— Bien sûr, excuse-moi. Tu as tes clés ? Je te raccompagne.

En passant devant son bureau, j'informe Manon que je pars exceptionnellement plus tôt. Elle hausse un sourcil intrigué, en attente d'une explication plus détaillée, mais je ne lui donne pas satisfaction.

Je prends dans le coffre le réhausseur qui ne quitte jamais ma voiture et le positionne pour ma nièce. Je la laisse s'installer avant de démarrer en direction de l'appartement de ma sœur. Le silence règne dans l'habitacle, je n'essaye même pas de discuter. Je suis inquiet pour ma Clara, si fragile.

Nous arrivons rapidement à destination et montons au plus vite les marches menant au deuxième étage. Soline déverrouille la porte et nous nous ruons dans le logement. Il est plongé dans le noir, tous les volets sont clos.

— Tu peux ouvrir, ma puce ? On n'y voit rien ici, lui demandé-je.

Je prends le couloir en direction de la chambre et une fois entré, j'aperçois immédiatement la silhouette de ma sœur sous la couette.

Je souffle un bon coup, soulagé, avant de me précipiter sur elle, ma colère retrouvée.

— Clara !

Je la secoue, mais elle repousse ma main. J'insiste, serrant un peu plus son épaule.

— Clara ! Peux-tu sortir de ton lit ? Je viens te ramener ta fille. Tu l'as oubliée à l'école. Clara !

Ses yeux s'ouvrent péniblement, ses gestes sont lents. Sortir de sa léthargie semble beaucoup lui coûter.

J'observe la chambre, et remarque les vêtements étalés au sol, la corbeille débordant de mouchoirs. Quand mon regard tombe sur sa table de nuit, je vois une plaquette de médicaments, que je saisis aussitôt.

Des somnifères.

— Tu as recommencé à prendre ces trucs ? Tu m'avais dit avoir arrêté il y a des années !

Je la secoue pour la réveiller. Je n'en reviens pas qu'elle ait gobé ces pilules alors qu'elle devait s'occuper de sa fille.

— Clara ! Je te parle !

Elle émerge de son apathie, et me découvre, surprise, à son chevet.

— Matt ? Qu'est-ce qu'il y a ? Où est Soline ?

Je lui jette les cachets sur les genoux, écœuré.

— Tu as oublié ta fille à l'école, il est plus de 17 heures ! Qu'est-ce qui t'a pris, bon Dieu ! Je croyais que c'était fini, tout ça !

Elle se met à pleurer et cache son visage dans ses mains.

— Oh, non ! Je suis désolée, Soline ! crie-t-elle depuis la chambre. Ma puce, viens me voir !

Elle se lève, vacillante, et cherche son peignoir. Le trouvant derrière un fauteuil, elle s'en entoure avant de s'avachir sur son lit. Elle m'observe en coin, le regard empli de remords.

— Combien de ces trucs as-tu gobés pour te retrouver dans cet état ? demandé-je, furibond. Dis-moi la vérité…

— Ne m'accuse pas ! J'ai mal dormi cette nuit, je voulais juste me reposer un peu aujourd'hui… Je n'ai plus l'habitude de prendre des cachets, un seul a dû suffire à m'assommer.

Durant sa période d'errance, Clara a tout essayé, de l'alcool aux médicaments. Longtemps, je me suis inquiété pour elle, me couchant la boule au ventre à l'idée qu'elle était encore en train de foutre sa vie en l'air. Après la naissance de Soline, j'ai vraiment pensé que c'était derrière elle.

Je prends place sur le lit et elle se saisit de ma main pour se donner un point d'ancrage. Nous restons un moment l'un contre l'autre, sans rien dire, jusqu'à ce qu'elle pose sa tête sur mon épaule. Nous avons toujours été proches, malgré notre différence d'âge. C'était même, sans doute, la raison pour laquelle elle recherchait souvent mes bras quand elle était petite. J'étais son grand frère, son roc, son éternel défenseur. Pourquoi tout ceci devrait-il changer, maintenant que nous sommes devenus adultes ?

— Qu'est-ce qui se passe, Clara ? interrogé-je, ma colère adoucie par ce moment fraternel. Je ne comprends pas. Dimanche, tout allait bien, tu attendais ton entretien avec impatience !

— Je sais. Mais c'est fini, le nouveau job…

— Quoi ? Ils ont annulé l'entrevue ? Ce n'est pas correct !

— Ce n'est pas ça… Il y a eu une autre candidature. Cette fois, c'est trop…

Je suis complètement perdu. Clara est fragile, certes, mais elle a tous les atouts pour obtenir le poste. Pourquoi paraît-elle si défaitiste ?

Elle part dans un rire nerveux qui contraste avec les larmes qui coulent sur ses joues.

— Tu veux savoir qui va me prendre le boulot que j'ai attendu toute ma vie ? C'est logique quand on y pense, elle m'avait déjà volé tout le reste. C'est cette chère Sybille Jaffrelot ! La seule et unique garce capable de me pourrir une belle journée en une seconde ! Elle a décidé de chercher un nouveau poste, et s'est dit que celui que je souhaitais était pile-poil celui qu'il lui fallait !

Ah.

L'ennemie jurée.

La Némésis.

L'ancienne rivale aux dents acérées, prête à tout pour écraser la concurrence. Je ne l'ai jamais rencontrée, mais quand Clara prononçait son nom, c'était toujours pour s'en plaindre.

— Alors, bats-toi ! C'est l'occasion de montrer qui tu es, et de lui prouver que tu es aussi douée que quand tu étais une jeune et fougueuse patineuse !

— C'est un signe, Matt. Je dois faire une croix sur le sport, sur mes ambitions…

Ça ne sert à rien de discuter avec elle quand elle est dans cet état d'esprit. Embarquée dans sa spirale de négativité, elle n'entendra rien de ce que je pourrai lui dire.

— Bon, on reparlera de tout ça plus tard. Pour l'instant, prends une douche, habille-toi et va passer un moment avec ta fille. Tu l'as réellement perturbée, tu sais, ajouté-je. Elle ne mérite pas ça…

— Pardon, renifle-t-elle. Je m'en veux…

— Je vais aller faire quelques courses, préparer le dîner et ça ira mieux après.

Je sors et préviens Soline que je pars quelques minutes. Ma voiture m'attend devant, je me rends à la supérette située quelques rues plus loin pour acheter ce qu'il me faut. Je n'avais pas prévu de terminer ma journée ainsi, mais c'est dans ces moments que je suis heureux d'être revenu vivre ici. L'idée de laisser Clara et Soline livrées à elles-mêmes me plonge dans un état proche de la panique.

Un panier à la main, je parcours machinalement les différentes allées. Je prête à peine attention à ce que j'achète et m'empare de tout ce que je pense être susceptible de leur faire plaisir. Une envie de crêpes me prend, alors je me rends au rayon farine. Devant moi, une femme tente vainement d'attraper un paquet situé en hauteur. Je m'approche et lève le bras pour le lui donner. Elle se retourne, un sourire de gratitude aux lèvres.

Je me fige en la reconnaissant.

Sissi.

Surprise elle aussi, elle laisse tomber le paquet, répandant un nuage de particules blanches autour de nous.

— Matt ?

La rougeur envahit son visage. Elle semble perdue.

Tout comme moi.

11

Les crêpes de la destinée

Mon inconnu porte des costumes.

Plus de jeans usés, plus de Converse.

Cette fois, il a revêtu une veste bien coupée bleue marine. Le nœud de sa cravate, d'un ton plus clair, est légèrement lâche, révélant un morceau de peau parsemé de taches de rousseur sous le col de la chemise blanche immaculée.

Bon, apparemment, le disquaire de mes fantasmes est assureur ou vendeur de voitures.

Je retrouve toutefois le guitariste qui m'a tapé dans l'œil quand je constate que la crinière que j'ai sentie glisser entre mes doigts toute la nuit de samedi se montre toujours aussi indomptable en semaine. Même en blazer, il possède un côté espiègle. Et ça lui va bien.

Il me regarde, choqué de me trouver sous un paquet de farine.

Je suis tellement occupée à le lorgner que j'en oublie ma propre tenue. Je prends soudainement conscience de mes cheveux sales qui sortent lamentablement de mon bonnet et de mon jogging qui fait des poches aux genoux. Je ne porte même pas de chaussettes dans mes bottes.

Magnifique. L'assureur et la clocharde.

— Que fais-tu là ? me demande-t-il.

— J'habite ici. Enfin, ma mère…

On reste face à face, muets d'embarras. L'incompréhension flotte entre nous, mais c'est difficile de trouver par quel bout entamer la grande séance d'explication.

Cherchant quoi dire pour mettre fin à ce calvaire, je lance la première idée qui me traverse l'esprit.

— Matt, c'est pour Matthieu ou Matthias ?

Derrière ses lunettes, ses yeux s'écarquillent.

— C'est tout ce que tu as à me demander ? Je t'avoue qu'il y a d'autres choses dont j'aimerais parler avec toi avant d'aborder l'origine de mon diminutif.

Il s'accroupit pour ramasser le paquet éclaté sur le sol et le pose délicatement sur le rayon du bas. Il frotte ses mains pour retirer les volatiles particules blanches, et en reprend un neuf qu'il me met dans les bras.

Je balbutie un remerciement et replonge dans mon mutisme. Je sais que c'est à moi de parler, qu'il faut que j'explique ma fuite, mais les mots me manquent. Matt me regarde, en attente d'une phrase de ma part, prêt à sortir irrévocablement de ma vie si je n'effectue pas ce premier pas.

— Excuse-moi. Je me sens nulle.

Il ne dit toujours rien.

Monsieur fait le difficile.

— J'ai paniqué, précisé-je.

Un sourcil se lève, son visage se détend légèrement. Il paraît moins sur la défensive.

— Vraiment ? Regrettes-tu de t'être sauvée comme une voleuse ? De n'avoir rien laissé derrière toi, me donnant l'impression que j'avais imaginé toute cette nuit sous l'effet de l'alcool ?

— Honnêtement, je ne peux pas te répondre. J'aurais facilement pu bousiller notre matinée avec un ou deux mots très maladroits. Tu as peut-être échappé, sans le savoir, au réveil de la mégère.

Je vois un bref sourire apparaître.

Il ignore que mes paroles possèdent un fond de vérité. Je peux me montrer absolument infecte le matin. Mais je ne vais pas gâcher ce qui ressemble de plus en plus à un possible pardon.

Il me fixe, indécis, et je ne peux m'empêcher de me dire qu'il est beau sous la lumière crue des néons de supermarché.

— OK, dit-il brusquement.

Il sort un stylo de sa poche intérieure et attrape mon poignet. D'un geste affirmé, il écrit sur ma peau son numéro de téléphone.

Bien entendu, ses mains sont douces, sèches.

En revanche, quand il a empoigné la mienne, il a dû avoir l'impression de se saisir d'un poisson mort.

— J'ai une urgence familiale, je manque de temps maintenant… Je devrais pouvoir me rendre disponible vers 21 heures, ajoute-t-il en prenant un autre paquet de farine pour lui-même. Tu ne pourras pas me dire que tu as perdu mon numéro, la balle se trouve dans ton camp, Sissi.

Il me jette un dernier regard appuyé avant de se retourner et de partir à grandes enjambées. L'inscription sur ma main me fait de l'œil. Je me sens toujours aussi nulle de m'être enfuie de la sorte samedi matin, mais Matt me donne l'impression d'être du genre compréhensif.

Je prends mon smartphone et enregistre le numéro dans les contacts. Avant de ne plus en avoir le courage, je lui envoie un message.

RDV 21 h 15 devant la mairie. Sissi.

Je patiente au milieu du rayon, mon paquet de farine serré contre moi. Les clients me contournent pour accéder aux produits, les caddies me frôlent, mais je reste les yeux fixés sur l'écran.

Trois petits points dansent.

OK. Matt.

Je réponds.

Matéo ?

Sa riposte ne tarde pas.

Peut-être. À tout à l'heure, Simone.

J'essaye de ne pas entamer une petite chorégraphie de la victoire, mais je ne peux m'empêcher d'effectuer quelques pas sous le regard amusé d'une fillette.

J'expédie mes achats et retourne chez ma mère au pas de course. Je traverse la place enneigée sur laquelle la municipalité a installé un manège. Toute la journée, les enfants font la queue pour monter dans des boules de Noël géantes qui se balancent au rythme des bras d'un gigantesque sapin articulé. Les stands du marché aménagé autour de l'attraction répandent leurs odeurs entêtantes de vin chaud, de tartiflette, de beignets ; des familles entières profitent de cette fin d'après-midi pour observer les guirlandes et lumières qui ornent les petites boutiques du centre. C'est assez magique de marcher dans la neige au son de *Mon beau sapin* de Tino Rossi. J'ai beau me dire que la joie et l'esprit festif sont un peu forcés à ce moment de l'année, il faut parfois savoir ne pas bouder son plaisir. Pendant des années, il m'était impossible de revenir ici à cette époque : soit j'étais partie en compétition à travers le monde, l'hiver étant la pleine période pour les sports de glace, soit j'étais en récupération, tentant de préserver une forme physique de plus en plus fragile au fur et à mesure que j'avançais en âge. C'est triste, mais face aux poupées russes de 15 ans, qui sortent des quadruples sauts comme elles jouent à la marelle, passée la vingtaine, on se sent grabataire. La plupart du temps, c'était ma mère qui venait sur Paris pour réveillonner avec moi. Je suis sûre que ça ne la dérangeait pas. Une petite voix au fond de moi me chuchote que je me voile la face, que j'aurais dû y mettre du mien, fournir plus d'efforts pour lui faire plaisir.

Pour une fois, je n'essaye pas de lui clouer le bec et me dis que je pourrai davantage l'écouter à l'avenir.

— Enfin, me gronde ma mère quand je passe la porte. Je commençais à m'inquiéter…

Elle se ronge toujours les sangs chaque fois que je dépasse de quelques minutes le temps qu'elle estime nécessaire à une course. Je peux difficilement lui en vouloir quand je pense à la manière dont mon père nous a quittés.

— Excuse-moi, dis-je en l'enlaçant, j'ai croisé une connaissance au supermarché. À ce propos, je ressors, tout à l'heure, ça ne te dérange pas ?

— Une personne du coin ? me demande-t-elle.

— Un vieux copain d'école. On va juste prendre un café.

Comme elle semble sur le point de réclamer plus de détails, je coupe court à ses questions.

— Tu ne l'as jamais vu.

Impossible de lui parler de mon week-end de dévergondage. Me sentant rougir, je me hâte de ranger les courses dans le frigo et de filer sous la douche pour un décrassage en règle.

La soirée se déroule paisiblement, et nous préparons nos crêpes dans une ambiance complice. Ça fait du bien d'être là. Nous nous pelotonnons ensuite sur le canapé, plaids sur les genoux et bêtisier sur l'écran de télévision.

— Tu es inquiète pour ton entretien à la patinoire ? me demande-t-elle tandis que j'ai la tête posée sur son épaule.

— Pas vraiment. Ils n'auront pas mieux que ma candidature. Franchement, tout ceci est une formalité.

Elle se dégage de mon étreinte pour m'observer.

— Je n'ai jamais compris comment tu pouvais être sûre de toi à ce point. J'imagine que c'est pour ça que je n'ai jamais envisagé de devenir sportive de haut niveau. Enfin, ça et le fait que je déteste transpirer et me faire mal… Bref, j'ai toujours été fascinée par la confiance que la pratique de votre sport vous donne. Il y a comme un sentiment d'invincibilité, un charisme, une aura qui rayonne, même quand vous n'êtes pas en train de nous faire la démonstration de vos talents. Les personnes comme toi, ma puce, sont attirantes, elles brillent, provoquent l'admiration. Tu as toujours été au centre de l'attention, tu possèdes ce « truc » en plus qui te distingue des autres.

Elle s'arrête et hésite un instant avant de me livrer le fond de sa pensée.

— Je ne peux pas m'empêcher de me demander si c'est suffisant, maintenant. Tu es adulte, les défis qui t'attendent requièrent davantage que de la confiance en soi. On va exiger plus de ta part, c'est ta personne entière qui sera observée désormais.

— Qu'est-ce que tu veux dire ? Tu trouves que j'ai trop confiance en moi ? Que je suis prétentieuse ?

Elle rit en m'entendant.

— Comment aurais-tu pu réussir à ton niveau sans une pointe – voire plus – de prétention ? Non, ce que je souhaite te dire, c'est que tu n'es pas que cela. Sybille Jaffrelot est une grande sportive, mais Sybille tout court, qui est-elle quand elle est loin de la glace ? Essaye d'y réfléchir un peu, je pense que ça te ferait du bien…

— Tu doutes de moi ?

Si ma mère, ce soutien inébranlable, cette femme qui ne m'a jamais reproché quoi que ce soit se met à ne plus croire en moi, je suis mal. La Terre va bientôt s'arrêter de tourner.

— Ce n'est pas cela, ma puce. Comment te faire comprendre ce que je veux dire, sans que tu te vexes ?

Elle se tait quelques secondes, le temps de remettre de l'ordre dans ses pensées.

— Disons que tu es comme le père Noël, avec sa hotte débordant de cadeaux. L'objet est magique, envié de tous… Mais s'il ne contient pas un seul des jouets commandés par les enfants du monde entier, l'absence de ce seul et unique jouet rend cette hotte inutile. Tu comprends ce que j'essaye de te dire ? Tu as de nombreuses qualités, tu es une jeune femme formidable. Et j'insiste sur le terme « jeune femme ». Tu n'es pas qu'une patineuse. Ce que je te souhaite, c'est de te découvrir de nouvelles compétences, de faire réellement la connaissance de la personne que tu es devenue. Accepte de changer, sans pour autant renier celle que tu as toujours été.

Elle regarde sa montre et me pousse gentiment du canapé.

— Va te préparer pour ton rendez-vous, tu vas finir par te mettre en retard.

Effectivement, il me reste peu de temps pour me métamorphoser en mystérieuse beauté. Je l'embrasse et retourne dans ma chambre. Je revêts une tenue chaude, mais mignonne, des boots d'hiver adaptées au climat en vigueur ici, et prends un moment pour me maquiller les yeux.

Une fois prête, j'enfile mon manteau, des gants, un gros bonnet et me dépêche de rejoindre la rue et son atmosphère glaciale.

La mairie n'est pas très loin de chez moi, par conséquent, j'arrive la première. Je m'assieds sur les marches et observe la place presque déserte à cette heure. Je n'attends pas longtemps avant de le voir apparaître au détour d'un immeuble.

Lui aussi est passé se changer, car il a laissé tomber le costume pour une tenue plus décontractée. Il m'aperçoit et me fait signe.

— Salut, me dit-il en arrivant près de moi.

— Salut.

Un écho à notre première rencontre, seulement quelques jours auparavant. Mais pour être honnête, je me sens beaucoup moins sûre de moi quand je n'ai pas bu quelques bières.

— Tu veux aller dans un endroit en particulier ? me demande-t-il.

— On marche un peu ? Il ne fait pas si froid quand on est bien couvert.

Il hoche la tête et me fait signe d'avancer dans la direction de mon choix.

Je préfère immédiatement crever l'abcès. Inutile de trop attendre.

— Je suis désolée pour samedi. J'ai paniqué, vraiment. Je me suis réveillée et j'ai commencé à réfléchir… C'est que je n'ai absolument pas l'habitude de… faire ce que nous avons fait.

Il me regarde, calme, attentif.

— Moi non plus. C'était même la première fois que ça m'arrivait.

— Tu crois qu'on pourrait repartir de zéro ?

Son sourire coquin refleurit sur son visage, ce que je trouve tout à fait adorable.

— De zéro, sans doute pas. Mais on peut prendre le temps de se découvrir un peu, tranquillement ? Qu'en penses-tu, *Sissi ?*

— D'accord, *Matt*. Je n'ai toujours pas le droit de connaître ton prénom en entier ?

— Laisse-moi un peu de mystère. Ensuite, ça me permet de rêver, de me dire que tu t'appelles Sylvie ou Simone…

J'éclate de rire et regrette presque de ne pas avoir été baptisée Simone à la naissance. J'aurais bien aimé voir sa tête lors de la grande révélation.

— D'accord. Alors, que fais-tu dans la vie ?

— Devine, me dit-il malicieusement, renouant avec le jeu commencé lors de notre soirée grenobloise.

— Assureur. Tu portes parfaitement le costume.

— Merci du compliment ! Mais, non, encore manqué.

— Vendeur de voitures de luxe ? essayé-je une nouvelle fois.

— Toujours pas, il va falloir chercher.

Je me rapproche de lui, collant mon corps au sien.

— Ce n'est pas un problème. Je peux prendre tout mon temps.

Ses doigts rejoignent les miens, son visage se baisse, il effleure mes lèvres d'un léger baiser.

— Moi aussi, j'ai le temps, dit-il doucement.

Son bras se pose sur mes épaules, il me serre contre lui. Le nez dans le pull épais qu'il a revêtu, j'aspire avidement son odeur. Il a le parfum de Grenoble, d'une rencontre imprévue, d'une nuit inoubliable.

— On continue notre balade, Sylviane ?

— Je te suis.

12

Sortie de piste

L'entretien s'est bien déroulé.

La discussion a été très courte, les recruteurs connaissant déjà mon parcours. Nous avons parlé à bâtons rompus, et la conversation a plus tourné autour de ma carrière sportive que de mes compétences professionnelles.

Ce sont les essais qui vont faire la différence avec les autres postulantes. Je sais qu'elles sont deux, mais rien de plus.

Matt et moi avons échangé des messages toute la journée d'hier. J'adore cette façon que nous avons de nous découvrir sans nous donner les informations essentielles. Mais n'est-ce pas plus important de savoir que son plat favori est le *butter chicken* depuis qu'il en a mangé dans un restaurant de New Delhi, qu'il est fasciné par le film *Les Évadés* et qu'il ne peut pas s'empêcher de le regarder lorsqu'il tombe dessus à la télé, même s'il l'a déjà vu un nombre incalculable de fois ? Qu'est-ce qu'un nom, quand on apprend d'un homme qu'il ne supporte pas d'avoir la peau fripée après la douche, qu'il a un faible pour les chiens sans pedigree avec des têtes rigolotes, ou encore qu'il faudrait le payer très cher pour le faire monter dans un manège à sensations de fête foraine ?

J'essaye, moi aussi, de lui donner des anecdotes insolites, sans lui dire l'essentiel. Je lui parle de mes voyages, de mes phobies… Je prends de plus en plus conscience que le patinage m'a privée de beaucoup d'expériences, de découvertes. Quand on travaille huit heures par jour à répéter les mêmes gestes, à façonner son corps, on passe forcément à côté d'opportunités.

Pendant que je lace mes patins, le bip m'indiquant l'arrivée d'un nouveau message retentit.

Je parle anglais, russe, allemand
et un peu de japonais. Et toi ?

Le français. Rien d'autre.

Un traducteur m'accompagnait toujours lors des interviews. Je n'ai jamais songé à apprendre une autre langue. Pour moi, gâcher ne serait-ce qu'une heure à faire autre chose que patiner était inenvisageable. Résultat, j'ai toujours dépendu des autres et maintenant que je suis adulte, que j'apprends à me découvrir en tant qu'autre chose que sportive, je constate que je suis à la ramasse. Mon palmarès ne me servira pas à grand-chose si je suis amenée à voyager…

J'entends quelqu'un crier mon prénom depuis la glace, ce qui me décide à poser mon téléphone, repoussant à plus tard le moment de rédiger ma réponse.

Je place mes protections sur mes lames fraîchement affûtées, enfile ma veste doublée et me rends en bord de piste.

En plus des recruteurs, deux autres femmes m'attendent. L'une d'elles me semble familière, et il me faut un instant avant de la resituer. Je l'ai souvent croisée dans les couloirs du pôle sportif de notre lycée grenoblois.

Clara Hilliard.

J'avais oublié qu'elle aussi était née dans cette ville. Nous n'avions pas étudié dans les mêmes écoles ni fréquenté les mêmes amis. C'est lors de notre « détection » que nous nous étions connues. Mais sans jamais devenir proches. Je crois que c'est parce que nous étions les meilleures de notre groupe, et que le patinage artistique reste une discipline individuelle. Nous avions beau nous entraîner côte à côte, jamais il n'avait été question d'équipe.

Me remémorant les paroles de Victoire et Gaëlle lors de notre repas, je me décide à me montrer la plus gentille possible. Apparemment, Clara n'avait jamais remonté la pente après sa blessure, ça méritait de ma part un minimum de sympathie.

Je m'approche d'elle pour la saluer, mais elle ne me renvoie pas le bonjour enthousiaste que je lui adresse. Au contraire, un froid polaire, qui n'a rien à voir avec la proximité de la glace, nous enveloppe.

— Bonjour, Clara. Ça fait longtemps.

— J'ignorais que tu étais revenue vivre par ici, me lance-t-elle sans préambule, la voix tendue.

— C'est tout récent.

— Et tu t'es dit que prendre le seul poste d'entraîneur disponible à des kilomètres à la ronde était une bonne idée ?

— Je… Je ne comprends pas bien ta question…

Elle me jette un regard dédaigneux, retire ses protège-lames et s'élance sur la glace. Elle exécute de vigoureux croisés pour s'échauffer.

Clara a toujours autant de puissance, sa glisse est belle, facile. Elle a dû continuer à pratiquer, malgré la blessure qui l'a éloignée des compétitions.

L'autre femme la rejoint, et à sa façon de se mouvoir, on devine qu'elle n'a jamais excellé.

Le recruteur me fait signe que je dois également y aller, alors j'obtempère.

Nous allons devoir organiser une séance d'entraînement pour des enfants de niveaux très hétérogènes. C'est quelque chose que je maîtrise, que je réalisais quotidiennement dans mon club parisien.

Les enfants sortent des vestiaires et avancent maladroitement sur la glace. J'aperçois une des fillettes se diriger vers Clara pour l'embrasser. Lors de la répartition, la petite blonde se retrouve dans mon équipe, composée de six bambins âgés d'environ 7 ou 8 ans.

Nous annonçons nos noms pour faire connaissance et quand Soline se présente, je l'interroge sur son lien avec Clara.

— C'est ma maman.

J'ignorais que Clara était devenue mère. Elle avait dû tomber enceinte peu de temps après son abandon de la compétition, si l'on pense à l'âge de la fillette.

— Tu ne préfères pas la rejoindre pour le cours ? Tu serais peut-être plus à l'aise ?

— Ça ira. Mon tonton dit toujours qu'il faut s'adapter. Même quand on veut pas.

— C'est très *fairplay,* ajouté-je d'un ton amusé. Tu féliciteras ton oncle pour sa sagesse !

— Tu pourras lui dire, il vient me chercher tout à l'heure.

— Je n'y manquerai pas. Bon, les enfants ! crié-je en tapant dans mes mains pour attirer leur attention. Mettez-vous en ligne.

Ils obéissent et se positionnent pour former une rangée approximative.

— Montrez-moi vos talents ! Effectuez un tour de piste en croisés arrière, puis le second en insérant des walleys lorsque vous passerez devant moi. Allez !

Ils ne bougent pas et me fixent avec des yeux ronds.

— Pourquoi me regardez-vous de cette façon ?

C'est Soline qui se charge de me révéler ce qui cloche.

— On n'a pas compris ce que tu nous as dit. Des Oualés ?

— Walleys.

Elle hausse les épaules.

— Connais pas.

— Rappelez-moi les éléments techniques que vous maîtrisez ?

— Les quoi ?

Je jette un œil aux autres groupes et constate que les enfants accomplissent des exercices extrêmement… basiques : des cigognes, des petits bonshommes… D'accord…

— Bon, on fera des choses plus difficiles la prochaine fois. Pour commencer, faites des tours de piste et, dès que vous arrivez à un angle, vous vous mettez sur un pied.

Cette fois, ils s'élancent et font ce que je leur demande. C'est-à-dire pas grand-chose. Quand ils parlaient de constitution d'une équipe à partir de zéro, cela impliquait également de ne partir d'aucun vivier existant. Dur.

L'heure file, et je m'aperçois que mes médailles ne me servent absolument à rien. Les deux autres femmes semblent plus à l'aise, moins choquées par les lacunes des enfants.

Le recruteur à qui j'avais parlé quelques jours plus tôt me rejoint pour débriefer.

— Comment ça s'est passé, Sybille ? On vous a sentie déstabilisée.

Je m'apprête à nier, avant de me rendre compte que mon malaise devait être évident pour un observateur extérieur.

— J'ai été surprise par le niveau, je l'avoue. Mais ça s'est très bien déroulé ensuite.

— Parfait. Je craignais que notre club ne se révèle pas assez « performant » pour vous.

— Tout va bien, le rassuré-je. C'est un défi exaltant à relever.

Il repart à la barrière et siffle pour attirer l'attention de Clara et Bérénice.

— Merci à toutes les trois. Comme convenu lors de l'entretien individuel, nous vous proposons un contrat d'une quinzaine de jours, le temps nécessaire pour apprécier pleinement vos compétences. Passé ce délai, nous arrêterons notre choix d'entraîneur. Profitez de ce moment pour vous assurer que vous êtes prêtes à prendre la responsabilité de notre club. Je vous avoue que nous espérons établir un plan à long terme avec la personne sélectionnée. Nous exigeons un réel engagement de votre part. Vous allez être mises en situation et devrez faire preuve d'inventivité. Cette semaine, une patinoire éphémère va être installée sur la place de la mairie. Afin de générer un maximum d'inscriptions l'année prochaine, nous aimerions proposer une petite démonstration, sous la forme d'un spectacle de Noël. C'est là que nous comptons sur vous.

Je jubile intérieurement. La création de numéros de Noël, c'est mon truc depuis des années.

— C'est à la suite de cette représentation que nous arrêterons notre choix.

Un détail me traverse l'esprit.

— Nous devons monter un numéro avec notre groupe du jour ?

— Tout à fait. Mais vous devrez également collaborer pour le final et en organisant une séquence collective.

Je regarde mes compagnes, qui n'ont pas l'air aussi enthousiastes que moi. Tous les enfants rejoignent les vestiaires, sauf Soline qui choisit de faire quelques tours de pistes supplémentaires. Je décide de l'accompagner et m'élance à sa suite.

Je ne me lasse pas du crissement provoqué par mes lames. La glace a une sonorité, un parfum, une couleur. Je me rends compte à quel point ça m'a manqué de ne plus m'exercer.

La fillette est ébahie devant les figures que j'exécute et tente de m'imiter.

Je la rejoins pour lui donner des conseils et réfréner son enthousiasme, car une blessure est vite arrivée quand on débute.

Quelques petites suggestions plus tard, elle effectue son premier et maladroit saut de valse, des étincelles de bonheur dans les yeux.

— Merci, Sybille ! Oh ! Tonton !

Elle s'éloigne laborieusement et se dirige vers la barrière en direction de son oncle. Je me retourne et manque de tomber en m'apercevant que Matt se trouve à quelques mètres de moi.

Je sens un sourire s'épanouir sur mon visage, avant de constater que lui ne sourit absolument pas. Je glisse vers eux et m'appuie à la rambarde.

— Matt ? Pour une surprise ! C'est donc toi, l'oncle de Soline ? Elle a très bien travaillé aujourd'hui.

Il paraît presque en colère, mais je ne comprends pas pourquoi. Quand il ouvre enfin la bouche, son ton blasé me surprend.

— Sissi… Sybille… La fameuse Sybille Jaffrelot. J'avoue que je ne l'ai pas vu venir. Nous avons une connaissance en commun. Je suis le frère de Clara, Matthieu Hilliard.

Et, à voir sa tête, ça n'a pas l'air d'être une bonne chose.

13

Jérémiades et bons conseils

J'en veux à la terre entière. Franchement, s'il y a quelqu'un là-haut, il se fout bien de ma gueule.

La fille la plus extraordinaire que j'ai croisée dans ma vie choisit de me distinguer parmi tous les autres mâles disponibles, ça accroche plus que bien entre nous, et pour la première fois depuis des lustres je recommence à envisager l'avenir différemment que comme une succession d'événements ennuyeux. Mais il fallait bien entendu que ça foire. C'était trop facile, trop simple ! Combien de chances y'avait-il qu'elle soit la brute qui a maltraité ma sœur pendant une bonne partie de son enfance ? Je suis un ancien prof de maths, je peux répondre sans problème : la probabilité était proche du néant.

À la maison, à force d'entendre parler d'elle à longueur de temps, on avait fini par surnommer Sybille Jaffrelot « Voldemort ».

C'était « celle dont on ne doit pas prononcer le nom sous peine de voir Clara fondre en larmes ».

Je ne l'avais jamais rencontrée, même dans ma jeunesse. Clara et moi avons six ans d'écart, et franchement le patinage… Je n'avais jamais assisté à ses compétitions. S'il me faut être totalement honnête, je n'ai jamais compris comment on pouvait qualifier de discipline sportive un exercice qui nécessite d'être coiffé et maquillé avant l'effort. Sans oublier les paillettes… Tellement de paillettes… Quand ma sœur avait gagné en niveau et intégré des championnats plus médiatisés, j'avais regardé ses prestations sur Internet pour pouvoir la féliciter. Mais je ne m'étais certainement pas tapé celles des autres.

Je le regrette maintenant. Mais d'un autre côté, si j'avais reconnu Sissi lors de la soirée au bar, j'aurais directement tourné les talons. Et jamais je n'aurais su à quel point elle pouvait se révéler merveilleuse.

Maintenant que j'y repense, c'est évident que Sybille possède un fort caractère. La façon dont elle a repoussé le gros nul qui la draguait m'avait impressionné. Elle possède une langue acérée, ne mâche pas ses mots.

Et quand elle ne se sauve pas de mon lit au milieu de la nuit, elle sait ce qu'elle veut et paraît prête à tout pour l'obtenir.

Elle avait l'air vraiment heureuse de m'apercevoir à la patinoire, quand j'ai récupéré Soline.

Un grand sourire sur le visage, les joues encore rougies par l'effort qu'elle venait de fournir, elle s'était accoudée à la balustrade, ravie de constater que le petit jeu entre nous allait cesser.

Elle n'avait pas semblé plus perturbée que cela quand je lui avais dit que j'étais le frère de Clara. Ma sœur a raison, elle se moque du mal qu'elle a pu lui faire. Je déteste le conflit, les crises et autres engueulades me font me recroqueviller dans ma coquille jusqu'à ce que l'orage passe. Sauf que je dois prendre une décision pour le bien de ma famille. Il est inenvisageable que je continue à la voir, Clara ne me le pardonnerait jamais. Mais je suis blasé de devoir renoncer à elle. Sissi, l'inconnue du bar qui avait glissé son bras sous le mien lors d'une promenade sous les flocons, me plaisait bien avec son joli minois et son caractère de cochon.

Mais Sybille, que penser d'elle ? Elle m'avait prévenu dans sa tentative maladroite de justifications qu'elle pouvait facilement se transformer en mégère.

Je n'avais pas saisi que sa phrase était à prendre au premier degré.

Elle m'envoie des messages depuis hier soir, déstabilisée par mon attitude fuyante.

Matt, est-ce que tout va bien ?
Matthieu, peux-tu m'expliquer ce qui se passe ?
Je ne comprends pas pourquoi tu ne me réponds pas.
Si tu ne veux plus me voir, il serait plus simple de juste le dire. Tu as conscience d'agir comme un lâche ?

Elle ne mâche toujours pas ses mots. Mais elle a raison, je ne peux pas rester silencieux.

Je prends mon téléphone et pianote un message. Je le modifie quinze fois avant de me décider à l'envoyer.

Je suis désolé. J'aurais aimé que ça marche, mais avec le passif qui existe entre ma sœur et toi, c'est impossible.

Sa réponse ne tarde pas.

Je peux savoir ce que Clara vient faire là-dedans ?

Elle se fiche de moi ? Je m'empresse d'éclairer sa lanterne.

Je pense qu'il faut que tu réfléchisses à ce qui s'est passé entre vous à Grenoble. Chaque acte a des conséquences. J'adore ma sœur, elle passe avant tout le reste.

Cette fois, elle ne répond pas. Bêtement, j'espérais un autre message, qu'elle argumente, se défende. Tout plutôt qu'une rupture aussi inattendue que brutale. Mais l'attente est vaine. Mon portable reste silencieux.

Le lendemain, bosser m'apparaît comme un calvaire. Je suis complètement à l'ouest. Je ne peux pas m'empêcher de penser que si je n'avais rien su de son passé, on aurait certainement parcouru un petit bout de chemin ensemble. Quel gâchis !

Je regarde constamment mon téléphone, espérant une bonne explication, un mea culpa. Même un simple « pardon » me satisferait.

Manon frappe à la porte et entre dans mon bureau, m'apportant de nombreux papiers à signer.

Principal, c'est comme rock star en tournée, un stylo à la main, je dépose mon autographe sur tout ce qui me tombe sous la main.

Enfin, le *sex appeal* en moins…

Je paraphe consciencieusement la volumineuse pile et m'apprête à reprendre mes activités habituelles quand elle me rappelle à l'ordre.

— N'oubliez pas que vous devez vous présenter au marché de Noël dans trente minutes.

Le marché de Noël. Encore un truc que j'ai zappé.

Deux classes de cinquième préparent un voyage au ski et ont monté un stand d'emballage de cadeaux pour le financer. Leur prof de musique a même prévu de leur faire pousser la chansonnette à 17 heures aujourd'hui. La présence du principal est, bien entendu, requise pour applaudir avec enthousiasme ces choristes occasionnels.

Je me lève en soupirant et prends mon manteau. Si j'y vais maintenant, je pourrai à peu près arriver à l'heure.

— Allez-vous repasser par ici, après ?

— Non, je rentrerai chez moi directement. Vous pourrez tout fermer en partant.

***

Je parcours les rues en direction du marché, les mains dans les poches et la tête ailleurs.

C'est beau la montagne l'hiver. J'ai voyagé dans beaucoup d'endroits paradisiaques, mais je n'ai jamais envisagé de vivre loin de mes Alpes natales. Pas forcément dans cette ville en particulier, il me suffit d'une cime, quelle qu'elle soit, à admirer au loin pour me sentir bien. À cette période de l'année, ces paysages me ramènent à l'époque où j'étais tout gamin, quand un rien m'enchantait. Même une fois adulte, difficile de résister à la valse des flocons qui vous accompagne joyeusement et rend magique le moindre mètre parcouru à pied.

Quand j'arrive, la maîtresse de Soline me salue de la tête et je constate que l'école primaire a également prévu une intervention. Ce petit monde crée un attroupement qui attire les curieux, et bientôt la place est remplie de parents impatients et de passants bienveillants.

Je serre la main de la directrice, félicite les professeurs bénévoles pour leur engagement et improvise un discours, je l'avoue un peu pompeux, à destination de la cinquantaine d'élèves présents.

Je vois ma nièce en train de se préparer avec les autres CE2, des bois de cerf en carton sur le crâne. Je cherche Clara, qui doit en toute logique se trouver dans le coin.

— Je ne savais pas que Soline chantait ce soir ? Tu aurais pu me prévenir, lui reproché-je, après lui avoir fait la bise.

— C'est elle qui me l'a rappelé… Avec toute la pression que j'ai en ce moment, ça m'était sorti de la tête.

— Tout s'est bien déroulé, hier ?

Je n'ose pas aborder le sujet « Sybille Jaffrelot » de moi-même, j'attends qu'elle le lance.

— Une catastrophe. Je n'en ai pas dormi de la nuit…

— À ce point-là ? Tu ne crois pas que tu es trop pessimiste ?

Elle lève les yeux au ciel, exaspérée par ma question.

— Oui, à ce point-là, Matt ! Comment voulais-tu que ça se passe ? Elle est arrivée aux essais égale à elle-même, hautaine, comme à son habitude… Les membres du bureau lui mangent dans la main, je ne sais même pas pourquoi je continue cette parodie de recrutement…

— Pourquoi dis-tu ça ? Ils ont toujours reconnu tes compétences dans le domaine, tu as toutes tes chances !

Elle lève les yeux au ciel, agacée par ma tentative de réconfort.

— Pfff… Tu es toujours aussi idéaliste, persuadé que le monde est juste et équitable… Matt, elle a brillé par sa nullité, et pourtant Loïc n'a parlé qu'avec elle ! Tu ne connais pas le pire : elle est même venue me snober pour me déstabiliser. Elle a systématiquement agi de cette manière depuis que je l'ai rencontrée ! Elle met une pression immense sur les gens qu'elle veut abattre.

C'est encore pire que ce que je pensais. Je tâche de lui montrer mon soutien, qu'elle comprenne qu'il est indéfectible. Mais c'est compliqué pour moi de faire coïncider ces deux facettes de Sybille.

— Je crois en toi, moi ! Tu as toujours fait preuve d'un talent fou avec les mômes…

— À défaut d'être sportivement compétente, je suis gentille avec les enfants… Je ne sais pas si j'apprécie tes compliments…

Quand elle se trouve dans cet état d'esprit, ma sœur a tendance à tout voir en noir. Parfois, je me retrouve à court de mots pour lui remonter le moral. Pourtant, il n'y a que moi pour le faire. Mes parents ont déménagé il y a deux ans dans une région au climat plus clément, et reviennent rarement dans cette région montagneuse qu'ils ont connue toute leur vie. Notre aînée, Lætitia, a épousé un militaire et le suit dans ses missions à travers le monde. Je perds souvent le fil de ses déménagements mais, si je ne me trompe pas, elle réside actuellement à Wallis-et-Futuna.

Tout ce qui reste de notre famille maintenant, c'est Clara et sa dépression chronique et Soline et ses 8 ans.

Et moi. Ces dernières années, ma sœur n'est jamais parvenue à tracer son chemin dans la vie sans aide extérieure. Parfois, je me surprends à rêver qu'elle tombe amoureuse, que son bonheur devienne le problème de quelqu'un d'autre. Mais la relation que nous avons tissée ces dernières années me rappelle à quel point j'ai bien fait de rentrer.

Je reviens à notre conversation, constatant qu'elle parle toute seule depuis plusieurs minutes. Et toujours du même sujet.

— Elle m'aura tout pris… Ma carrière, mon club… Tu te rends compte qu'elle a aussi essayé de monter Soline contre moi ?

— Ah bon ? Je n'ai pas eu l'impression que…

— Elle me l'a dit ! Elle ne voulait pas m'inquiéter, mais j'ai bien compris, Matt. Soline n'est pas une menteuse.

C'est moi qui risque une grosse déprime si je continue cette discussion. Je quitte ma sœur, prétextant une connaissance aperçue au loin pour échapper à l'ambiance pesante. Je sais que Sissi n'a pas bon caractère, mais j'en ai ras le bol de l'entendre.

Les premières notes de la chorale me parviennent tandis que je flâne au milieu des cabanons. Raclette, pommes d'amour, croustillons, vin chaud… Ces odeurs réconfortantes tiennent compagnie aux colifichets, bouillottes et autres peluches, et me rappellent que je n'ai toujours pas commencé mes achats de Noël.

Je repère un stand dont les reflets dorés, chaleureux, me font de l'œil. Une créatrice de bijoux œuvre dans le coin de l'exigu chalet et me sourit. J'observe ce qu'elle propose, admirant particulièrement les délicats pendentifs de verre emprisonnant de minuscules fleurs multicolores, et me dis que Clara les aimerait sans doute tout autant.

La porte arrière du cabanon s'ouvre, et une jeune femme entre. Elle s'approche un instant de sa collègue avant de se diriger vers moi, et de me demander si je souhaite quelque chose.

Ses traits me paraissent familiers, je sais que je l'ai déjà croisée quelque part. Petite, brune et voluptueuse, elle possède un sourire lumineux empreint de bonté. J'ai beau me creuser la tête, impossible de me rappeler où je l'ai déjà vue. Elle me conseille pour mon achat, et finit par me regarder d'un air intrigué, ayant probablement remarqué que je la dévisageais.

— Excusez-moi, j'ai l'impression que vous me fixez... Est-ce que nous nous connaissons ? me demande-t-elle.

Je lâche un petit rire, mi-gêné, mi-soulagé.

— C'est la question que je me pose depuis tout à l'heure. Je commençais à me demander si je n'étais pas en train de me faire des idées…

— Pour être honnête, vous ne m'êtes pas étranger non plus…

Elle s'arrête et me fixe avec intensité, semblant proche de l'illumination.

Soudain, elle claque des doigts et s'exclame :

— Vous êtes le musicien ! Le guitariste de Sissi ! Elle m'a dit vous avoir retrouvé sous un paquet de farine.

Mais bien sûr. Elle a bien entendu un lien avec elle !

— Et vous, vous êtes l'amie qui lui a accordé la permission de minuit. Marraine la bonne fée, en quelque sorte !

Elle éclate de rire devant la description que je fais d'elle.

— Je m'appelle Sophie. Et personne n'accorde une permission à Sybille, elle ne fait que ce qu'elle veut !

— Est-ce qu'elle est là ? demandé-je en la cherchant des yeux.

J'ai beau savoir que je ne dois plus la fréquenter pour garantir la sérénité familiale, ça ne m'empêche pas d'en avoir envie.

— Non, me répond la vendeuse, intriguée. Je croyais que vous aviez beaucoup échangé ces derniers jours ? Vous l'avez déjà reperdue ?

— Il y a eu des complications, avoué-je dans une grimace.

— C'est-à-dire ? Je la connais bien, je suis d'ailleurs plus souvent son avocate que sa marraine pour être honnête… Je l'adore mais je suis consciente qu'elle peut se montrer difficile… Qu'est-ce qu'elle a encore fait ?

— J'ai découvert que si je continuais à la voir, j'allais causer beaucoup de peine à une personne que j'aime beaucoup.

— Votre femme ?

— Ma… Mais non, pas du tout, je ne suis pas marié ! m'indigné-je. Il s'agit de ma sœur… Clara.

— Hilliard ?

Je m'étonne qu'elle fasse le rapprochement si facilement.

— Vous la connaissez ?

— Moi aussi j'ai patiné dans ma jeunesse, se contente-t-elle de dire. C'est un petit monde, vous savez. Effectivement… c'est compliqué. Puis-je vous donner un conseil ?

Je hoche la tête. C'est exactement ce dont j'ai besoin en ce moment.

— Parlez avec Sybille. Je sais qu'elle n'est pas facile et qu'elle peut se fâcher avec la terre entière quand on a le malheur de la contrarier. Mais elle a de grandes qualités, la vie est faite de nuances de gris… La faute peut être partagée. Votre sœur, sans aucun doute, a beaucoup évoqué Sissi, laissez-lui l'opportunité d'en faire de même.

Elle n'a pas tort. Pour être juste, je dois lui donner la possibilité d'expliquer et, pourquoi pas, de regretter ses actes. J'essaye de me convaincre que c'est la seule raison qui me pousse à l'appeler. Car après tout, ma décision est prise, non ?

Ma petite voix intérieure me traite de menteur. Je ne la contredis pas.

14

Illumination

Le passif qui existe entre ma sœur et toi.

Je crois que j'ai relu cette phrase cent fois.

Que me reproche-t-il au juste ? D'avoir battu Clara à de multiples reprises ? De n'avoir jamais sympathisé avec elle ?

Je commence franchement à me demander si ce n'est pas lui qui a un problème… Il me fait le coup du mec bien sous tous rapports, me laisse entrevoir la superbe relation qui pourrait naître de notre rencontre, et maintenant il rejoint la team « sœurette » sans même m'expliquer la raison de sa désertion ? Déjà, pour quelle raison a-t-elle besoin de soutien ? La compétition, si on n'en supporte pas l'enjeu, on ne s'y frotte pas. Si je comprends bien, elle vivrait mal que son frère sorte avec une ancienne adversaire ? Ridicule, non ?

La patience, ce n'est pas mon truc. Monsieur pense que j'ai un problème avec sa sœur ? Eh bien, c'est l'occasion d'aller lui parler à elle, directement. J'aimerais bien qu'elle m'explique pourquoi il vient de me larguer comme une malpropre, en son nom à elle. Je ne vais pas la laisser se défiler.

***

Je suis encore bien énervée quand je franchis, le lendemain, la porte vitrée qui mène à la piste. Mais l'odeur de la glace me permet de me calmer. C'est là que je me sens chez moi. Pour certains, endurer le froid toute la journée relève de la torture, mais personnellement, c'est ma définition du bonheur. Je ris quand je vois la façon dont les parents préparent leurs marmots pour une heure de pratique : bonnet, doudoune, gants, écharpes, on dirait qu'ils les équipent pour affronter un environnement hostile. Moi, l'entraînement, ça a toujours été en débardeur. La sensation de vitesse est décuplée lorsque l'air caresse vos épaules nues. Sans oublier qu'on est beaucoup plus motivés à rester debout après un saut si la chute risque de vous précipiter sur un lit de glaçon. Les lieux, sont vides aujourd'hui, pas d'enfants pour cette première séance de travail, il s'agit d'une simple concertation. On va décider des thèmes des numéros, du rôle que chacune va tenir. Ce n'est pas évident, car l'attribution du poste va dépendre de notre implication à toutes les trois. S'entraider pour mieux éliminer l'autre est un concept étrange. En plus de ne posséder aucune patience, je suis parfaitement consciente que je peux manquer d'empathie. Je sais être… disons… « tolérante » à certains défauts, mais je ne supporte pas la faiblesse. On peut tout foirer, se tromper, se vautrer, être nulle, ce n'est pas grave tant qu'on se relève et qu'on repart. Mais je ne comprends pas qu'on se lamente sur son sort, qu'on rende un autre responsable de son destin raté… Pour ce boulot, je suis la plus compétente. C'est une évidence. Devoir attendre que les filles échouent avec leurs idées à la noix m'ennuie profondément.

Bérénice m'aperçoit et me fait signe. C'est une chouette nana, toujours gentille avec tout le monde. Grande, la trentaine bien entamée, elle possède une carrure imposante, et des dents de devant qui lui donnent un air légèrement chevalin. Elle n'est pas laide, elle est juste… atypique. Je pense que Bérénice, on l'aime ou on la déteste, mais au moins, elle ne laisse personne indifférent. En revanche, question patin, elle ne vaut rien. Vraiment.

Elle évoluait au niveau régional, se montre donc capable d'exécuter des figures basiques, mais pas plus. Sa plus grande force, c'est le lien qu'elle tisse avec les enfants. Ils l'adorent. En gros, elle ferait une merveilleuse animatrice de centre aéré.

Clara est déjà arrivée. Quand elle me voit, son visage se ferme, elle baisse la tête et observe avec fascination le motif dessiné par les lacets de ses patins.

— Salut, leur dis-je en m'asseyant à ma place. On se prend un café avant de s'y mettre ?

J'aimerais bien choper la boudeuse sans tarder.

— Je préférerais qu'on commence, me répond-elle, sans même daigner me regarder. Je dois récupérer ma fille à l'école à midi. On ne dispose pas toutes de temps à perdre en papotage. Mais ne te prive pas pour nous, on va s'y mettre sans toi, histoire que tu puisses te réveiller tranquillement.

La peste.

— C'est vrai, on n'y pense pas, nous, qu'une mère célibataire possède autant de contraintes, ajoute Bérénice en nous regardant à tour de rôle de son air de labrador. Ne t'inquiète pas, Clara, on va s'adapter à tes horaires. N'est-ce pas, Sybille ?

Je m'apprête à rétorquer que dans le monde du travail, ce ne sont pas les collaborateurs qui doivent s'adapter aux mioches des collègues. Puis je me souviens que la mioche en question est la nièce de Matthieu, et qu'en plus, elle est plutôt mignonne.

— Bien sûr, concédé-je à la place.

Je ne m'étends pas. Faut pas déconner non plus.

— Il y a une salle de réunion ici ? Que l'on puisse se poser pour répartir les groupes et s'occuper de la paperasse avant de bosser sur glace ?

Clara ricane. Je n'ai pourtant pas eu l'impression d'avoir raconté quelque chose de drôle.

— Non, Madame la Parisienne, il n'y a pas de « salle de réunion ». Tu vas être dans l'obligation de t'adapter et te contenter d'un coin de table, comme nous, pauvres petits provinciaux.

Je l'épingle du regard après cette médiocre tentative d'humiliation, remarquant au passage qu'elle ne paraît pas si sûre d'elle. Elle a les yeux baissés et un muscle tressaute sur sa mâchoire. Elle me déteste, je le sais maintenant, mais derrière son air bravache, il est clair qu'elle est intimidée. Elle a pris son courage à deux mains pour essayer de me renvoyer dans mes quartiers, mais au fond d'elle, elle me craint.

Il aurait été tellement facile de lui balancer une phrase bien sentie, de lui en coller une bien méchante dans les dents.

Mais elle me fait de la peine. J'ai l'impression qu'elle a répété devant son miroir avant de partir de chez elle pour trouver le cran de me faire face. L'accabler ne m'avancera pas à grand-chose. Même si ça n'est pas dans ma nature, je fais un pas de côté pour apaiser les choses.

— Même à Paris, on doit parfois s'adapter, tu sais. Et tu oublies que je viens d'ici, moi aussi.

J'entre dans le vestiaire et repère une longue table rangée sur un des côtés. Je m'y assieds et attends que mes collègues du jour me rejoignent. Quand je vivais dans la région, ce n'était pas ce complexe sportif que je fréquentais, mais il m'est tout de même familier. Toutes les patinoires se ressemblent : les étagères métalliques accueillant les paires de patins de toutes tailles ; le comptoir éraflé par des centaines de lames posées avec vigueur sur son plateau ; la déco de Noël en plastique, tout en brillance, 100 % made in China, mais qui redonne un peu de lustre à l'ensemble vieillissant. Tout cela me rend un peu nostalgique. Voir le monde à travers les yeux d'un enfant avait son charme.

On s'installe comme on peut, et chacune sort de quoi écrire.

On constitue les groupes assez rapidement, puis nous déterminons l'ordre de passage de chacun. On ne devrait pas être trop débordées, puisque notre mission consiste à créer un numéro individuel et un collégial.

— Donc, si je saisis bien le délire, résumé-je, on doit faire patiner les enfants quatre minutes sur un air de notre choix, avec une mise en scène et des costumes ? Et un final toutes ensemble ?

— C'est ça, me répond Bérénice. C'est excitant, j'ai tellement d'idées !

Elle ne tient pas en place. C'est aussi adorable que flippant pour une femme de son âge. La façon dont la sélection se déroule me laisse perplexe. On a toutes un CV, des expériences à valoriser. Pourquoi nous tester de cette manière ?

— J'avoue peiner à comprendre comment tout cela va les aider à désigner un entraîneur. Apprendre à lancer un saut de valse à un gamin de 8 ans ne prouve rien…

— C'est bien si tu n'en vois pas l'intérêt, rétorque Clara, ce sera plus simple pour nous…

Je m'apprête à répliquer quand la pensée de Matt s'impose à moi. Il n'aimerait pas que je sois désagréable avec sa sœur.

Bérénice rassemble ses notes et nous laisse pour réfléchir directement sur la glace. Elle doit s'imaginer qu'on va faire de même, puisqu'elle nous attend à la porte.

— On te rejoins bientôt, lui dis-je pour qu'elle me laisse seule avec Clara.

Celle-ci a ouvert un sac de sport et prend une veste bien chaude et ses patins. Elle ne me calcule pas. Je m'approche, mon air le plus avenant sur le visage.

— J'ai l'impression que nous sommes parties du mauvais pied, toi et moi. Tu crois que l'on pourrait mettre les choses à plat ?

Elle arrête son geste et se tourne vers moi. Elle est complètement tendue par ma proximité.

Sybille, croque-mitaine officiel.

— Je suis estomaquée par ce que je viens d'entendre ! Tu as passé notre enfance à m'humilier, et des années après, tu te pointes la bouche en cœur en disant que tu souhaiterais qu'on devienne amies ? Sérieusement ?

— Je ne t'ai jamais humiliée, affirmé-je, catégorique. Je ne pige pas un mot de ce que tu me racontes ! On était concurrentes, je suis désolée si tu n'as pas supporté la compétition. Toute cette histoire a eu lieu il y a des années, sérieux, tu ne peux pas passer à autre chose ?

— Quel culot ! Tu as tout mis en œuvre pour m'écarter ! Tu le nies, ça aussi ?

Je lève les bras, dans un geste d'incompréhension totale.

— Tu perds la tête. On faisait partie du même club, on a été détectées en même temps, nous avons bénéficié des mêmes entraînements. À quel moment ai-je eu droit à un traitement de faveur ? Tu as eu ta chance, tout comme moi. Arrête de me mettre tes échecs sur le dos. D'autant que ça ne concerne pas que ta petite personne ! À cause de tes délires, ton frère refuse de me parler.

Elle tique en m'entendant évoquer Matthieu.

— Qu'est-ce qu'il vient faire là-dedans ?

Attention, 3, 2, 1… Illumination.

— Oh ! Je vois, lâche-t-elle simplement. Tu as déjà commencé à faire ton marché ? Tu ne perds pas de temps, dis-moi !

— N'extrapole pas ! Je l'ai rencontré dans un autre contexte, mais depuis qu'il sait que tu ne m'apprécies pas, il a coupé les ponts.

— Mon frère est loyal, me lance-t-elle d'un air satisfait. Ne t'aventure pas à entreprendre de le retourner contre moi, tu n'y arriveras pas.

Depuis combien de temps a-t-elle sombré dans la paranoïa ?

— Tu penses réellement ce que tu dis ? Tu n'as pas le sentiment d'exagérer ? répliqué-je, voulant la ramener à une conversation plus raisonnable.

Elle ne me répond pas et attrape ses patins pour aller se chausser ailleurs. Bon, au moins j'aurais essayé…

Je regarde l'heure et constate que je peux prendre trois minutes pour appeler Sophie, et lui raconter mes mésaventures.

Celle-ci décroche aussitôt, avant de me demander de patienter un instant.

— Je termine ma communication, me dit-elle. Je n'en ai pas pour longtemps.

Une petite musique me distrait durant quelques secondes, avant qu'elle revienne.

— Excuse-moi, me dit-elle. Tu vas bien ? Je pensais que tu bossais à la patinoire aujourd'hui.

— C'est le cas. Je viens de parler à Clara, pour tenter d'arrondir les angles. Cette fille ne va pas bien ! Elle est même complètement folle.

— Toujours dans la mesure… Ce qui est rassurant, c'est qu'on n'est jamais surpris avec toi, Sissi.

— Elle m'accuse d'avoir gâché sa vie. Si j'avais su que je possédais un tel pouvoir, j'aurais pulvérisé cet abruti d'Hugo Labarthe il y a longtemps !

Un silence s'installe quelques instants avant qu'elle ne reprenne la parole. C'est tout Sophie, ça. Je parviens presque à percevoir le bruit des rouages de son cerveau à travers la ligne.

— À ta façon, tu rends toi aussi les autres fautifs de ta situation actuelle, finit-elle par me dire. En réalité, Clara et toi possédez beaucoup de points communs.

— Pardon ? Qu'est-ce qui te prend de me dire ça ? Tu plaisantes, hein ?

— Absolument pas. Tu ne cesses de penser qu'Hugo porte la responsabilité de tout ce qui t'arrive.

Je suis abasourdie par la réplique acerbe de ma gentille amie, toujours d'accord avec moi d'habitude. Ma Sophie, mon amie-doudou qui me réconforte en toutes circonstances.

— Bon, apparemment, tu es de mauvais poil aujourd'hui.

— Voilà, encore la faute des autres… me répond-elle posément.

— Mais pas du tout ! Je dois y aller, ajouté-je après un coup d'œil à ma montre. On se trouve un moment pour prendre un verre demain soir, ou ta mère a besoin de toi au chalet de Noël ?

— Je ne peux pas, je suis prise.

Elle m'intrigue.

— C'est-à-dire ?

— Je dois rentrer à Paris pour une affaire importante, je te raconterai plus tard.

Sophie me cache des choses. L'Univers vient de basculer d'un coup.

— Toutefois, avant de raccrocher, laisse-moi t'offrir un cadeau de Noël en avance. J'ai croisé ton Matthieu hier. Je crois que vous devriez bavarder.

— Vous avez parlé de moi ?

— Oui, Mademoiselle Centre du Monde, nous avons évoqué ta modeste personne.

— Pourtant, il refuse de me répondre quand j'essaye de l'appeler.

— Va le voir directement. Et si tu souhaites facilement le trouver, n'hésite pas à aller faire un tour au collège. Demande-le à l'accueil.

Elle raccroche en me laissant avec cette énigme en tête.

Qu'est-ce qui lui arrive ?

15

Retrouvailles au coin du feu

— C'est insupportable, je ne peux l'accepter !

— Madame Babin, je vous répète une nouvelle fois qu'on ne peut pas exclure un élève parce que… parce que…

Je fouille dans les papiers face à moi pour extraire de la pile le rapport d'incident – le énième – écrit par la personne devant moi. La feuille dûment trouvée, je la parcours rapidement à la recherche de la dénomination exacte du crime commis par le jeune en question.

— Attendez que je retrouve la phrase… Oui, la voilà.

Je me racle la gorge et lis à voix haute la prose acerbe de la professeure. Je me demande quand elle trouve le temps de rédiger toute cette paperasse. Dès qu'un élève déborde légèrement du cadre, elle recourt au dieu Administration pour lui régler son compte.

— L'élève Djamil Ben Slamia a volontairement saboté le cours d'anglais en sortant une pomme de sa besace, afin de la manger. Il m'a ensuite toisée d'un air maléfique avant de croquer dedans en ricanant.

J'enlève mes lunettes et me frotte les yeux.

— Je veux bien entendre que cet élève peut parfois se montrer… atypique. Mais maléfique ? Vous croyez vraiment qu'il a sorti une pomme de sa be… de son sac à dos et qu'il vous a regardée d'un air « maléfique » ?

Elle se lève, furibonde, et attrape le grand sac qui ne la quitte jamais. Je reste un instant hypnotisé par le relief en tapisserie qui le recouvre. L'accessoire est comme la femme qui le porte, ou le mot « besace » : d'un autre temps.

— Décidément, monsieur Hilliard, on ne peut pas compter sur vous. Ce genre de choses ne serait jamais arrivé à l'époque de M. Camus !

Un de mes prédécesseurs. Un accroc du conseil de discipline.

— Il faut vous adapter, madame Babin. Si vous voulez vous épanouir davantage, vous devez accepter que les élèves aient changé.

Elle ouvre la porte et sort en la claquant d'un geste rageur.

J'ai consulté son dossier la semaine dernière, il lui reste cinq ans avant de partir à la retraite. J'ai l'impression que c'est la peine à laquelle je suis condamné.

Je me fais couler un café, pour enfin profiter d'une petite pause bien méritée, mais j'ai à peine avalé la première gorgée que Manon frappe de nouveau. Elle entrouvre la porte et me regarde, perplexe.

— Une personne exige de vous voir. Je peux lui dire de repasser ? Je doute que ce soit urgent.

— Un prof ? demandé-je, fatigué d'avance.

— *A priori*, c'est privé, me répond-elle d'un ton pincé.

Je hoche la tête en signe d'assentiment et me redresse en position « chef d'établissement ».

Manon ouvre la porte et fait entrer la dernière personne que je m'attendais à voir : Sybille.

Elle m'observe avec des yeux ronds et je peux parfaitement m'imaginer les pensées qui traversent son esprit : où est passé le guitariste que j'ai rencontré dans un bar ? Qui est cet homme guindé assis derrière cet immense bureau ?

— Monsieur Hilliard ? Pardon, je voulais dire « Monsieur le Principal », me taquine-t-elle. Te trouver ici est une surprise !

— Nous avons tous nos petits secrets…

— Je vois ça…

Elle tourne sur elle-même, observant mon triste environnement professionnel dans les moindres détails.

J'avise Manon qui attend toujours sur le seuil. Elle jette des regards mauvais à Sissi, qui l'ignore complètement.

— Merci, Manon. Vous pouvez nous laisser.

— Souhaitez-vous un café ou autre chose, Monsieur le Principal ? minaude-t-elle.

— Merci, ça ira.

— N'hésitez surtout pas à faire appel à moi. Sonnez quand il faudra ramener Mademoiselle au portail.

Sybille commence à perdre patience. Elle s'approche de la porte qu'elle referme sur elle sans brutalité, mais avec fermeté.

— Merci encore, Manon. Encore bravo pour l'accueil, beau boulot ! Mais comme vient de le dire Monsieur le Principal, vous pouvez disposer.

Et elle claque la porte. Je dois être tordu, car l'entendre m'appeler « Monsieur le Principal » m'a un peu émoustillé. Bon, d'accord, son ton mordant et aguicheur m'excite clairement. Une adorable peste. Elle se tourne vers moi et me scrute de son regard pénétrant.

— Vous êtes un lâche, monsieur Hilliard. Vous m'obligez à vous débusquer dans votre tanière.

Elle contourne mon bureau et vient s'asseoir sur le large plateau, juste à côté de moi.

Je m'appuie sur le dossier de ma chaise pour renverser la tête et mieux l'observer.

— Tu n'as pas tort.

Elle hausse un sourcil intrigué face à la franchise de ma réponse. Elle se penche vers moi, ses longs cheveux détachés glissant de ses épaules, créant deux vagues brunes soyeuses.

— Pourquoi m'as-tu rejetée ainsi ? Je ne comprends pas comment nous avons pu en arriver là… Tu aurais au moins pu éclaircir un minimum les choses avant de disparaître !

Je soupire. Comment lui dire que je n'ai absolument rien à lui reprocher, mais que sa seule présence dans cette ville risque de faire replonger ma sœur dans une spirale de tristesse sans fin ?

— C'est compliqué. Clara et toi… commencé-je.

— Clara ne se trouve pas avec nous, à ce que je sache, me coupe-t-elle. C'est à toi que je parle. Tu me dois une explication, pas elle.

— C'est ma petite sœur. Et vous vous haïssez.

Elle paraît surprise par la fin de la phrase.

— Mais pas du tout. C'était pour moi une concurrente comme une autre, peut-être la meilleure de toutes, celle qui sortait du lot. Je ne la détestais pas, on se connaissait à peine !

— J'ai tellement entendu parler de toi… Le problème, c'est que ce n'était jamais en bien. Tu as eu des attitudes peu sportives, reconnais-le.

— On va encore reparler de sa cheville ? J'étais une ado un peu bécasse, qui fonctionnait uniquement à l'orgueil. Ta sœur se trouvait exactement dans le même état d'esprit, sinon elle n'aurait pas tenté le saut qui lui a, apparemment, coûté si cher.

— Sa carrière a été stoppée net.

— Elle aurait pu reprendre après la rééducation. Le choix d'arrêter la compétition lui appartient entièrement. Tu crois que les blessures sont rares dans ce sport ? Heureusement qu'on ne stoppe pas tout au moindre os brisé !

Dit-elle vrai ? Clara aurait-elle pu se remettre et revenir au plus haut niveau ?

— Puis-je me montrer franche avec toi ? J'ai toujours été meilleure que ta sœur. Ne me regarde pas ainsi, me lance-t-elle en constatant ma moue dubitative, je dis la vérité. Je n'avais pas besoin de la blesser pour la battre, crois-moi.

Elle semble légèrement excédée.

— J'aimerais beaucoup que vous arrêtiez de me prendre pour le monstre de service. Je suis consciente de ne pas être parfaite, mais vous poussez le bouchon un peu loin… Vouloir gagner n'est pas un défaut ! C'est le but même d'une compétition ! J'en ai marre qu'on me le reproche…

Elle se rapproche de moi et met la main sur mon fauteuil.

— Et toi ? Parlons un peu de toi, de la personne que tu es, sans ta famille, sans tes responsabilités. Qu'est-ce que toi, Matt, tu désires ?

Elle emploie volontairement mon surnom. Celui que je lui ai donné lors de notre rendez-vous inopiné. Matt, le mauvais guitariste qui l'avait faite rire. Matt, le garçon avec qui elle avait passé la nuit, dès le premier soir.

Je n'arrive pas à savoir qui est le véritable Matthieu. Est-ce celui face à elle ou celui qu'elle a croisé dans ce bar ? Les deux ont bien du mal à coexister en moi.

— Je ne sais pas quoi te répondre, Sybille. Ce n'est pas si facile. En tout cas, pour moi, ça ne l'est pas.

— Bien sûr que c'est simple ! s'énerve-t-elle. Nous venons juste de nous rencontrer et tu mêles déjà des complications extérieures à notre histoire. Nous n'avons pas encore eu l'occasion de nous chamailler que nous en sommes déjà à aborder des sujets de couple… Alors que nous n'en sommes pas encore là ! Tu te rends compte que tu gâches nos chances d'en devenir un ?

Elle n'a pas tort.

— On ne peut pas cacher les problèmes sous le tapis… Je ne suis pas le genre de personne à faire l'autruche… Mais tu as raison, repoussons les grandes discussions à plus tard ! déclaré-je. Pourquoi pas au premier Noël qu'on passera en famille ? J'imagine la chouette ambiance à table !

— Est-ce qu'on peut laisser les complications potentielles où elles sont ? Avant de réfléchir à ça, on pourrait peut-être se donner la chance qu'on espérait tous les deux. Ne crois pas que le côté protecteur que tu manifestes à l'égard de ta famille me déplaise ! Mais ces problèmes ne me concernent pas… En tout cas, pas encore. Clara ne supporte pas ma présence ? Je m'en fous. Sincèrement. Je refuse de prendre une responsabilité envers ta sœur, de gérer ses traumas. Je n'en suis pas encore là.

Touché. Je viens d'être remis proprement à ma place, et dans les formes. Je suis en train de tuer une relation dans l'œuf pour éviter d'hypothétiques embrouilles. Clara est mon problème, pas le sien. Et Sissi me plaît trop pour que je tire un trait sur elle.

— Je ne suis pas certain d'aimer ce côté « sans filtre » que tu peux parfois avoir, lui avoué-je dans un sourire, adoucissant ainsi mes propos. Tu ne me donnes aucune excuse.

— Tu n'en as pas besoin. Tout ce que je te demande, c'est de t'avoir, toi seul, pendant quelque temps. Les difficultés arriveront bien assez vite. Peut-on profiter de ce qu'on commençait tout juste à apprécier, sans trop se poser de questions ? Je ne peux pas croire que la situation soit aussi désespérée que tu sembles le penser.

Elle me contemple, une lueur tendre au fond des yeux. Si je devais m'en tenir à mon propre point de vue, je l'implorerais de me reprendre. Elle possède un côté adorable qu'elle ne montre qu'à moi.

— Je peux simplement te promettre qu'un jour, s'il le faut, je crèverai l'abcès avec elle, précise-t-elle. Mais ce jour n'est pas arrivé.

Sa façon d'éluder les soucis me laisse penser qu'elle est sincère dans son étonnement. Sybille ne sait pas qu'elle a merdé. Est-ce la compétition qui l'a rendue si dure par certains côtés ? Moi, je l'apprécie comme elle est. N'ai-je pas le droit d'en profiter ?

— OK… Tu veux qu'on se rende dans un endroit moins… scolaire ? lui proposé-je, tout en regardant ma montre.

16 h 20. Un peu tôt, mais j'ai envie d'être seul avec elle.

— Tu peux partir ? me demande-t-elle, surprise. Oui, je n'ai rien contre…

Elle s'approche et dépose un baiser sur mes lèvres. Je mets la main sur sa joue et intensifie le contact, avide d'en avoir plus d'elle. Sentant que nous commençons à nous enflammer, je la repousse doucement.

— Ne crois pas que je n'apprécie pas, mais dans environ trois minutes, la cour, sur laquelle donnent mes fenêtres, va être envahie de jeunes ados plus fouineurs les uns que les autres. On va boire un verre quelque part ?

Elle laisse traîner une dernière fois ses lèvres sur les miennes avant de se redresser.

— Allons-y.

J'éteins mon PC et prends mon manteau.

Quand j'ouvre la porte, Manon se relève de son siège, toute empressée à l'idée d'éjecter Sybille du collège.

— Est-ce que j'ai encore des rendez-vous programmés, Manon ?

Elle consulte l'agenda sur son ordinateur, et m'annonce les deux réunions prévues.

— Annulez-les. Je vous fais confiance pour trouver un autre moment dans la semaine.

— Mais… bégaye-t-elle.

J'avoue, ce n'est pas très sympa de lui faire un coup pareil.

— Vous êtes une perle, Manon. Je serai injoignable jusqu'à demain. Envoyez-moi les urgences par e-mail, je les traiterai en arrivant.

Elle écarquille les yeux et jette un regard haineux à ma compagne. Sybille lui répond par un grand sourire hautain. Une adorable petite teigne.

— Allons-y. À demain, Manon.

— Bonne soirée, Manon ! Au fait, quelques boutons de votre chemisier sont défaits ! Pensez-y à l'avenir, sinon vous allez prendre froid.

Elle vient de calmer Manon pour quelques semaines. Je l'embrasserais bien, mais le collège n'est pas l'endroit rêvé pour les démonstrations d'affection.

Je l'emmène dans un petit pub que j'aime beaucoup, non loin du centre-ville. Quand j'entre le patron me salue avant de bloquer sur cette inconnue qui m'accompagne. Sissi n'est pas là depuis assez longtemps pour faire causer les pipelettes, mais j'ai dans l'idée que ça ne va pas tarder après ce qui s'est passé aujourd'hui.

— Salut, Andrew, lui dis-je en lui serrant la main.

— Tu sors tôt, me dit-il en lorgnant du côté de Sybille. Mademoiselle, vous détournez un bourreau de travail du droit chemin.

Il a un accent qui fait craquer la moitié de la ville. Je n'ai pas envie de subir la comparaison, alors je mets rapidement fin à la conversation.

— Il faut bien se détendre de temps en temps… Ce sont les fêtes de Noël qui me distraient. Tu nous sers deux pintes ?

Je regarde Sybille pour m'assurer que ça lui convient, ce qu'elle me confirme d'un sourire.

— J'ai une bière de Noël à la pression, ça vous dit ?

Nous acquiesçons et une fois nos verres à la main, nous nous dirigeons vers le fond du pub. Il est encore tôt, alors on trouve facilement une place près de la cheminée ronflante.

On s'installe, face à face, dans les gros fauteuils, appréciant la chaleur des flammes après le froid mordant de la rue.

On s'observe. On ne se cache plus, les révélations ont désormais lieu à visage découvert.

— Donc…

— Oui, donc… enchaîné-je, sur le même mode interrogatif.

— Tu es un Monsieur important…

— OK, j'ai l'impression d'avoir 60 ans, maintenant. Au temps pour le *sex appeal.*

— J'avoue avoir du mal à faire coïncider la vision de toi à la guitare avec l'image que tu présentes actuellement. C'est déstabilisant.

Je ne sais pas pourquoi, mais je me sens tout con quand elle me dit ça. Peut-être parce que moi-même, je n'ai jamais réussi à me glisser dans la peau du personnage public que je suis.

— Tu me parais tellement jeune pour un tel poste, enchaîne-t-elle.

— Je ne l'occupe que depuis deux ans. Avant, j'étais prof de maths.

— Prof ? J'avoue que je te vois bien en prof… Tu as toujours eu la vocation ?

Est-ce que j'avais vraiment choisi de le devenir ? Bonne question.

— Je ne sais pas. Non, je ne pense pas. Je dirais que ça s'est fait comme ça… J'ai suivi le mouvement, la logique.

Elle ne prononce pas un mot, méditant mes paroles.

— Tu ne regrettes pas ton choix ? Remarque, comment le regretter... Après tout, tu as une secrétaire aux gros seins qui te donne du « Monsieur » toute la journée !

J'éclate de rire à la description qu'elle vient de faire de Manon.

— C'est vrai qu'elle manque de subtilité !

— Tu es sorti avec elle ? demande-t-elle tout de même.

— Quoi ? Non, bien sûr que non !

En avalant la première gorgée de ma bière, j'ai l'impression de retrouver un peu des sensations de notre première rencontre.

— Je ne me suis jamais intéressé au patinage, lui avoué-je. Ça a toujours été une passion ?

— Elle est née le jour où j'ai regardé les Jeux olympiques pour la première fois, assise sur les genoux de mon père. J'ai découvert ces filles qui volaient sur la glace et je me suis dit « c'est ça que je veux faire ».

— Et tu y es parvenue. Ton père doit être très fier de toi.

— Il nous a quittés quand j'avais 5 ans… Il n'en a pas eu le temps…

— Je suis désolé, ça a dû être difficile… Tu as eu, en tout cas, la chance de pouvoir vivre tes rêves.

Elle me regarde comme si je venais de lâcher une énormité.

— La chance n'a rien à voir là-dedans. J'ai bossé comme une folle pour y arriver. J'ai tout sacrifié pour ça. Chaque médaille que j'ai gagnée, je l'ai obtenue après des heures de sueur et de larmes. Je suis étonnée que tu puisses penser que la chance a quelque chose à voir là-dedans… Tu joues de la guitare, tu sais à quel point c'est difficile de maîtriser une technique si on ne s'entraîne pas avec acharnement !

— Tu as raison. Je n'avais jamais envisagé ça sous cet angle.

Nous sommes tellement différents. Je me demande ce qu'elle me trouve. J'adore son côté cash, sa détermination. Pour une personne conciliante comme moi, les gens aussi opiniâtres que Sissi sont très attirants.

On passe deux heures à parler de tout et de rien, dans une camaraderie confortable, rassurante.

Pourtant, je me sens assez frustré de devoir me tenir si loin d'elle. Depuis une heure, je cherche un moyen de lui proposer d'aller ailleurs, sans oser me lancer. En pensées, je suis charismatique et plein de morgue. Dans la réalité, se lancer est bien plus complexe…

— Matthieu, me dit-elle doucement.

— Oui ?

— Tu comptes rester ici toute la nuit ? Je me disais que, peut-être, on pourrait se retrancher dans un endroit plus… privé ?

Déterminée, sûre d'elle, cash.

Comment résister ?

16

Secrets en famille

Vais-je me lasser un jour de son petit air guindé ? Suis-je idiote de fondre devant la rougeur qui envahit peu à peu ses joues ? Je trouve charmante cette manière qu'il a de toujours craindre de dépasser les limites de la bienséance. On peut lire si facilement sur son visage ! Depuis que nous sommes arrivés dans ce pub, il ne sait pas comment me proposer d'aller chez lui. J'imagine sans peine ce qui lui traverse l'esprit : est-ce trop direct ? Trop mou ? Trop entreprenant ? Pas assez ? Et si elle dit non ? Et si c'est oui ?

Ah, ces hommes élevés avec des sœurs, à la fois si prévenants et si désespérants !

Il affiche donc une mine ravie quand je fais le premier pas. Ou plutôt le second. Nous avons été intimes très vite, mais pour finir, nous nous découvrons encore. Alors, OK, on s'est vus tout nus, mais je ne sais toujours pas combien de sucres il met dans son café. En boit-il, d'ailleurs ?

— Tu veux venir chez moi ? propose-t-il.

J'éclate de rire.

— Heureuse de constater que tu as saisi mes subtiles allusions.

— J'ignorais que tu désirais à ce point visiter un logement de fonction ! Prépare-toi à en prendre plein les yeux.

— J'en ai toujours rêvé ! Encore un vœu exaucé, c'est la magie de Noël !

***

Il fait maintenant nuit quand nous repartons en direction du collège. Il recommence à neiger, et après ces heures passées à profiter de la cheminée, je frissonne malgré l'épaisseur de mon manteau. Matthieu s'en aperçoit et se rapproche pour que je puisse me blottir contre lui. Enveloppée de ses grands bras, le nez dans sa cravate, je savoure son geste à la fois si chevaleresque et si intime. Quand nous pénétrons dans l'immeuble, il s'écarte, mais prend ma main pour ne pas rompre le contact.

Il met un doigt sur ses lèvres pour m'intimer le silence jusqu'à ce que nous arrivions chez lui. Le logement de fonction, ça a des côtés très sympas, mais maintenant que j'y pense, je me dis qu'il vit en permanence avec ses collègues.

Il ouvre la porte et nous entrons dans l'appartement.

Je prends tout de suite conscience, en posant un pied dans le salon, que Matthieu ne doit pas être très branché déco. Je pince la bouche pour ne pas éclater de rire.

— Qu'est-ce qui te fait sourire ainsi ? me demande-t-il.

Je désigne la pièce de la main.

— Un canapé top confort, une télé géante, une console. C'est tellement…

— Viril ? tente-t-il.

— J'allais dire gamin ! Ta maman rentre à quelle heure, Matthieu ?

Il m'emprisonne dans le cercle de ses bras et m'attire vers lui pour m'embrasser.

— Sachez, mademoiselle Jaffrelot, que je suis en mesure de vous prouver très vite que je ne suis plus du tout un adolescent !

— Des promesses, toujours des promesses…

Sans prévenir, il m'attrape par les hanches et me hisse sur son épaule. Je pousse un cri de surprise, mais me laisse faire tant je me réjouis de le voir si détendu et entreprenant. Je ne peux m'empêcher de rire, tête en bas, tandis qu'il s'amuse à me donner de petites tapes sur les fesses. J'ignore de quoi demain sera fait, mais j'ai vraiment envie de ce moment de complicité avec lui. Nous sommes très différents, il m'agace avec son côté surprotecteur, à ne jamais vouloir peiner qui que ce soit. Parfois, j'aimerais devenir sa préoccupation principale, mais cela n'arrivera jamais, car il a un cœur énorme. Ce n'est pas grave. Quand je me trouve avec lui, j'ai la certitude qu'il ne peut advenir que de bonnes choses. Je me connais, je peux être cynique, brutale. Il est tout le contraire. Je sais que si nous faisons un bout de chemin ensemble, il saura m'apaiser, me forcera à m'adoucir. Matthieu m'emmène dans sa chambre et me jette sur le lit comme un sac de linge sale. J'éclate de rire devant son air satisfait.

— Monsieur le Principal, voilà qui n'est pas très digne !

— Et tu n'as rien vu, me rétorque-t-il en retirant sa veste.

Je l'observe ôter un à un les symboles de sa respectabilité. Chemise, gilet, cravate… Peu à peu, il redevient juste Matt. Il en est à ouvrir sa ceinture quand il s'adresse à moi.

— Je pensais que tu étais une grande fille. Aurais-tu besoin d'aide ?

— Je n'ai pas l'habitude de me mettre toute nue chez les gens avant 19 heures.

— Il n'est jamais trop tard pour apprendre. Tu as de la chance, je suis un professionnel de l'éducation ! Je propose que nous inaugurions une nouvelle tradition. La nudité de 18 h 45.

J'aime ce côté coquin chez lui.

— Je m'en voudrais de ne pas respecter les coutumes locales, dis-je en jetant mon manteau à terre.

Je ne fais pas traîner les choses, et bientôt, je me retrouve complètement nue face à lui.

Il me regarde un instant, totalement concentré sur mon corps. Il ne dit rien, mais retire son pantalon. Les chaussettes et le boxer suivent et j'ai rapidement un homme dans le plus simple appareil qui s'approche doucement de moi. Je ne peux retenir un soupir de déception quand il ôte ses lunettes.

— Qu'y a-t-il ? me demande-t-il.

— J'aime tes lunettes. C'est tellement sexy quand tu les portes, précisé-je en me mordant la lèvre inférieure de manière suggestive.

— Une autre fois peut-être. Là, j'ai trop de projets en tête pour toi, et je ne souhaite pas me retrouver avec une branche dans l'œil !

Rire au lit. Ça ne m'est jamais arrivé. Pas d'inquiétude, de gêne. Entre nous, c'est tellement simple ! Pas besoin d'adopter des postures, de feindre la séduction. Je sens qu'il apprécie ces instants avec moi, tout comme je vis merveilleusement bien ces moments à ses côtés.

Il prend ma bouche et me donne un baiser profond, gourmand. Je lui réponds avec le même enthousiasme et bientôt, plus rien d'autre ne compte que nos peaux qui se frôlent, nos langues qui se cherchent, nos jambes qui s'emmêlent et nos mains qui parcourent nos corps avec avidité.

Les volets ne sont pas fermés et la lumière venant de l'extérieur nous permet de nous contempler l'un l'autre, ce qui achève de m'exciter. Je le vois embrasser mes seins avec adoration et ponctuer mon corps de ses lèvres, jusqu'à ce qu'il m'écarte les cuisses pour me donner le plus intime des baisers. J'essaye de rester discrète, mais il met tellement de cœur à l'ouvrage que c'en est difficile.

Je finis par tirer sur ses cheveux pour lui demander d'arrêter, car je veux que nous partagions tout, que la jouissance ne vienne pas que pour moi seule. Je le guide tout contre moi pour lui murmurer à l'oreille :

— J'ai envie de toi, Matt.

Il tend le bras vers la table de chevet et en sort une boîte de préservatifs. Il en prend un pour s'en protéger, mais au lieu de revenir sur moi, il se positionne sur le dos et m'attire à lui. Je comprends immédiatement ce qu'il me demande, et passe mes jambes de chaque côté de ses hanches. Avant de l'accueillir en moi, je place mes mains autour de son visage et lui offre mes lèvres dans un baiser, tendre, languide, dans lequel je mets tout ce qu'il m'inspire. Après cela, il me dévore des yeux, rendant l'échange muet entre nous encore plus intense.

Sans le quitter du regard un instant, je descends doucement sur lui. Il s'agrippe à mes hanches et imprime un rythme lent que je m'empresse de suivre. Mes ondulations lui font fermer les paupières et c'est de ses traits dans le plaisir que je me délecte.

Il marmonne une suite de mots incompréhensibles, gémit… Tout ce que je parviens à distinguer, c'est mon prénom qu'il susurre avec révérence.

Je continue mes mouvements, tout en frôlant son torse du bout des doigts. Nous avons chaud, nos corps se couvrent d'un voile de transpiration.

Soudain, il se redresse et s'adosse à la tête du lit. Nous sommes face à face, mes bras entourent son cou pour le presser plus fort contre moi. Il resserre son emprise sur mes fesses, comme pour s'ancrer à moi. Je ne veux pas que ça se termine trop vite, alors je ralentis notre rythme pour mieux profiter de l'instant. Contre ma poitrine, je sens son cœur et le mien battre à l'unisson. Il ne cesse de m'embrasser, de passer la langue sur la moindre parcelle de peau à sa hauteur. Je ne peux m'empêcher de m'étonner une nouvelle fois de notre alchimie. Tout me paraît tellement naturel, simple.

Évident.

Quand l'envie de succomber devient trop difficile à contenir, quand notre rythme s'accélère, nous rions encore de ce silence que nous devons maintenir à tout prix. C'est sur mes lèvres qu'il jouit, provoquant mon propre plaisir.

Longtemps, nous demeurons l'un contre l'autre, tentant de reprendre notre respiration. J'inspire avidement l'odeur de son cou, la saveur de sa peau, avant de me dégager de son étreinte.

Il fait rapidement un tour à la salle de bains avant de revenir auprès de moi. Je me blottis contre lui, comblée à tout niveau.

— Tu restes avec moi cette nuit ? me demande-t-il doucement.

— Ça dépend…

Il relève légèrement la tête pour me regarder.

— De quoi ?

— As-tu de quoi nourrir un estomac affamé et une brosse à dents à me prêter ? Neuve, bien sûr !

— J'imagine pouvoir te trouver ça sans difficulté. Alors ?

— Je reste.

***

Le lendemain, je suis sur un petit nuage quand j'escorte ma mère dans son traditionnel shopping de Noël. J'ai passé une nuit de rêve. Me réveiller dans les bras de Matt m'a semblé normal. Mon moment de panique de la dernière fois m'avait paru encore plus ridicule.

J'essaye de me concentrer sur nos achats, ces sorties entre filles se révélant aussi importantes aux yeux de maman que la décoration de la maison. Elle est d'ailleurs très étonnée que je ne rechigne pas à l'accompagner. C'est vrai que quand elle « montait » à Paris les années précédentes, j'avais rarement envie de la suivre pour affronter la foule surexcitée qui fréquentait les grands magasins du boulevard Haussman.

— Tu ne vas pas râler que je vienne sans protester, quand même ! la taquiné-je.

— Loin de moi cette idée ! Mais je suis surprise, je l'avoue. D'habitude, c'est un vrai calvaire pour te faire sortir ! Alors oui, je suis heureuse de profiter de ta compagnie, mais au fond de moi, je me demande ce qui t'arrive…

— Tu exagères ! À t'écouter, je ne fais jamais d'efforts ! me plains-je.

C'est vexant. Depuis que je suis rentrée, le monde entier me balance mes prétendus défauts à la tête. Elle ne répond pas, ce qui m'agace légèrement. Mais j'ai passé un si bon moment avec Matthieu que je préfère ne pas relever, au risque de gâcher cette belle journée.

Je supporte stoïquement la foule et suis ma mère de boutique en boutique. Je me pose un instant la question concernant un éventuel cadeau de Noël pour Matt, avant de me dire que c'est sans doute un peu tôt à ce stade de notre relation. Je pouffe légèrement en songeant au ridicule de mes pensées : nous avons couché deux fois ensemble, et j'estime qu'une paire de chaussettes serait considérée comme un présent trop entreprenant à ses yeux.

Ma mère m'entend glousser et se retourne.

— Tu n'es absolument pas toi-même aujourd'hui, ma fille ! Vas-tu abréger les souffrances de ta vieille mère et lui dire ce que tu as ?

Je m'apprête à lui répondre, quand j'aperçois ma tante Claudine.

— Regarde ! Tata est là ! lui dis-je en lui désignant une boutique non loin de nous. Claudine !

Elle se retourne et nous rejoint dans un sourire. Elle me serre dans ses bras, heureuse de me voir.

— Ma Sissi ! Quel plaisir de te trouver ici, ça fait tellement longtemps ! Agnès, tu aurais dû l'amener à la maison !

Elle m'écarte ensuite brusquement, et me sermonne.

— Ne néglige plus jamais ta famille de la sorte, jeune fille ! Jamais un mot, un coup de fil. J'étais obligée de te regarder à la télé pour être sûre que tu étais toujours vivante !

Claudine est très différente de ma mère. Petite, ronde, elle a un physique aussi réconfortant que sa cuisine. Elle en a d'ailleurs fait son métier, puisqu'elle tient un restaurant de spécialités montagnardes. Elle est très possessive envers les membres de sa tribu et ne supporte pas de ne pas être au courant de quoi que ce soit.

— C'est tellement difficile de t'avoir chez nous, continue-t-elle. Tu aurais pu accompagner Agnès, quand même !

— Excuse-moi, tata, mais partir tout un week-end, c'est compliqué en ce moment, me justifié-je.

— Rien ne t'oblige à rester si longtemps, tu aurais simplement pu venir pour déjeuner, comme ta mère.

Je lance un regard surpris à cette dernière. Depuis que je me suis réinstallée à la maison, elle s'est absentée deux fois, toujours avec la même excuse : je passe le week-end chez Claudine.

Ouh, la grosse menteuse.

Je ne dis rien tant que nous discutons toutes les trois, mais dès que Claudine part, je cuisine Pinocchio.

— Qu'est-ce que c'est que cette histoire, maman ? Où as-tu passé tes week-ends ces dernières semaines ?

— De quoi parles-tu ? élude-t-elle. Oh, mais tu as vu l'heure ? Si nous voulons acheter des lasagnes chez le traiteur italien, il ne faut pas tarder ! J'en ai envie depuis ce matin, hors de question que je me contente de raviolis, cette fois…

Ses joues sont roses d'embarras, son regard est fuyant.

— Bon, maintenant, je sais qu'il y a anguille sous roche. Où étais-tu si tu n'étais pas chez ta sœur ?

— Ce n'est pas à mon âge que je vais te rendre des comptes ! s'offusque-t-elle.

— Maman ?

Elle est désormais rouge comme une pivoine. Ma mère de 65 ans pique un fard.

— Puisque tu insistes, j'ai rencontré quelqu'un…

— Quoi ?! m'exclamé-je. Et pourquoi tu ne m'as rien dit ? C'est récent ?

Des plaques écarlates apparaissent dans son cou. La seule fois où j'ai observé ce phénomène par le passé, c'est le jour où je l'ai surprise en flagrant délit de pipotage avec ma grand-mère. Ma mère est facilement mal à l'aise et exècre le mensonge. Devoir y recourir avait toujours été un exercice périlleux pour elle. Alors avouer à sa mère, qui ne pouvait concevoir un repas sans viande, qu'elle était devenue végétarienne et qu'elle ne mangerait pas sa dinde avait été trop compliqué pour elle. Elle avait avalé le volatile à petites bouchées à grands coups de verres d'eau.

— On se fréquente depuis presque deux ans, finit-elle par avouer.

Je suis abasourdie. Elle a une personne dans sa vie depuis deux ans, et elle n'a jamais rien lâché à ce sujet.

— Qui est-ce ? Je le connais ?

— Non. C'est un ancien collègue, nous nous sommes revus il y a quelque temps. Voilà. C'est tout ce qu'il y a à dire…

— Et tu ne t'es pas dit que j'aimerais être au courant ? Tu tiens ta fille unique à l'écart de ta vie et je devrais bien le prendre ?

Elle s'énerve en m'entendant.

— Tu ne m'as jamais spécialement posé de question sur mes relations amoureuses, Sybille. Ensuite, tu es parfois si autoritaire, si directive… Je ne voulais pas risquer qu'il te déplaise. J'ai gardé un mauvais souvenir de ta rencontre avec Dominique.

Dominique. Un type absolument pas à la hauteur qu'elle avait fréquenté un moment. J'étais ado à l'époque.

Je l'avais surnommé « Crâne d'œuf ». Et c'était le plus gentil des sobriquets que je lui avais attribués.

— Tu ne vas pas me reprocher mes bêtises de jeunesse, quand même.

— Tu n'es pas toujours très tendre avec les autres, Sybille. Excuse-moi de me préserver…

— Te préserver de moi ? Tu es sérieuse ?

Nous restons face à face, muettes d'incompréhension. J'ai du mal à accepter que ma mère puisse ne pas vouloir m'intégrer à tous les pans de sa vie.

— Je n'ai plus envie de me promener. Je vais rentrer.

Voyant que je n'ajoute rien, elle me plante et repart en direction de la voiture.

Que s'est-il passé au juste ?

C'en est fini de la journée parfaite…

17

Le lapin de Noël

Je possède une grande part de mystère. Je garde une partie de ma vie cachée.

C'est fou ce que je peux paraître ténébreux en me présentant ainsi.

Je dissimule lâchement un pan de mon existence à ma petite sœur, car je déteste le conflit.

Voilà qui sonne tout de suite beaucoup moins mature. Je suis un gros nul incapable de prendre ses responsabilités. C'est ça, la vérité.

Quand Sybille est venue me débusquer dans mon bureau, j'ai vraiment voulu aborder le sujet de l'animosité entre elles, toujours aussi vive en dépit des années qui étaient passées. J'avais envie de lui faire comprendre à quel point tout ceci a pu atteindre Clara, qu'elle admette que ma sœur avait souffert de leur passé commun. Qu'elle portait une part de responsabilité, même malgré elle.

Mais dès qu'elle s'était assise près de moi et que ses beaux yeux m'avaient fixé à travers le rideau de ses cheveux bruns, j'avais renoncé. C'était facile de la maintenir à distance par messages interposés. Mais face à elle, je n'avais plus aucune volonté.

Ponctuellement, des élans de témérité se manifestent chez moi, et je tente de ramener le sujet sur le tapis. Sybille ne cherche pas à éviter la conversation, elle m'écoute. C'est juste qu'elle ne saisit pas le problème. Elle possède un tel esprit de compétition qu'elle ne comprend pas que je puisse lui reprocher d'avoir heurté le caractère sensible de Clara. L'intimidation, le challenge, pour elle, ça fait partie intégrante du sport. Hier encore, quand j'ai évoqué le fait que Clara supporterait mal de savoir que l'on se fréquente, elle a pris ça à la légère. « Elle finira par admettre qu'elle exagère les choses. » Voilà ce qu'elle me répond à chaque fois. Je n'insiste pas. Parce que, quand je m'imagine en train de le faire, je me vois en train de lui donner une leçon de morale, lui expliquant qu'il faut se montrer gentil et ne pas causer de peine à ses camarades.

On se voit depuis deux semaines, c'est trop tôt pour passer pour un père la pudeur.

Alors je lui mens. Comme je mens à Clara.

Au fond de moi, parfois, une petite voix se manifeste et cherche à me convaincre que Clara me doit bien ça. Depuis des années, je veille sur elle et sur Soline. Je suis revenu vivre ici uniquement pour me rapprocher d'elles. Pourquoi ne serait-ce pas Clara qui favoriserait mon bonheur avant le sien, pour une fois ?

Je pense à ça en permanence, j'ai souvent l'impression de devenir fou à force de chercher seul des solutions à ce problème. Parce qu'en dehors de ce point noir, tout va bien.

Sybille me fait beaucoup de bien. Elle est le coup de pied aux fesses que j'ai attendu toute ma vie. Pour une personne conciliante comme moi, la franchise dont elle fait preuve est salutaire. Souvent, je me dis que nous représentons les faces opposées d'une même carte : on forme un tout, mais jamais nous n'envisagerons nos quotidiens sous le même angle.

Pour mieux me comprendre, il faut savoir que le plus gros problème de mon existence, c'est que j'ai eu des parents formidables.

Ils ne m'ont jamais infligé de barrière, m'ont toujours suivi dans mes choix de vie.

Lætitia et Clara ont bénéficié de la même ouverture d'esprit.

J'ai un peu honte de le dire, mais j'aurais aimé qu'ils m'imposent des contraintes, qu'ils m'engueulent franchement quand je faisais une connerie. Le manque de limites à l'adolescence n'est pas le fabuleux cadeau que l'on imagine.

Mes amis s'extasiaient devant la grande tolérance dont mes parents faisaient preuve à notre égard. Le premier paquet de cigarettes trouvé dans mon sac ? Logique, c'est de mon âge. Première cuite sévère dans le salon pendant un week-end d'absence de leur part ? Il faut bien que jeunesse se passe.

J'ai pu sortir très tôt, ramener des filles à la maison avec leur approbation.

Sans reproche. Sans question.

Si je n'aimais pas un sport ou une activité, il me suffisait de demander à changer.

Si je rentrais avec une note médiocre, ils m'expliquaient que je devais trouver ma voie, chercher moi-même mes solutions.

Seul, bien sûr.

Et toujours sans reproche, sans question.

Clara avait la passion du patinage, ils l'ont suivie dans sa volonté de s'y consacrer totalement. Ses résultats chutaient ? Peu importe, puisque leur fille leur annonçait qu'elle allait devenir championne ! Il faudrait être de bien mauvais parents pour douter de son engagement. Non ?

J'ai conscience que Sybille apparaît dure aux yeux de tous, qu'elle semble manquer de souplesse et d'indulgence face à la faiblesse. Ce n'est pas ainsi que je la vois. Pour moi, elle possède une qualité que je trouve admirable : la persévérance. Pour devenir la championne qu'elle a été, il a fallu qu'elle s'astreigne au travail, qu'elle continue malgré la douleur, la lassitude, l'échec. Elle attend le meilleur des autres, mais elle ne se montre pas plus conciliante envers elle-même. Voilà pourquoi il lui est si difficile de supporter qu'on remette en cause ses choix. Quand on a été une référence dans son domaine, comment accepter que l'on doute de vous ?

Lorsque je la regarde, je me dis que rien ne lui paraîtra jamais impossible. Et ce qui est également très séduisant, c'est qu'elle pense le plus grand bien de ma modeste personne. Étrangement, elle me trouve formidable.

Elle me pousse, me force à nager à contre-courant si cela se révèle nécessaire.

J'ai envie de me hisser à sa hauteur. Mais une fois encore, je me cache derrière des excuses, et je mens à Clara parce que c'est plus facile que de lui avouer que la femme qu'elle juge responsable de tous ses problèmes me rend follement heureux.

Vendredi dernier, nous étions partis tous les deux en week-end. Elle est en froid avec sa mère et refusait de rester en tête à tête avec elle pendant deux jours.

— Je crois qu'elle a besoin de se calmer, m'avait-t-elle confié. Je ne sais pas ce qu'elle a, elle réagit comme une gamine, ça ne lui ressemble pas.

— C'est très drôle de t'écouter te plaindre d'elle… Tu penses réellement ce que tu dis ou tu nous fais une crise de mauvaise foi ?

Elle m'avait lancé un regard assassin avant de me demander de ne pas remuer le couteau dans la plaie.

— Bon, tu veux qu'on parte ? lui avais-je proposé. J'admets que l'idée de quitter les murs du lycée pendant deux jours me plaît beaucoup. La haute montagne, ça te tente ?

Elle avait eu l'air vaguement embarrassée.

— Je ne sais pas skier, m'avait-elle avoué.

J'avais éclaté de rire devant sa mine dépitée. Qu'il est difficile pour elle de confesser son inexpérience dans un domaine !

— La grande championne qui a peur d'une glissade ? Tu te fous de moi ?

— Je n'aime pas trop la vitesse…

Je l'avais attrapée les épaules pour la serrer contre moi.

— Je vais t'apprendre, lui avais-je dit en lui déposant un baiser sur la tempe. Je t'achèterai un petit pin's pour célébrer tes premières descentes. J'ai tellement hâte de te voir rater quelque chose !

Elle m'avait repoussé en riant, tentant d'égratigner au passage mon machisme débordant.

— Je te préviens que je compte m'y mettre à fond. Tu pourrais être surpris.

Elle s'était révélée aussi nulle qu'elle me l'avait annoncé. J'étais même resté bouche bée face à tant de médiocrité. Comment pouvait-elle faire des triples sauts et ne posséder aucun équilibre sur une pente enneigée ?

Mais elle s'accrochait, recommençait inlassablement, reprenait le tire-fesses pour remonter.

Immanquablement, elle se retrouvait le nez dans la poudreuse à chaque descente.

C'était jubilatoire de la voir si énervée.

Le soir, nous dînions tranquillement au restaurant de l'hôtel avant de rejoindre notre chambre. Je n'ai jamais été aussi à l'aise avec une femme. Nous avons beau être différents, rien de tout cela ne compte lorsque nous sommes ensemble. C'est simple, naturel. J'ai souvent l'impression que nous nous connaissons depuis longtemps. Quand nous faisons l'amour, notre complicité donne une dimension supplémentaire à nos ébats. On ose, on rate, mais surtout, on rit. Je crois que c'est ce que l'on appelle faire confiance.

J'avais eu du mal à la déposer chez sa mère le dimanche soir. Je voulais lui dire de rentrer avec moi, de jeter ses affaires partout dans mon appartement pour marquer son territoire. Je rêve de lui donner un de mes tiroirs en offrande, comme un gage de ma profonde envie de la regarder dormir auprès de moi le plus souvent possible. Elle me traiterait de fou si elle savait tout ce qui me traverse la tête.

Je baigne dans une béatitude absolue en repensant à ce week-end parfait, lorsque Clara choisit de passer me voir. Quand j'entends la sonnette de l'interphone, je prends conscience que nous sommes jeudi et que j'ai oublié que ma nièce passait la nuit chez moi ce soir. C'est le seul moment de la semaine où ma sœur peut souffler un peu, prendre du temps pour elle. Je ne peux pas lui faire faux bond.

Merde.

Je vais devoir dire à Sissi de ne pas venir.

Re merde.

Clara entre, accompagnée d'une Soline revêtue de sa plus belle combinaison licorne. À peine arrivée dans le salon, elle me saute déjà dans les bras.

— J'ai faim, m'annonce-t-elle en se blottissant contre moi. On mange quoi ?

— Ça te va si on commande des pizzas ?

Elle gigote pour que je la pose, et trépigne d'impatience.

— Oui, oui, oui, oui ! Maman ne veut jamais qu'on achète des pizzas ! Elle préfère les faire elle-même… Beurk, précise-t-elle dans une grimace. C'est pas bon, on dirait de la tarte à la tomate.

— C'est faux, ça n'a rien à voir avec de la tarte ! s'indigne ma sœur en lui donnant une légère tape sur les fesses. Et bien, face à tant de reconnaissance, je vais arrêter de perdre mon temps en cuisinant pendant des heures pour mon ingrate de fille ! Tu me fais passer pour une tortionnaire alors que je ne refuse jamais une calzone de chez Marco !

— Mais tu dis toujours que c'est trop gras ! insiste Soline en lui tirant la langue. Soline, lance-t-elle dans une tentative d'imitation de sa mère, arrête de manger n'importe quoi, l'alimentation est très importante pour rester en bonne santé !

— Ta mère a raison, interviens-je pour aider Clara. Mais de temps en temps, on peut bien se faire plaisir, non ?

Je m'approche d'elle et lui chuchote le reste de ma phrase à l'oreille.

— On prendra de la glace aussi, mais chut ! Pas un mot !

Elle glousse et appuie sa tête contre ma hanche dans un geste complice. Je l'adore, ma Soline. Je me penche pour lui déposer un baiser sur la corne – tout le monde n'a pas la chance d'embrasser une licorne – et lui propose d'aller faire son choix sur le menu aimanté sur le frigo.

— Comment te sens-tu ? dis-je en me tournant vers ma sœur. Le boulot ?

Je n'ai pas envie de la lancer sur ce terrain, mais si je m'abstiens, elle va trouver ça étrange. Son visage se crispe immédiatement. Pas besoin d'être devin pour savoir ce qui va suivre.

— J'ignore pourquoi je continue à aller à cette sélection idiote. Il est clair que les recruteurs choisiront la petite princesse. Ils lui mangent dans la main…

— Fais-toi un peu confiance.

— Elle a tout le monde dans sa poche ! La Fédé, le patron… Même Bérénice lui fait des courbettes. Je te jure, je ne comprends pas ce qu'ils ont tous avec cette fille !

Je ne peux pas m'empêcher de vouloir soutenir Sissi, malgré tout.

— Je sais que tu ne l'aimes pas, mais quand je suis allée chercher Soline la semaine dernière, elle ne m'a pas semblé si antipathique. Je l'ai rencontrée à Grenoble il y a quelque temps, elle paraît plutôt sympa… Enfin, c'est l'impression que j'ai eue !

Bravo Matthieu, quelle esquive…

Elle braque son regard vers moi, m'interdisant d'aller plus loin dans ma piètre tentative de défense.

— Ah non, tu ne vas pas t'y mettre aussi ! J'en ai marre d'entendre parler de la reine Sybille…

Elle jette le sac contenant les affaires de nuit de sa fille sur la table, et se laisse tomber dans mon canapé. Si elle ne part pas très rapidement, Clara va croiser sa majesté plus vite que prévu…

— Tu n'es pas pressée ce soir ? lui demandé-je. Pas de sortie en vue ?

— Juste un moment tranquille en tête à tête avec moi-même. Je vais prendre un bain et me coller sous ma couette avec un bon film. Essayer de me refaire une beauté même si c'est peine perdue…

Elle exagère. Avec ses épais cheveux blond vénitien, ses yeux bleu foncé, son corps de sportive, ma sœur a toujours une allure saisissante. Elle a gardé le physique athlétique de son adolescence, ce qui la fait paraître plus jeune que ses 28 ans. Elle a le corps sain, ne lui manque que l'esprit… Elle a toujours trop douté d'elle-même pour être pleinement satisfaite de ce que la vie lui offrait. Le bonheur peut prendre différentes formes, mais il faut d'abord accepter de le laisser venir.

Clara n'est jamais sortie du gouffre de tristesse dans lequel elle a sombré après son échec sportif. Intérieurement, elle est restée la gamine qui a vu ses rêves de gloire tomber en ruines. Elle n'a jamais cherché à devenir autre chose.

J'attends qu'elle parte, mais elle ne semble pas décidée à nous laisser tout de suite. Elle pose ses pieds sur la table basse, et regarde ses ongles.

— J'ai aperçu Manon tout à l'heure.

Ah.

— C'est vraiment une jolie femme.

— Clara… C'est ma secrétaire.

Elle continue d'observer ses griffes acérées. Elle a pour ambition de me caser avec Manon depuis que je suis arrivé dans la région. Elle affûte ses arguments pour m'en convaincre et ne se lasse jamais d'en trouver de nouveaux. Elle rêve de m'attraper dans ses serres et me larguer sur le paillasson de Manon.

— Et alors ? C'est interdit ? Tu n'as pas le droit d'inviter ta secrétaire au restaurant ?

— Le droit ? Bien sûr. L'envie ? Absolument pas. Je te l'ai déjà dit, elle n'est pas du tout mon genre. Elle est trop… Je ne sais même pas comment la qualifier… Quand elle me regarde, j'ai l'impression d'être un bout de viande, un trophée à remporter. Manon ne me veut pas moi, elle souhaite parader au bras de son patron et se vanter d'avoir ferré le principal du collège.

— Pas du tout ! Tu te trompes. J'ai pris un café avec elle, il y a quelques semaines, je la pense très amoureuse de toi. Je ne comprends pas que tu ne t'aperçoives pas qu'elle est charmante, intelligente, rigolote…

Au secours. Si Clara commence à comploter avec ma secrétaire pour fomenter ma perte, ma vie va devenir un enfer.

— Fin de la discussion. Et s'il te…

Je suis interrompu par la sonnette de l'interphone.

Je me précipite dans l'entrée, avant que ma nièce ait l'idée de le faire.

— Oui ?

— C'est moi, me dit la douce voix de Sybille.

Je m'apprête à lui dire que j'ai un empêchement et que je l'appellerai plus tard, mais ma sœur choisit ce moment pour me rejoindre.

— Qui est-ce ? me demande-t-elle.

— Tu es avec quelqu'un ? me répond du tac au tac la voix dans l'interphone.

Quelle galère ! Je pare au plus pressé.

— Je crois que vous vous êtes trompé de bouton. Il me semble que cette personne vit dans l'autre immeuble.

— Matt, c'est moi, à quoi tu joues ?

— Je vous garantis que cette personne ne vit pas ici. Essayez la deuxième entrée. Bonne soirée.

Je raccroche et récite une petite prière, au cas où, pour qu'elle ne sonne pas de nouveau.

Rien ne se passe. J'adresse un grand sourire à Clara en retournant dans le salon, espérant que mon court numéro l'ait convaincue.

— Tu manges avec nous avant de partir ? La pizza peut être livrée d'ici quinze minutes.

Je prends mon téléphone et envoie rapidement un message à Sybille pour m'excuser et reporter au lendemain.

— Bonne idée. C'est vrai que je peux aussi profiter un peu de mon grand frère. Promis, je ne resterai pas longtemps, je ne voudrais pas vous faire renoncer à votre séance de cinéma privée. D'ailleurs, qu'est-ce que vous avez prévu ce soir ?

Soline débarque dans la pièce en courant, le menu de la pizzeria à la main.

— *Toy Story !* Avec une pizza jambon ananas.

Je la regarde, une moue dégoûtée sur le visage.

— Je valide ta première proposition, mais jamais de la vie tu ne feras entrer une pizza hawaïenne chez moi ! Tu as oublié la règle numéro 1, ma puce !

— Pfff, lâche-t-elle. Je sais, les fruits, c'est en dessert. Tu es vieux dans ta tête, oncle Matt !

Je l'attrape pour la chatouiller, ce qui provoque ses éclats de rire.

J'aime tellement les deux filles à ma table.

L'idée de leur faire de la peine me tord le ventre.

18

Dérapage

Je reste plantée au bas de l'immeuble, incapable de réfléchir correctement. Que vient-il de se passer au juste ?

Mon téléphone vibre dans ma poche. Je pose le sac de courses que j'avais apporté en prévision de notre soirée, déverrouille l'appareil et lâche une exclamation peu polie à la lecture du message de Matthieu.

> Ma sœur vient d'arriver.
> Je t'appelle plus tard. <3

Il a même ajouté un smiley cœur ? Sérieusement ?

J'ai l'impression d'être une maîtresse qu'on cache dans l'armoire quand on entend la porte d'entrée claquer. C'est ainsi qu'il me voit ? Une petite manie honteuse qu'on dissimule à la famille, mais dont on se gave en secret ? Il s'imagine qu'il va tout simplement me siffler pour que j'accoure quand il se sentira disponible de m'accorder une miette d'attention ?

Je me demande pendant combien de temps Clara va me pourrir la vie… Je trouve assez pathétique de rester bloquée sur une histoire vieille de dix ans !

Et Matthieu ? Un pas en avant, deux pas en arrière.

Ces derniers jours, tout allait tellement bien ! Il y avait de la magie dans l'air, un je-ne-sais-quoi plein de promesses qui peu à peu s'installait entre nous.

Je ne réponds pas à son message et retourne à la voiture. Ma mère a accepté de me la prêter pour la soirée, malgré la fraîcheur de nos rapports.

Voilà encore un autre truc qui me gonfle. Comment encaisser le fait qu'elle ne m'ait pas parlé de la relation qu'elle entretient avec ce type ? À 65 ans, je trouve fou d'agir à ce point comme une gamine.

J'avais essayé d'en discuter avec elle, d'avoir une conversation d'adulte à adulte. Elle avait refusé d'aborder le sujet.

— Je te demande de respecter ma vie privée, Sybille. Tu sais, depuis que tu es partie, je ne t'ai pas attendue pour avancer, m'avait-elle rétorqué avec fermeté.

— Vas-y, fais-moi culpabiliser…

Elle avait levé les yeux au ciel.

— Il n'est pas du tout question de ça. Je souhaite simplement profiter de cette expérience, sans contrainte. C'est pour cette raison que je refuse de te parler de cette personne, de te dire où je l'ai rencontrée et si c'est sérieux, comme tu me presses de le faire depuis quelques jours. Je ne me sens pas prête.

Quand le moment viendra, tu seras la première au courant.

— Tu préfères que je m'inquiète…

— Tu n'es pas le centre du monde, ma fille. J'ai accepté, il y a maintenant des années, que tu n'auras jamais besoin de moi pour prendre tes décisions. Fais de même…

Ce qui me blesse le plus, c'est que j'ai toujours estimé que ma mère et moi étions complémentaires et que notre complicité se nourrissait de nos différences. Je suis une personne indépendante et solide, elle, un cœur tendre, une gardienne de la félicité familiale. Et c'était bien ainsi. Elle était rêveuse, moi pragmatique. Elle était conciliante, apaisante, et moi la battante de notre duo.

Elle avait décidé d'inverser les rôles, sans me prévenir. Jamais je n'avais eu à quémander son affection. Jusqu'à aujourd'hui.

— Je ne comprends pas pourquoi tu refuses de te confier à moi, m'étais-je entêtée. Nous avons toujours parlé de tout !

— Non, je t'ai volontairement incluse dans mes choix et décisions, nuance. J'avoue qu'avec le recul, je me rends compte que ce n'était pas une bonne chose…

— Je te demande pardon ?

— La disparition de ton père nous a laissées juste toutes les deux. Et ça a été tellement difficile… Parfois, je me dis que je t'ai accordé le rôle qu'il aurait dû tenir auprès de moi. Tu fais preuve d'une telle confiance en toi ! Tu as trop pris l'habitude que je me repose sur toi, que je te demande ton avis… Je suis ta mère, Sybille. Mes choix ne sont pas ouverts à la discussion.

Elle m'avait ensuite tendu les clés, me signifiant ainsi mon congé. Fidèle à ses convictions toutes neuves, elle n'avait pas cherché à savoir où je me rendais.

Et me voici dans cette voiture, un sac contenant des bières belges sur le siège avant, sans aucun endroit où aller. Je reprends mon téléphone et appelle Sophie.

Répondeur.

Je raccroche sans laisser de message. Ça aussi, c'est inhabituel, ce silence de ma meilleure amie.

Elle m'avait dit devoir rentrer quelques jours à Paris, mais depuis, plus de nouvelles.

Je mets le contact pour allumer le chauffage, le froid de la nuit s'insinuant peu à peu dans l'habitacle. Je vois un livreur de pizza entrer dans l'immeuble, puis remonter sur son deux-roues. Le tableau de bord indique 20 heures, le lampadaire situé juste au-dessus de ma voiture éclaire d'un halo jaune l'environnement autour de moi. La chaleur efface la buée du pare-brise, me permettant d'observer le ballet des flocons de neige qui virevoltent doucement avant de s'écraser et de fondre sous mes yeux.

Je perds la notion du temps, je sursaute quand mon téléphone vibre dans ma main. J'ouvre un nouveau message de Matthieu.

Ma sœur vient de partir. J'ai Soline ce soir,
je t'appelle quand elle dort.

La psychologie masculine. Une source inépuisable de surprises. Il me dit qu'il m'appellera en cachette plus tard et se dit que je vais bien le prendre.

Je fixe le message un long moment, pas décidée à répondre.

C'est la lumière du hall de l'immeuble qui me fait lever la tête. Je vois Clara sortir. Elle remonte le col de son anorak et se dépêche de rejoindre son propre véhicule. Nouveau message.

Tu es déjà rentrée chez toi ?
Appelle-moi quand tu peux.

J'éteins l'appareil pour éviter d'être tentée de lui envoyer une réponse que je regretterai ensuite. Je boucle ma ceinture et démarre en direction de chez moi. Quand j'arrive, ma mère est endormie dans son canapé, les personnages de la série qu'elle visionnait continuant leurs aventures loin de son regard attentif. Je sais qu'elle va se réveiller dans quelques minutes et qu'elle reprendra le fil de l'histoire sans broncher. Elle a accepté depuis longtemps de ne plus connaître les tenants et aboutissants des épisodes qu'elle suit.

Je monte sans bruit dans ma chambre.

Je me douche, enfile mon pyjama et me glisse sous ma couette en compagnie de Netflix, d'une bière et d'un paquet de chips que je viens de tirer du sac de courses qui me suit depuis ma sortie du supermarché.

Ce n'est pas la soirée que j'avais espérée. Si je me montre honnête avec moi-même, Matthieu me déçoit profondément. Je le croyais vraiment différent…

J'ai du mal à accepter la lâcheté dont il a fait preuve ce soir… Et je ne sais pas si je peux lui pardonner.

***

Le lendemain, je me réveille très tôt et décide de quitter la maison avant de devoir boire un café dans un silence embarrassant avec ma mère. Je sais que ce n'est pas à mon honneur, mais je n'appartiens pas à cette catégorie de personnes capables de mettre de côté les problèmes pour vivre leur train-train, comme si de rien n'était. Je ne peux pas faire semblant. Je m'habille d'un jogging et d'un sweat pour filer à la patinoire. Au lieu de prendre la voiture, je décide d'y aller en courant, histoire de me réveiller définitivement. Je glisse quelques affaires de rechange dans un sac à dos, enfile mes baskets et sors dans l'aurore gelée. Je passe par le grand parc de la ville pour éviter les trottoirs verglacés et profiter de l'odeur des résineux dans la brume matinale. J'adore ce froid si typique des régions montagneuses et le silence de l'aube. Ce calme pur qui me vide la tête en un rien de temps. À Paris, il y a toujours du monde, l'air est pollué, suffocant. Ici, quand je cours, mes pas écrasent des touffes d'herbes figées dans leurs gangues de glace, ma respiration se transforme en nuage à chaque expiration, mon souffle étire chacune des fibres qui me composent, et éveille aussi bien mon esprit que mon corps.

Tout irait si bien si la terre entière n'avait pas décidé de me faire royalement chier.

J'aime arriver la première et profiter seule de la piste. Je fais signe à l'employé en charge de l'ouverture, et me dirige vers mon vestiaire pour enfiler une tenue adaptée et mettre mes patins. Je cale ma petite enceinte contre un coin de la barrière, démarre la musique et m'élance.

La glace est immaculée. Depuis le passage de la surfaceuse la veille au soir, personne n'y a encore posé une lame. Je prends de la vitesse, et dessine de fines arabesques sur la piste vierge.

Ça va mieux.

Je ferme les yeux pour me concentrer et tente les mouvements qui me viennent. J'imagine des enchaînements que je réalise en même temps.

J'ignore combien de temps je me perds dans mes pensées, mais quand je reviens à la réalité, Matt m'observe depuis les gradins.

Je traîne volontairement avant de le rejoindre, car à la vue du grand sourire qu'il m'adresse, je comprends vite qu'il n'estime pas avoir merdé hier. Je me dirige vers lui et m'arrête dans un crissement de lames.

— Il faut que je te débusque à mon tour dans ta tanière pour espérer te parler, me dit-il en descendant les quelques marches qui nous séparent.

Le découvrir si serein fait grimper d'un cran mon exaspération. Il est adorable avec son regard calme et malicieux qui contraste avec le sérieux de ses montures d'écailles. Ses lèvres s'ouvrent en un sourire charmant, de ceux qu'il n'adresse qu'à moi.

J'ai tellement envie de le baffer. Fort. Longtemps.

Putain, il m'énerve.

Voyant que je ne suis pas sensible à ses charmes, sa superbe retombe peu à peu.

— Qu'est-ce que tu as ? Tu fais la gueule ?

— Ta sœur n'est pas là ?

— Non… J'ai accompagné Soline à l'école, je ne sais pas si Clara est déjà partie de chez elle…

— Tu devrais chercher un placard ou un trou où te cacher, au cas où elle arriverait à l'improviste. Il ne faudrait pas qu'elle nous découvre ensemble !

Cette fois sa gaieté retombe bel et bien.

— Je vois, dit-il simplement. Il y a quelques jours, tu m'encourageais à me lancer dans une relation avec toi, à remettre les problèmes à plus tard, à profiter du moment, mais si je comprends bien, tu ne le pensais pas ?

Je suis estomaquée qu'il retourne la situation en ma défaveur.

— Je te demande pardon ? m'offusqué-je. C'est ma faute, c'est ça ? Monsieur se cache de sa petite sœur, me laisse poireauter en bas de son immeuble dans le froid, mais il n'y peut rien ?

— Exactement.

Je ne m'attendais pas à des excuses de sa part, en tout cas pas immédiatement, mais cette répartie calme, assenée d'un ton assuré me laisse sans voix.

— Tu m'as dit qu'on devait tenter le coup. Tu m'as convaincu de nous offrir une chance et c'est ce que j'ai fait. Néanmoins, rappelle-moi à quel moment je t'ai dit que j'avais changé d'avis concernant ma famille.

J'aime ma sœur. Si notre relation évolue, comme je pensais qu'elle le faisait d'ailleurs, je sais que ce sera difficile pour elle. Mais à ce moment-là, j'accepterai d'imposer notre couple à la famille. Bec et ongles. Tu m'enjoins de faire un choix, moi je te demande de la compréhension. C'est seulement à ce prix que je me disputerai avec Clara.

— Mais…

— J'adore ta compagnie, Sissi, je suis d'accord pour te laisser toute la place dont tu as besoin pour me connaître et décider ce que tu attends de moi. Mais pas au détriment de ma famille.

Je reste silencieuse, méditant ses propos. J'ai l'habitude que l'on m'écoute, voire que l'on me donne raison. Cette fois, j'hésite à répliquer. Parce que ses paroles sont frappées de bon sens. Je l'ai poussé dans ses retranchements et obligé à se lancer dans une relation avec moi. Obligé, c'est peut-être un grand mot, mais il a choisi de nous donner une chance. Parce que je le lui avais demandé.

En revanche, qu'il ait marqué un point à ce sujet ne l'excuse pas de m'avoir laissée à la porte hier.

— Peut-être puis-je… admettre que tu n'as pas complètement tort…

— En résumé, j'ai raison, me coupe-t-il.

J'affiche une moue boudeuse en l'entendant. Matthieu n'est pas le champion du monde de la confiance en lui, mais parfois il sait faire preuve d'un aplomb étonnant.

— Hier, je me suis sentie rejetée. Tu nous as laissés, moi et mes projets pour la soirée, en bas de chez toi, derrière une porte fermée. Je n'ai pas aimé ça.

Il a enfin l'air gêné.

— J'avais complètement oublié que ma nièce venait. Je ne songeais qu'à toi ! Pour être honnête, tu m'obsèdes assez en ce moment.

— Flatteur.

— Non, c'est vrai ! Oserais-tu me dire que tu ne ressens pas la même chose ?

Il se penche à la barrière et dirige son visage vers le mien.

— Tu es tellement magnifique, l'unique objet de mes pensées.

— Tu as oublié « intelligente ».

— C'est parce que c'était sous-entendu.

— Mouais, dis-je en effectuant un mouvement de patin visant à m'éloigner du bord. C'est trop facile. Tu imagines qu'il suffit de quelques mots bien placés pour excuser ta conduite ?

Il a un sourire coquin et ouvre la barrière pour marcher directement sur la glace.

— Tu vas te faire mal, le préviens-je. À ton âge, c'est risqué. Passé la trentaine, il faut éviter les sensations fortes. Le patin, c'est beaucoup trop dangereux pour un fonctionnaire.

— Quelle peste tu peux être, parfois !

Il s'aventure pourtant plus loin et se dirige vers moi. Il se sert de ses bras pour maintenir son équilibre, mais manque à plusieurs reprises de tomber en arrière.

— Matthieu, cesse de faire l'idiot !

— Aie pitié de moi et rejoins-moi avant que je ne me casse une jambe, me dit-il en continuant sa pénible avancée.

Je sens mon énervement fondre peu à peu. Il finit par s'arrêter à quelques mètres de moi.

— Je m'excuse de t'avoir laissée à la porte. J'ai été pris de court et j'ai mal réagi. Je te promets que ça ne se reproduira pas.

— Que tu dis…

— J'y veillerai, tu peux compter sur moi. Allez, rejoins-moi… Tu m'as manqué hier, ne me laisse pas dormir tout seul cette nuit…

Moi non plus je ne veux pas revivre une soirée solitaire. Je me dirige vers le centre de la patinoire et il s'accroche à moi dès que j'arrive à sa hauteur.

— Quel sport de fou ! Ramène-moi au bord, s'il te plaît…

Avant cela, je m'approche pour l'étreindre doucement. Malgré l'endroit et la peur de tomber, il finit tout de même par entourer mon visage de ses mains pour m'embrasser fougueusement. Nous manquons tous deux de nous retrouver les fesses sur la glace quand il essaye de m'enlacer, ce qui provoque nos éclats de rire. Nous repartons vers la barrière, et je le laisse rejoindre la terre ferme.

— Je suis désolé, me redit-il en reprenant notre baiser. Je n'ai jamais voulu te faire de peine.

— Je sais… Mais ne me refais pas ce genre de chose… Ça fait mal.

— Promis.

Il reste un instant avec moi, et ses cajoleries me font du bien. Matthieu vient de me prouver qu'avec lui, les problèmes trouveront toujours une solution. Il ne plie pas devant moi, mais accepte la remise en question, tout en en faisant une force de son caractère conciliant. Des hommes comme lui, il y en a peu…

— Tu viens chez moi ce soir, alors ? insiste-t-il.

— Entendu.

Il ne dit rien, mais je sens son sourire sur ses lèvres quand il m'embrasse avant de partir au travail.

J'entends une dernière fois sa voix quand il salue quelqu'un, et soupire en me disant que j'ai hâte que cette journée se termine.

19

La bourde de fin d'année

Je déborde de créativité.

Les enfants, en rang face à moi, les yeux ronds comme des assiettes, attendent que je les éclaire sur les idées qui me sont venues cette nuit et que je viens de leur présenter. L'enthousiasme n'est pas partagé, pour le moment en tous cas, mais je me charge de les convaincre.

— Et il n'y aura pas de lumière ? Pas du tout ? s'inquiète Brunette édentée.

— On va tomber ! s'exclame Blondinette à couettes.

Un garçonnet arborant un bonnet de Noël s'approche et tire sur ma veste.

— Maman voudra pas. Je peux rapporter ma veilleuse ?

Je m'accroupis devant lui pour le rassurer.

— Tu sais… euh…

Il faudra vraiment que je m'exerce à retenir leurs noms quand je les entraînerai. Même moi, je me rends compte que c'est limite.

— Tu sais, mon petit bonhomme, précisé-je, afin de lui expliquer que ce ne sera pas dangereux du tout. La patinoire sera plongée dans la pénombre, mais vous aurez des lumières sur vous. Aucun risque que tu fonces dans les autres !

La moue dubitative qui apparaît sur son visage me fait comprendre qu'il ne me fait pas complètement confiance.

— Je lui parlerai, à ta maman, insisté-je. Tout va bien se passer.

Je me redresse et m'adresse à tous en haussant la voix.

— Allez, tout le monde, une dernière fois ! Après, on laisse la glace à vos camarades du numéro « Pôle Nord ». Placez-vous à l'endroit qui vous a été désigné.

Maladroitement, ils retournent tous au centre de la piste. Les bras relevés en angle droit, ils attendent que la musique démarre.

J'ai choisi de refaire un numéro que j'avais créé pour un ancien gala. Les enfants, tout de noir vêtus, porteront des guirlandes lumineuses autour de leur corps. Sous un rabat occultant cousu sur le devant de leur tee-shirt, les syllabes de « Joyeux Noël à tous » écrites à l'aide de tubes fluorescents se révéleront au moment voulu. J'ai mis ma mère sur le coup pour donner un coup de main à la réalisation des costumes.

Elle refuse toujours de me parler de son mystérieux amant, mais elle a volontiers accepté de m'aider.

Je glisse vers la sono en bord de piste, et lance la musique.

C'est loin d'être parfait, mais c'est attendrissant de voir ces bouts de chou se prêter au jeu avec tant de sérieux. J'ai conscience qu'il y a seulement quelques jours, je n'aurais pas su faire preuve d'autant de patience. Quand je m'étais plainte à Matt du niveau de mes élèves, il avait éclaté de rire.

— Tu t'attendais à quoi ? m'avait-il demandé.

— Pas à avoir tout à faire… À ce rythme, il ne sera pas possible d'obtenir un groupe un minimum performant avant des années… Je trouve ça… décourageant.

Depuis le canapé dans lequel il se vautrait en lisant le journal, ses longues jambes sur la table basse, il m'avait lancé un clin d'œil taquin.

— À la place de « décourageant », tu devrais plutôt utiliser le terme « encourageant ». Tu ne trouves pas excitant de devoir tout monter de A à Z selon tes propres exigences ? À quoi servirais-tu si tes élèves maîtrisaient déjà tout ce qu'il y a à savoir ?

— Mon Dieu, sauvez-moi des profs et des pédagogues à 10 balles…

— Je possède un diplôme pour appuyer mes propos. As-tu oublié que les profs ont toujours raison ?

— Tu ne l'es plus, à ce que je sache…

— Mouais, avait-il répliqué sans même lever les yeux. En revanche, il y a d'autres personnes en lice pour le poste. Souviens-toi, la peau de l'ours, tout ça…

— Mouais, lui avais-je rétorqué du même ton.

Je n'avais pas voulu lui dire qu'il n'avait pas complètement tort à propos de l'envie de tout avoir à apprendre aux enfants. Il fanfaronne déjà beaucoup trop souvent. Mais c'est avec ses paroles en tête que j'ai entamé le travail aujourd'hui. Prendre les choses une par une, tenter, rater, recommencer.

J'observe Soline effectuer ses mouvements sans encombre. C'est la plus à l'aise de tous. Elle est légèrement trop âgée pour intégrer un groupe de compétition, mais on constate une nette différence entre elle et les autres. À la fin de la répétition, je lui fais signe de me rejoindre.

— Ma puce, tu te sentirais capable de faire quelques figures supplémentaires pendant le numéro ? Tu te souviens du saut de valse que tu as réussi la dernière fois ? Tu saurais le reproduire ?

Elle s'élance et effectue un joli petit saut, sans aucune hésitation. Je la félicite quand elle revient vers moi.

— Très bien ! Je vais y réfléchir ce soir. Tu pourras rester un peu demain ? Notre groupe répète en dernier, on pourra garder la glace plus longtemps pour te permettre de travailler. C'est sérieux, Soline, je compte sur toi. Toujours partante ?

— Je veux le faire ! Je demanderai l'autorisation à maman tout à l'heure.

— Parfait, l'encouragé-je dans un sourire.

Cette gamine est vraiment adorable. Et le fait qu'elle soit la nièce de Matt n'a rien à voir là-dedans… Ou presque.

Du coin de l'œil, j'aperçois le groupe suivant arriver, escorté par Bérénice. Elle les guide depuis leur vestiaire, avant d'aller sur la glace positionner des plots pour la répétition de son numéro. J'accompagne mes élèves à la barrière pour que les parents les récupèrent, et en profite pour rassurer la maman inquiète à l'idée de voir la prunelle de ses yeux glisser dans la pénombre.

Le moindre centimètre carré de la patinoire a été réquisitionné pour stocker le matériel de la fête de Noël. Depuis, on se bouscule dans le vestiaire à la recherche d'un petit bout de surface plane pour nous asseoir ou nous chausser.

Je trouve une place sur un traîneau et commence à tirer sur mes lacets. Il n'y a pas à dire, la ville met le paquet pour les festivités : autour de moi, tout n'est que paillettes, lumières et magie. Nous vivons dans une station de faible altitude, ce n'est pas pour le ski que les touristes viennent, mais pour l'ambiance montagnarde, volontairement clichée. Et ça marche.

Je constate que Clara, qui a pourtant entraîné son groupe avant moi, se trouve toujours dans les vestiaires.

— Tu n'es pas encore partie ? lui demandé-je, pour entamer un semblant de conversation.

— J'attends ma fille, me dit-elle, sans même relever la tête de son téléphone portable.

— Ah oui… D'ailleurs, je lui ai proposé de travailler un peu plus demain, ça ne te dérange pas ?

Elle me scrute comme si je venais d'annoncer que j'allais kidnapper Soline.

— Et pourquoi ?

— Comme elle se débrouille bien, je souhaiterais qu'elle fasse davantage de choses que les autres. Rien de bien fou, quelques sauts de valse, une pirouette simple…

Je n'aime pas la façon dont elle me regarde, un petit rictus moqueur aux lèvres.

— Je reconnais bien là le style « Jaffrelot », on ne travaille pas pour le groupe, mais pour quelques élus…

— Arrête avec ça, Clara. Soline a montré un potentiel, je lui propose juste un truc en plus. Ne vois pas le mal partout.

— Tu la mets à l'écart des autres, de ses amis…

— Peux-tu essayer de ne pas en faire toute une affaire ? Es-tu d'accord, oui ou non ? Soline est ravie !

— Fais comme tu veux. Je ne passerai pas pour la méchante auprès d'elle. Fais-lui ton numéro de charme, je t'en prie…

Bérénice, qui entre à ce moment-là dans le vestiaire, se méprend sur ses paroles et amène la conversation sur un terrain où je ne souhaitais clairement pas m'aventurer.

— On peut dire que le petit numéro de charme de Sissi fonctionne déjà plutôt pas mal, si j'en crois ce que j'ai vu ! lance-t-elle.

Je saisis immédiatement à quoi elle fait allusion. C'est à elle que Matthieu a dû dire « Bonne journée » en partant hier. Elle a certainement assisté à nos échanges sur la glace.

— Bérénice, ce n'est pas de cela que nous étions en train de parler, lui dis-je, tentant de couper court à la conversation.

— Tu fais du charme à qui alors ? rétorque-t-elle naïvement. Parce que Matthieu avait l'air plutôt emballé, si je puis me permettre !

Voilà, la bombe est lâchée.

Je me tourne vers Clara dont les yeux semblent lui sortir de la tête.

— Qu'est-ce que mon frère vient faire là-dedans ? demande-t-elle. Bérénice, tu veux bien m'éclairer ?

L'autre ne perçoit pas que l'animosité entre nous est montée d'un cran. Elle enchaîne, apparemment persuadée que je ne vois aucun problème à l'idée de l'écouter étaler ma vie privée devant une femme qui me déteste cordialement.

— Mon petit doigt me dit que Sybille et toi allez beaucoup vous fréquenter à l'avenir ! Je n'ai aperçu que le début, mais je suis vite partie car ça devenait *caliente* entre vous !

On est deux à vouloir lui faire la peau maintenant.

— Remarque, vous faisiez plaisir à voir, tous les deux. Vous formez un joli couple… J'ai toujours eu un faible pour Matthieu quand nous étions au collège. J'aimais son côté sérieux, avec ses chemises Vichy et ses pulls à torsades…

Clara ne l'écoute plus, elle braque son regard sur moi.

— Je t'avais dit de ne pas t'approcher de Matthieu !

— C'est un grand garçon, il n'a pas besoin de ta permission, lui fais-je remarquer, en tentant de garder mon calme.

Elle se lève, les yeux brillants. Elle paraît sur le point d'éclater en sanglots. Je me doutais qu'elle ne serait pas ravie que je fréquente son frère, mais je trouve que le coup de la crise de larmes, c'est carrément *too much.*

— Tu veux me piquer tout ce que j'ai ? Tu ne m'as pas fait assez de mal comme ça ?

— Arrête de monter sur tes grands chevaux.

Bérénice semble enfin remarquer qu'elle a commis la bourde du siècle et paraît ne plus savoir où se mettre. Je lui conseille de nous laisser poursuivre cette conversation en privé, et elle ne se fait pas prier pour se sauver. J'en ai ma claque de Clara et de ses airs de chien battu. Je n'ignore pas que Matt n'aime pas bousculer sa sœur, mais je commence à me dire que c'est ce dont elle a pourtant besoin.

— Bon, on va régler ça, lui annoncé-je de but en blanc. Sans faux-semblant, sans retenue. Qu'est-ce que tu me reproches à la fin, merde !

— Ce que je te reproche ? Sérieusement ?

— Sans faux-semblant, Clara. Je t'écoute.

Elle lève la main et compte sur ses doigts pour énoncer l'ensemble de mes crimes.

— Tu m'as volontairement poussée à la blessure ! Tout ce que tu as eu ensuite, ça aurait dû être à moi ! Et maintenant, tu débarques dans ma vie pour faire amie-amie avec ma fille, me piquer mon boulot et te taper mon frère ! Et tu oses me demander ce que je te reproche ?

Si elle pense réellement ce qu'elle vient de me lancer à la tête, cette fille a un problème avec moi depuis toujours. Je suis révoltée par ses propos. On dirait que ce que j'ai gagné ne l'a été que parce qu'elle a été forfait sur l'ensemble de sa carrière.

— Je suis désolée, Clara. Mais ne te méprends pas sur mes paroles, je suis désolée pour toi. Je suis triste pour toi que tu aies besoin d'un bouc émissaire pour justifier tes échecs. Je t'ai lancé un défi ? C'est toi qui y as répondu et qui t'es blessée. Tu as oublié l'enjeu et agi par orgueil. Dans la vie, on a toujours le choix, ce serait bon de t'en souvenir.

— Mais…

— Et, continué-je, voulant enfoncer le clou, même si tu n'avais pas été touchée à l'époque, tu ne m'aurais pas battue, pour la simple raison que j'étais meilleure que toi. Je suis persuadée que tu le sais toi-même. Mais c'est plus facile de me mettre sur le dos le fait que tu n'as pas réussi à rebondir.

Cette fois, elle pleure franchement. J'ai un peu le sentiment de tirer sur une ambulance, mais il faut que ça sorte.

— Tu prends tout le monde en otage avec ta déprime, Clara ! Ton frère n'a pas osé te dire qu'on se voyait parce qu'il a peur de te peiner ! Tu me dis que je te pique ton boulot ? Mais putain, essaye de te battre pour l'avoir !

— Tu es tellement égoïste, si dure ! Je refuse que tu le blesses, il ne te connaît pas !

Je me lève pour la surplomber. Elle ne me regarde toujours pas.

— Parce que tu me connais, peut-être ? Arrête de me reprocher ce que tu n'as jamais réussi à mettre en œuvre. Les médailles, on les gagne, Clara ! Et pour gagner, il ne faut jamais rien lâcher ! Tu n'étais pas faite pour ça, tout simplement… Et au lieu de te lamenter, tu ferais mieux de chercher ce pour quoi tu es vraiment douée.

Elle se recroqueville sur le siège du traîneau, muette dans sa peine. Son attitude fait monter d'un cran mon exaspération. Les pleurs ne m'ont jamais attendrie.

— Et les larmes de crocodile ne servent à rien avec moi. Si tu veux que je te respecte, respecte-toi d'abord.

Je suis hors de moi. Je prends mes patins pour les ranger dans ma caisse et sors du vestiaire comme une furie.

Elle n'a pas bougé.

20

Pas touche à ma dinde

Je me sens super mal quand je rentre chez moi. Je suis également très étonnée de ne pas avoir reçu un appel furieux de la part de Matthieu…

Je sais que ça va encore me retomber dessus. M'attaquer à Clara m'a donné la sensation de blesser un chiot. Avec ses grands yeux écarquillés, remplis de larmes, elle m'a mise dans la posture du monstre sans cœur. Mais, merde à la fin, sous prétexte que j'encaisse mieux qu'elle, je devrais prendre tous les torts sans broncher ? Depuis mon retour ici, j'ai l'impression de n'avoir que des défauts et que le plus gros d'entre eux est d'avoir un caractère affirmé, sans concession.

J'ai pensé chaque mot que je lui ai adressé : elle n'aurait jamais possédé le cran de patiner au plus haut niveau, elle a eu le choix de se confronter ou pas à moi et enfin, j'ai toujours été meilleure qu'elle. Aurait-elle pu me battre ? Bien sûr ! C'est quelque chose que m'a appris ce sport : commence à prendre tes aises et quelqu'un d'autre viendra rapidement te piquer ta place. D'ailleurs, il n'a pas fallu longtemps pour que de nouvelles têtes, bien plus entraînées que moi et avec les dents encore plus longues, me volent mes records avec délectation.

C'est un milieu cruel, sans pitié. C'est pour ça que Clara n'aurait jamais pu me passer devant. Elle n'a jamais eu assez envie de prouver qu'elle pouvait bouffer tout le monde. Moi, si.

Le seul regret que je peux avoir, c'est qu'une fois encore, elle ne s'est pas montrée à la hauteur. Avoir une conversation d'adulte à adulte nous aurait fait du bien à toutes les deux. J'aurais adoré qu'elle m'en mette plein la tête, pour pouvoir lui répondre sans réserve.

Mais non. Une nouvelle fois, elle s'est cachée derrière sa maudite fragilité, et c'est son grand frère qui va voler à son secours.

En arrivant devant chez moi, je constate que ma mère n'est pas encore rentrée. Quitte à être fâchée avec tout le monde, c'est peut-être le moment de tenter d'échanger avec elle.

Ce n'est pas que nous sommes en froid… Disons que l'on évite volontairement le sujet de sa vie amoureuse, pour ne pas se disputer. Ce qui n'est pas forcément plus sain. D'autant plus qu'il y a rarement eu de tabou entre nous… OK, je manquais de tact avec ses relations passées, mais je n'étais qu'une gamine qui avait du mal à voir un homme prendre la place de son père. Surtout quand l'image du paternel a été nourrie de tant de fantasmes. Je l'ai peu connu, mais j'aurais tellement aimé côtoyer l'homme que l'on m'a tant décrit : le type simple, bon vivant, fiable, loyal, fou de sa femme. S'il avait vécu, il aurait sans aucun doute eu droit à une bonne crise d'ado de ma part. Mais c'est l'image d'un saint, un souvenir dont le temps avait gommé toutes les aspérités, que l'on m'avait donnée pour me construire… Difficile d'égratigner le parangon de vertu. Le peu d'hommes que j'avais vus avec ma mère m'avaient paru si peu à la hauteur ! En les faisant fuir, j'avais presque l'impression de lui rendre service.

Maintenant que j'ai grandi, je peux comprendre ce besoin de combler la solitude… Pourquoi ne pas m'en parler ?

Je déverrouille la porte, entre et jette mon sac sur la rambarde de l'escalier. Maman a dû cuisiner toute la matinée, car une goûteuse odeur plane dans la maison. L'intuition est confirmée par une note sur le réfrigérateur : *Pas touche à la dinde.*

Ma mère dans toute sa splendeur, testant ses recettes plusieurs fois avant Noël alors qu'elle ne mange même pas de viande. Mais comment fêter un Noël traditionnel sans dinde ? Elle en cuisine une chaque année pour les autres.

Je désobéis en ouvrant le four pour voler une pomme de terre parfaitement cuite dans le jus de viande. Délicieux.

Ne voulant pas davantage enfreindre les règles, je me dirige dans le salon pour m'affaler dans le canapé.

Je prends mon téléphone dans ma poche arrière et compose le numéro de Sophie.

J'ai tenté de la joindre à plusieurs reprises, mais elle ne me rappelle jamais. Je ne sais même pas si elle est revenue de Paris.

Elle me cache quelque chose. Je déteste ça.

Je m'apprête à raccrocher quand elle répond enfin.

— Ah, bah quand même ! lancé-je vertement. Tu te fais désirer en ce moment !

— Excuse-moi, j'ai été prise.

Sa voix est assourdie, elle chuchote.

— Tu vas bien ? lui demandé-je. Pourquoi parles-tu à voix basse ?

— Je suis occupée, je te recontacterai plus tard…

Elle m'inquiéterait presque. Sophie, c'est l'amie rêvée, compréhensive, disponible, empathique… Qu'est-ce qui lui arrive ?

— Tu remarqueras que tu n'as pas répondu à ma question… Tout se passe bien pour toi ? Tu ne m'appelles plus, je ne t'ai pas vue depuis des jours…

— Oui, ne te stresse pas. C'est simplement que je n'ai pas le temps…

Ma puce, tu viens ?

Un bruit étouffé m'indique qu'une main tente de couvrir le micro. Je distingue vaguement une conversation, mais ne comprends rien à ce qui se dit. Puis le silence. Un blanc qui s'éternise. J'entends que Sophie est revenue, mais elle ne prononce pas un mot.

Je patiente, mais rien ne comble le vide entre nous.

— Tu es avec quelqu'un ? Je ne pige rien à ce qui se passe. Où es-tu, d'ailleurs ?

— Toujours à Paris. Je pense ne rentrer que le jour de Noël…

Je reste silencieuse, attendant qu'elle finisse son explication.

— J'ai rencontré un homme il y a quelque temps. C'est pour lui que je suis revenue à Paris.

— Tu vois un mec depuis des semaines et tu me l'avoues seulement maintenant ? Tu m'excuseras de me sentir un peu vexée !

— On se connaît depuis plusieurs mois pour être précise, mais c'est tout récent entre nous.

Je comprends qu'elle n'ait pas eu envie de tout me dire pendant qu'ils se découvraient, mais depuis, elle aurait pu m'en parler, tout de même.

— D'accord, mais tu aurais eu largement l'occasion de me l'apprendre. Je me réjouis de savoir que tu as quelqu'un dans ta vie !

Nouveau silence.

— Sophie, tu commences à me soûler, franchement…

— Je ne suis pas la plus courageuse des filles, ce n'est pas un secret… J'avais peur de te l'avouer. C'est toujours le cas d'ailleurs…

Sérieusement, il va falloir que je me penche sur la façon dont on me perçoit. La vilaine méchante Sybille effraie tout le monde. Il y a de quoi mal le prendre !

— Pourquoi ? Pourquoi serais-je fâchée que tu sois épanouie ? Te rends-tu compte de ce que tu me dis ?

Elle prend une inspiration, signe qu'elle va lâcher une bombe.

— C'est Hugo.

Ah.

Elle avait raison de craindre ma réaction.

Ma meilleure amie se tape « Super Connard ».

— C'est une plaisanterie, rassure-moi.

— Tu comprends mieux pourquoi je ne t'ai rien dit ? Tu n'as jamais fait preuve d'objectivité à son sujet.

— Ce type m'a tout pris, et maintenant, il me prive, comme si ça n'était pas suffisant, de la seule personne que je croyais de mon côté ?

— Rien n'a changé !

— Bien sûr que si ! Il m'a volé mon boulot, m'a fait quitter Paris. Qu'est-ce qu'il ne m'a pas encore piqué ? Aide-moi, s'il te plaît, j'ai un trou de mémoire.

Comment peut-elle ne pas s'apercevoir que c'est inacceptable !

— Tu ne le connais pas, me dit-elle simplement, paraissant avoir retrouvé sa sérénité. Tu n'as jamais cherché à le faire, à découvrir la personne derrière l'image horrible que tu t'es fabriquée.

— Mais comment as-tu pu ? Sophie… Il a œuvré derrière mon dos, il m'a humiliée en récoltant ce pour quoi j'avais toujours travaillé !

— Il ne t'a rien volé du tout. Certes, les choses ne se sont pas déroulées comme elles auraient dû. Ils t'avaient effectivement laissé entendre que le poste te revenait, mais Hugo n'a jamais rien fait pour que cela arrive.

Je me remémore soudainement toutes les fois où elle l'a défendu. Ce n'était pas uniquement de la gentillesse, elle avait une idée derrière la tête.

— Quand je pense à la façon dont tu m'as réconfortée !

— Ce n'était pas de l'hypocrisie !

— Appelons ça de la culpabilité, si tu préfères, raillé-je.

Un nouveau silence s'installe, cette fois chargé de tension. Je n'en reviens pas d'avoir ce genre de conversation avec elle. Merde, c'est Sophie ! Mon binôme, ma moitié !

— C'est quelqu'un de bien, balbutie-t-elle.

— Franchement, tu pousses un peu loin là. Après…

— … ce qu'il t'a fait. Oui, je crois que j'ai bien compris le principe. Tu ne t'es jamais dit que si le bureau avait changé d'opinion, c'était parce que sa vision pour le club était tout simplement meilleure que la tienne ? Tu es douée, Sybille, mais tu n'es pas omnipotente. Accepte de ne pas gagner à chaque fois.

— Tu cherches à me remonter le moral ? Creuse encore un peu, je n'ai pas touché le fond !

— Tu sais à qui tu me fais penser ? À Clara. Quand je te disais que vous possédiez de nombreux points communs.

Cette fois, je lui raccroche au nez. C'est trop.

Je m'allonge dans le canapé et fixe le plafond, incapable d'effectuer le moindre geste. Hugo a dû enfumer le cerveau de Sophie, il n'y a pas d'autre explication. J'aimerais prendre mon téléphone, passer un coup de fil pour me plaindre, vider mon sac, mais c'est Sophie qui a toujours tenu ce rôle auprès de moi. Elle m'écoutait patiemment, m'encourageait. Je pourrais appeler Matthieu, mais après ma prise de bec avec sa sœur, je n'ai pas envie d'ajouter une couche à mon humeur de dogue.

J'ignore combien de temps je reste ainsi, mais il fait nuit dehors quand j'entends la voiture de ma mère se garer dans l'allée.

Je me lève péniblement pour l'accueillir quand des bribes de conversations me parviennent.

Rejoignant la porte-fenêtre donnant à l'avant de la maison, je jette un œil inquisiteur à l'extérieur.

Elle est positionnée de dos, et s'adresse à un homme dont je ne distingue pas le visage. Ils rient, sont très proches physiquement l'un de l'autre, et quand je vois la main de l'inconnu remettre une mèche de ses cheveux derrière son oreille, je n'ai aucun doute sur son identité : c'est le mystérieux amant dont elle refuse de parler.

C'est un peu *creepy* de surveiller sa mère, mais je me dis qu'elle aurait fait exactement la même chose à mon sujet.

Il lui prend la main et se penche pour l'embrasser. Il s'éloigne ensuite pour, à première vue, repartir à pied. Il ne doit pas vivre loin d'ici.

Quand je le vois enfin, c'est le choc. À moins qu'il ne soit extrêmement bien conservé, le type a au moins vingt ans de moins qu'elle, il doit avoir la quarantaine bien tassée. La voyant se diriger vers la porte, je retourne en courant dans le salon, ne souhaitant pas me faire prendre en pleine séance d'espionnage.

La crise de Clara, Sophie et Hugo, ma mère qui se tape un petit jeune… Ma tête va finir par exploser, je n'en peux plus de cette journée.

Elle ouvre la porte et je l'entends s'affairer un instant dans l'entrée.

Quand elle arrive dans la pièce, elle dépose un baiser sur mon crâne avant de s'asseoir dans le fauteuil face à moi.

— Tu as vu mon mot ? me demande-t-elle.

— Tout à fait, et j'ai presque respecté ta consigne.

Elle rit et cherche la télécommande.

— C'est bientôt l'heure de mon émission… La télécommande est près de toi, tu peux allumer ?

Je m'exécute et la pièce ne résonne plus que du bruit du téléviseur.

Une fois encore, elle va se taire. Je m'étais promis de ne pas insister, de la laisser lancer la discussion, mais je ne tiens pas.

— Sérieusement ? Tu ne vas rien dire ?

— De quoi parles-tu ? Et pourquoi cette soudaine agressivité ?

— Tu oses me le demander ? Tu viens de te faire raccompagner par ton mec, et on fait comme si de rien n'était.

Elle se referme immédiatement.

— Nous avons déjà abordé le sujet. Rien de tout cela ne te concerne.

— Est-ce que c'est parce qu'il est plus proche de mon âge que du tien que tu ne souhaites pas aborder le sujet ?

Je me sens odieuse au moment même où je prononce ces mots.

Elle me regarde, peinée par mon attitude.

— C'est exactement pour cette raison, en effet. Comment t'expliquer des choses que tu t'empresseras de juger du haut de tes 27 ans ? Je n'ai pas besoin de ton avis ni de ton aval.

Je me lève, écœurée d'être accusée avant même d'avoir émis une opinion.

— Tu ne t'es pas dit que je n'aurais peut-être rien trouvé à y redire ? Ma mère est une cougar… Bon, je ferai avec !

— Pas une seconde je n'ai pensé que tu garderais tes réflexions pour toi. Tu es toujours si sûre de toi, certaine de savoir ce qui est bon pour les autres. Je t'aime, ma fille, mais à se montrer trop cynique, on en devient brutale. Peu de personnes supportent de voir pointer du doigt leurs manquements et leurs faiblesses. Tu fais partie de ces personnes capables de se remettre en selle après une chute en se jurant que ça n'arrivera plus jamais. Moi, je ne le peux pas.

Elle s'interrompt un instant, le temps de chercher ses mots.

— Yves me fait du bien. Avec lui, je me sens belle, intelligente. Je ne veux pas retrouver ma jeunesse, juste profiter d'une merveilleuse rencontre, d'une parenthèse enchantée comme je n'en avais pas eu depuis ton père. Alors oui, il a dix-sept ans de moins que moi. Mais quelle importance ? Nous n'allons pas fonder de famille, ces détails sont derrière nous ! J'ai trouvé le courage de franchir cette barrière, je refuse de remettre tout ceci en question parce que tu as décidé de t'en moquer.

— Tu te rends compte que tu me fais passer pour une personne épouvantable ?

— Pas épouvantable, juste pas assez empathique. Je te le répète : ce n'est pas parce que tu encaisses bien que le reste du monde peut faire de même.

Elle se lève à son tour, une main sur la tempe.

— Je monte. Je ne te demande pas de comprendre, juste de faire avec. Et, pour information, le terme « cougar » te fait peut-être rire, moi, ça me peine.

Elle me laisse seule avec ma morosité. Le monde entier semble m'en vouloir pour une raison ou une autre. Mon téléphone vibre à ce moment-là, et je constate que Matt m'appelle.

Je n'ai pas le courage de me refaire engueuler à propos de sa sœur. J'éteins l'appareil, et prends un plaid pour me rouler en boule.

On verra demain.

21

Risotto et déconfiture

Je suis la Suisse.

Un endroit agréable, vivifiant.

Neutre.

C'est surtout cette idée d'impartialité qui me plaît énormément.

Sissi n'a pas répondu à mes appels hier, et c'est en téléphonant à Clara que j'ai compris pourquoi.

Il y a enfin eu une grande explication entre elles. Clara a osé lui avouer tout ce qu'elle avait sur le cœur. Comme prévu, Sybille n'a pas accepté les remarques qui lui ont été adressées, mais j'espère, au moins, que la crise se révélera salutaire pour elles deux et que le fait d'avoir exposé leurs reproches mutuels leur permettra d'avancer. Parce qu'une discussion ne s'achève pas au dernier grief lancé. Les idées doivent infuser, se diffuser dans les esprits de chaque partie impliquée. Elle peut se terminer des semaines plus tard après une prise de conscience, quand quelqu'un annonce « j'ai entendu ce que tu voulais me dire ». Pas forcément besoin d'excuse, il suffit de compréhension.

J'imagine que Sybille craint ma réaction et que c'est pour ça qu'elle ne m'a pas téléphoné, mais elle a tort : la Suisse ne prend pas parti, elle ne fait aucun choix. Et je pense que ça peut fonctionner. Clara m'a juste appris qu'elle s'était disputée avec Sybille durant l'entraînement. Elle a, bien sûr, donné des détails, mais pour la première fois depuis longtemps, elle n'a pas essayé de me rallier à sa cause. Oh, elle n'a pas hésité à me dire que j'avais fort mauvais goût en matière de femme et qu'elle n'oublierait pas de me rappeler qu'elle m'avait prévenu quand les choses tourneraient au vinaigre. C'est de bonne guerre. Je me suis contenté de marmonner une vague réponse. Pour une fois dans ma vie, je n'ai pas cherché à creuser plus loin, je ne l'ai pas encouragée à pleurer, à soulager sa conscience, à partager sa peine avec moi pour qu'elle aille mieux. Petit à petit, je commence à comprendre que je dois également me préserver, qu'il faut que j'apprenne à me détacher de la douleur des autres pour assurer mon propre bien-être.

Bref, être la Suisse.

Sybille finit enfin par me répondre, et quand je suggère un repas en tête à tête le soir même, elle paraît ravie. Elle non plus ne lance pas le sujet qui fâche.

— Je passe te prendre à la patinoire ? lui proposé-je.

— Parfait. Vers 18 heures, je termine un peu plus tard aujourd'hui. Je bosse avec Soline.

— Soline ? me suis-je étonné. Pourquoi ?

— Elle se débrouille bien, je vais lui donner de petites choses en plus pour le spectacle.

— J'envoie un message à ma sœur pour lui dire que je la ramènerai. C'est OK pour toi ?

— Bien sûr, à tout à l'heure.

Je me réjouis à l'idée qu'elle passe un peu de temps avec ma nièce, que sa présence au sein de ma vie se normalise davantage chaque jour.

En attendant de la rejoindre, je travaille tranquillement dans mon bureau, terminant mes dossiers urgents avant de partir en congé.

Le collège est vide, j'adore ça. Les élèves sont en vacances depuis vendredi soir, ne restent ici que les CPE, les secrétaires et moi, profitant du calme et du luxe que représentent plusieurs heures de boulot sans aucune interruption.

J'ai même pris la liberté suprême de porter un jean.

Il n'empêche que parfois, au détour d'un dossier, dans un moment de lucidité, je me redemande ce que je fiche là, à expédier de la paperasse toute la journée.

Mes potes se moquent de moi quand ils entendent un jeune me donner du « Monsieur » au travail ou dans la rue. C'est terrible lorsque votre symptôme de l'imposteur s'étend à vos proches. On a vraiment le sentiment de ne pas se trouver à sa place. Pour eux, j'ai toujours été le rêveur de la bande, celui qu'ils imaginaient avec un sac à dos, montant dans le premier train pour n'importe où. Gamins, les soirs où on fantasmait nos vies d'adultes, du haut de mes 15 ans, tout ce qui me venait en tête chaque fois qu'on m'interrogeait, c'était le mot liberté. Alors, voyager, partir à l'aventure, j'avoue y avoir pensé. Quand on ne possède pas de vocation forte, cela laisse de la place pour l'exploration, l'émerveillement. Chercher ce pour quoi on a été fait vous donne un appétit inépuisable de découvertes.

Des surprises, s'il me faut être honnête, j'en ai peu ici. C'est routinier, rassurant, valorisant, mais certainement pas surprenant. Ça doit être cela qu'on appelle « le principe de réalité ».

Je me dépêche de boucler mes dossiers et file pour me permettre de faire les courses pour la soirée.

Tandis que je remplis mon caddie avec tout ce qui me tombe sous la main, je pense à Sybille.

J'aimerais que ça dure entre nous. Nous n'avons jamais abordé l'avenir, notre relation étant encore beaucoup trop neuve pour risquer de la gâcher par trop d'empressement. J'ignore comment se déroulera la semaine prochaine à ses côtés, ni même où elle se trouvera dans quinze jours, mais j'adorerais qu'elle m'intègre dans ses plans. Si ma sœur et elle réussissent à ne pas trop se croiser, on devrait parvenir à un *statu quo* acceptable. J'ai déjà décidé que lorsque les résultats du recrutement seront annoncés, je garderai le silence. La Suisse est un pays calme.

Plus j'y pense, plus je me dis que c'est la bonne solution.

Leurs problèmes ont eu lieu dans le passé, elles peinent à surmonter tout ça, mais en quoi tout ceci me concerne ? Y en a marre de toujours devoir prendre parti, choisir un camp. La neutralité, c'est aimer tout le monde et ne juger personne. Ça me convient parfaitement.

J'attrape machinalement des bières, mes réflexions monopolisant le peu d'attention dont je dispose.

Sybille peut se montrer… brute, mais elle tend à s'améliorer.

Clara, est un peu trop sensible, mais avec le temps, elle se fera à la présence de sa rivale, surtout si Soline milite en faveur de Sissi.

Je paye, range les courses dans le coffre et retourne chez moi. Une pensée me traverse l'esprit et je décide de ne pas attendre pour la mettre à exécution. J'appelle donc Stéphane à l'aide de la commande vocale.

— Ça va, vieux ? me répond-il sur-le-champ.

— Top, et toi ?

— La routine. J'allais descendre au resto.

— Ça tourne en ce moment ?

— Pas trop. Je commence à me demander si des spécialités du sud à la montagne, c'était vraiment l'idée du siècle…

— Laisse-toi un peu de temps…

— Va dire ça à mon banquier… Je doute qu'il m'en propose beaucoup pour redresser la barre. Je regrette le rugby… J'aurais sûrement fini comme un légume, mais ça avait le mérite d'être plus simple au quotidien.

Je l'admire. Se lancer dans la gestion d'un resto avec tous les risques que ça implique, je n'aurais jamais pu. Steph avait pratiqué le rugby en tant que professionnel, mais quand on lui avait appris qu'un coup supplémentaire sur le crâne pourrait le priver de toute pensée cohérente jusqu'à la fin de ses jours, il avait accepté de faire preuve de prudence. Mais sa nouvelle vie le dépasse parfois.

— J'arrête de me lamenter et de plomber l'ambiance, continue-t-il. Tu voulais me demander quelque chose ?

— Juste savoir si tu prévoyais un truc pour le Nouvel An. Tu es ouvert ?

— Non, j'ai essayé l'année dernière, je n'ai eu personne. Aucune envie de broyer du noir seul jusqu'à minuit.

— Tu fais quoi alors ? Je m'étais dit qu'on pourrait se voir avec les gars, passer une bonne soirée ensemble, comme au bon vieux temps.

— Carrément. Tu les appelles ?

— Si tu veux. En revanche, je viendrai sûrement accompagné.

— Ah, ah, le cachottier. Raconte !

— La fille de la dernière fois, tu sais, celle qui m'a posé un lapin. Je l'ai retrouvée.

— Sérieux ? Tu as eu une sacrée chance pour le coup. Tu réussis à ne plus la perdre, maintenant ?

Je ris en l'entendant. Je crois qu'il a vraiment pensé que j'avais rêvé cette fameuse nuit.

— C'est bon, je ne la lâche plus.

— Veinard.

— Bah, ton tour viendra.

— Depuis des années, je te demande de me présenter ta magnifique sœur. Tu t'acharnes à me refuser ce plaisir !

Une des rares fois où j'avais assisté à une compétition de Clara, je l'avais traîné de force avec moi, pour me sentir moins seul au milieu des paillettes en furie. La vision de ma cadette en jupette l'avait subjugué, et j'avais presque dû le tirer par les cheveux pour lui faire quitter la patinoire. Hors de question qu'il pose ses sales pattes sur elle.

— On a dit « Pas la famille ». C'est toujours valable après la trentaine.

— Tu es un tyran, Matt, tu sais ça ?

— C'est pour ça que tu m'aimes. On se voit la semaine prochaine ?

— On contacte les autres, et on se redit. Bye.

La présentation dans les formes aux copains. Arriver « en couple » à une soirée avec les intimes. Un sursaut d'inquiétude m'assaille un instant, mais je me convaincs rapidement que c'est un bon moyen de lui montrer mon sérieux.

Une fois chez moi, je m'attelle à la préparation approximative de ce qui est décrit dans mon livre de recettes comme « un risotto aux champignons des bois » puis je file à la patinoire, impatient de la retrouver.

Quand ce moment arrive enfin, c'est le sourire aux lèvres que je m'engage sur le parking du complexe.

La douche froide vient vite.

— Je me fiche de tes caprices. Tu t'y mets, ou on arrête.

— Mais je n'y arrive pas ! répond la voix de ma nièce.

— Recommence. En fournissant un minimum d'effort, cette fois.

J'ai du mal à associer l'image de Sybille à cette intonation. C'est sec, martial, dénué de toute bienveillance. Je m'installe dans un coin du couloir pour observer la partie de la patinoire où elles se trouvent. Soline obéit et retente ce qu'elle a apparemment raté quelques minutes plus tôt.

— Bon, c'est nul. Franchement, Soline, c'est lamentable.

Ma nièce ne dit rien, mais s'élance pour recommencer. Elle dérape et tombe sur le dos. Elle se relève et se dirige vers Sybille, son petit menton tremblant levé vers l'adulte sans pitié face à elle.

— Tu es méchante.

Sybille s'accroupit pour se mettre à sa hauteur.

— Je ne suis pas méchante, je suis exigeante. Je t'ai donné ta chance, tu l'as laissée passer.

— Mais je peux réessayer… renifle ma nièce.

— On travaille le même mouvement depuis deux heures. Tout ce que j'ai exigé de ta part est à ton niveau, tu devrais être capable d'exécuter ces mouvements facilement. Quelle perte de temps, j'avais autre chose à faire…

— Mais…

— Franchement, arrête de pleurnicher, ce n'est pas ça qui va me faire changer d'avis. Tu m'agaces, Soline.

Je vois ma nièce adorée se recroqueviller sur elle-même. Qui est cette personne que je regarde la maltraiter ? J'ai vraiment l'impression que je viens de me prendre un bus. C'est une chose d'être une dure à cuire, mais quand on en arrive à insulter une gamine parce qu'elle ne parvient pas à exécuter une pirouette… Je ne trouve pas les mots pour décrire les sentiments qui m'assaillent. Tout ce que je sais, c'est que je ne supporte plus de regarder ma Soline en détresse.

Je longe la patinoire jusqu'à me retrouver à leur hauteur. Sybille s'apprête à me faire signe, mais la vue de mon visage fermé lui fait froncer les sourcils.

Je relève le verrou de la barrière, et ouvre celle-ci pour demander à Soline de sortir.

— Ma puce, je vais te ramener à la maison. Tu peux aller te changer ? Je te rejoins immédiatement.

Elle ne dit rien et sort de la piste, sans un geste pour son entraîneur. Je lui dépose un baiser sur la tête quand elle passe près de moi, et l'observe entrer dans le vestiaire. Une fois sûr qu'elle ne se trouve plus à portée de voix, je reporte mon attention sur la jeune femme qui avait occupé toutes mes pensées jusqu'à maintenant.

— Tu peux m'éclairer sur ce qui se passait ? T'es-tu aperçue qu'elle pleurait ?

Adieu, la Suisse.

— Tu es en train de me reprocher de faire mon boulot ? s'offusque-t-elle. Tu n'es pas mon principal, Matthieu, je ne vois pas pourquoi je devrais me justifier devant toi.

Elle semble réellement étonnée de ma remarque.

— Je suis… choqué par ce à quoi je viens d'assister. Est-ce que tu t'adresses à tous tes élèves sur ce ton ?

Elle lève les yeux au ciel.

— On est à l'entraînement. Tu crois que c'est avec des bisous et des câlins que l'on s'améliore ? Soline n'a fourni aucun effort aujourd'hui, dès le début, elle s'est mise à chouiner. Franchement, j'ai autre chose à faire…

— Justement, non. C'est ton boulot de la faire progresser.

— C'était le projet, figure-toi. Je lui ai donné sa chance.

J'ai l'impression de m'adresser à un mur.

— Tu es sincèrement en train de me dire que lancer à une gamine qu'elle est « lamentable » est acceptable ? Quel est ton but ? Lui ôter toute confiance en elle ?

— Si le fait de lui parler franchement la décourage, c'est sans doute que ce sport n'est pas fait pour elle.

— Tu organises un putain de spectacle pour enfant, explosé-je, pas les championnats du monde ! Il faut que tu redescendes un peu !

— En quoi est-ce différent ? Pourquoi est-ce que je ne pourrais pas en attendre autant de la part de Soline que d'une gamine qui serait promise aux

JO ? Sous prétexte qu'elle n'évoluera jamais dans un championnat de haut niveau, elle doit se contenter d'un entraînement médiocre ?

—Ne me fais pas dire ce que je n'ai pas dit !

—Décidément, dans cette famille, vous ne supportez pas la moindre contrariété ! C'est limite s'il ne faut pas vous présenter des excuses dès qu'on hausse le ton.

Elle me contemple d'un air dédaigneux que je ne lui connaissais pas. Elle sort de la glace, et s'assied pour retirer ses bottines.

—C'est une facette de toi que je n'avais pas encore vue, lui avoué-je.

—Et ? me demande-t-elle sans même relever la tête.

—Je la déteste. Clara m'avait prévenu… Quand je pense que je n'avais pas voulu la croire.

Elle se lève, ses patins à la main, et les claque sur le banc dans un mouvement d'humeur.

—Je commence à en avoir vraiment marre d'être la méchante de service. Je n'ai rien contre Soline, c'est une gamine adorable, mais là, on bossait. C'est comme ça que j'ai été entraînée, je n'en suis pas morte.

Je m'apprête à répondre, mais elle me coupe d'un geste de la main.

—Ta sœur passe sa vie à m'incriminer, m'accusant de lui avoir volé une place qu'elle n'a jamais méritée. Pour ça aussi, j'en ai assez de m'écraser. Et, toi…

—Moi ?

—Saint Matthieu de la consensualité, qui refuse de prendre parti. Qui est incapable d'envoyer chier sa secrétaire qui le drague depuis des mois. Qui accepte de prendre des risques uniquement s'il est sûr qu'on ne lui reprochera rien. Ne me dis pas que je suis dure, tu ignores ce que c'est !

— C'est vraiment ce que tu penses de moi ?

— Même ton job, tu n'en veux pas ! enchaîne-t-elle. Un jour, il faudra que tu cesses de te laisser porter par le courant.

Je ne trouve rien à répondre. Elle vient de toucher un point sensible. Sybille est une bonne snipeuse.

— Je ne te reproche pas d'être ainsi, continue-t-elle sur un ton plus doux. J'avais même l'impression qu'on se complétait assez bien dans nos manquements…

— Un manquement ? Ce n'est pas de ma personne dont il est question ici. Tu te rends compte qu'avec tes mots, tu peux pulvériser la confiance de quelqu'un en quelques secondes ?

— Tu exagères.

— C'est ce qui est arrivé à ma sœur. Ce que tu appelles de l'émulation, pour d'autres, c'est de la souffrance.

— Clara était trop fragile.

— Exactement. Tu n'en as pas tenu compte. Tu fais preuve d'une telle confiance en toi que la faiblesse des autres t'est insupportable.

Je la vois tiquer à l'écoute de mes mots.

— Si c'est de cette façon qu'on t'a entraînée, je te plains. Personne ne devrait entendre qu'il est lamentable ou nul.

— On ne peut pas tous vivre que de bienveillance. Le pays des Bisounours n'a jamais fabriqué de champions.

— Tant mieux alors. Parce que ta manière d'en créer me dégoûte.

Je la plante là pour récupérer ma nièce et lui faire le gros câlin dont elle a besoin.

J'avais l'impression de toucher du doigt ma vie de rêve. Le réveil se révèle difficile.

22

Un cadeau pour Clara

Soline a dû sentir que je n'étais pas en état de parler, car elle reste silencieuse le temps du trajet.

Je sais qu'il faut pourtant que je discute avec elle, que je tente d'effacer les mots durs qui lui ont été adressés tout à l'heure.

Je me gare sur le parking de l'immeuble où elle vit avec Clara, mais patiente un instant avant de sortir du véhicule.

On regarde un moment la neige tomber autour de nous, profitant de ce répit pour nous remettre les idées en place.

— Ça va, ma puce ?

— Oui.

Elle n'ajoute rien, chose très inhabituelle chez elle.

— Tu veux qu'on discute de ce qui s'est passé tout à l'heure ?

— Non.

— Moi, j'en ai besoin… Tu acceptes qu'on en discute avant de rentrer ?

Elle hoche la tête à contrecœur, et se concentre sur ce que je m'apprête à lui dire.

— Je désapprouve la façon dont Sybille s'est adressée à toi. Elle n'avait pas à te parler de cette façon, je suis désolé. Je lui faisais confiance, elle aurait dû être un modèle pour toi… C'était inacceptable.

— Ce n'était pas très gentil, c'est vrai… D'habitude, elle se montre toujours sympa avec moi. Maman m'avait dit que ce n'était pas une bonne personne, je ne voulais pas la croire.

J'avoue qu'il est difficile de contredire ma sœur sur ce coup.

— Il y a des mots qu'une adulte ne doit pas utiliser avec un enfant. Tu n'étais pas nulle, ma puce.

— Si, j'étais nulle. Je n'ai pas réussi les figures pour le gala.

— Tu as fait de ton mieux, c'est le plus important.

Son petit visage se crispe, sa bouche se plissant en une moue agacée.

— Ce n'est pas vrai, tonton. On peut faire de son mieux et être nulle quand même !

— Mais ce n'était pas ton cas, tu es ma championne !

— Sybille a été méchante, mais elle m'a dit la vérité. Toi, tu veux juste me faire plaisir.

Je repense aux paroles de Sybille. *Saint Matthieu de la consensualité.*

— Je déteste utiliser ce genre de mot, avoué-je. Nul. Lamentable. Je trouve qu'ils font beaucoup de mal, sans donner aux gens l'envie de s'améliorer.

— Je n'aime pas être nulle, j'avais envie de continuer à m'entraîner. C'est pour ça que je lui en veux.

— Tu lui reproches d'avoir manqué de patience. C'est tout ?

— Oui… Quand Sissi dit qu'on est nul, c'est qu'on l'est…

— Mais…

Elle m'interrompt. Décidément, il n'y a pas une femme autour de moi qui me laisse finir une phrase aujourd'hui.

— Tonton, arrête d'être trop gentil.

— Et pourquoi je ferais ça ?

— Parce que parfois, on a besoin d'entendre la vérité. Tu crois réellement que je peux devenir une championne de patin ?

— À ton niveau, oui, bien sûr ! On peut tous être des champions un jour !

— Tonton, tu penses vraiment que je pourrai être une championne un jour ?

— Pourquoi ne serait-ce pas possible ? Tu peux tout faire !

— Même en patinage ?

Bon, s'il me faut faire preuve d'honnêteté, c'est peu probable.

— Peut-être pas en patinage, effectivement, admets-je. Mais il y a plein d'autres sports dans lesquels c'est encore envisageable.

Elle médite un instant ma réponse.

— D'accord, réplique-t-elle simplement.

Puis elle retire sa ceinture, prend son sac et sort de la voiture. On entre dans l'immeuble, et je la laisse appeler l'ascenseur, comme notre tradition l'exige depuis qu'elle sait appuyer sur un bouton.

Une fois dans la cabine, je m'amuse à passer ma main dans ses cheveux pour les ébouriffer.

— Arrête ! souffle-t-elle, exaspérée. Tu sais que je n'aime pas quand tu me décoiffes…

— C'est pour ça que je le fais, sinon ce ne serait pas drôle !

— Pfff, se contente-t-elle de répondre.

Les portes s'ouvrent, et nous nous dirigeons vers l'appartement. Avant d'entrer, je lui pose une dernière question.

— Donc tu n'es pas fâchée contre Sybille ?

— Si. Même si elle avait raison, elle m'a quand même fait beaucoup de peine.

— C'est vrai. Il faut qu'elle comprenne qu'on doit faire attention aux gens qu'on apprécie, même quand on doit leur dire des choses pas agréables.

— Je crois qu'elle ne sait pas ça. On ne lui a pas appris. C'est comme à l'école, on doit apprendre avant de savoir le faire…

— Tu as sans doute raison. Tu veux que j'en parle à maman ?

Elle opine du chef et ouvre la porte.

Les lumières ne sont pas allumées, l'appartement se trouve plongé dans la pénombre. Je m'inquiète un instant, avant de sentir l'odeur d'un plat qui mijote dans la cuisine, et d'entendre des sons venant du salon.

Quand j'entre dans la pièce, Sybille me fixe d'un air farouche.

Je ne l'ai jamais aperçue ainsi, déterminée, focalisée sur l'objectif. Sa tunique rouge lui convient à merveille. Elle reflète le feu qui l'habite, qui lui donne la volonté de dévorer quiconque se prendrait d'envie de lui dérober une place qui lui revient de droit.

C'est étrange de la contempler sur l'écran de la télévision. C'est compliqué pour moi d'établir un lien entre la personne que je viens d'engueuler et la jeune amazone au regard sauvage face à moi.

Soline embrasse sa mère et s'assied près d'elle pour admirer son entraîneur en action.

— Tu aimes te faire du mal, dis-je à ma sœur en m'appuyant sur le dossier du canapé pour me mettre à sa hauteur.

— Ce n'est pas ça… Je ne m'étais pas replongée dans cette époque depuis une éternité et je crois que j'avais besoin de revoir certaines choses en me fiant à autre chose qu'à mes souvenirs.

— C'est vrai qu'avec le temps, certains événements ont tendance à prendre plus d'importance qu'ils n'en méritent.

Je n'avais, jusqu'à maintenant, jamais éprouvé la curiosité de regarder ses anciennes compétitions. C'était une athlète impressionnante. Rien n'a l'air compliqué pour elle, elle enchaîne les figures sans difficulté apparente, joue avec la musique, fait corps avec la glace. Le sourire qu'elle arbore n'a rien de doux. Elle affirme au monde entier qu'elle est la meilleure et n'a aucun doute à ce sujet.

Je parviens à détacher mes yeux de l'écran durant quelques secondes pour reporter mon attention sur ma sœur. Elle aussi est subjuguée.

— C'était quand ? demandé-je.

— 2015. Championnat du monde au Japon. J'avais oublié comme elle patinait bien…

— Toi aussi tu patinais très bien. Tu n'avais rien à lui envier !

Je vois ma nièce qui me regarde en fronçant les sourcils. Je saisis parfaitement le message qu'elle m'envoie, mais quoi faire d'autre ? Que je dise à ma petite sœur que la femme sur l'écran possédait bien plus de talent qu'elle ?

Clara prend la télécommande et fait défiler les vidéos sur YouTube.

— Je suis retombée sur ça pendant que je fouinais… Une chaîne de télévision était venue nous filmer durant un entraînement. C'était à l'époque où j'évoluais au pôle, à Grenoble.

Elle lance l'enregistrement. Au début, on ne distingue que des silhouettes s'élançant gracieusement, au son des crissements de leurs lames. La caméra finit par se diriger vers un groupe de filles très jeunes, mourant d'envie d'être interviewées. Au premier rang de celles-ci se trouve ma sœur. Elle devait avoir 14 ou 15 ans et on repère à son regard pétillant qu'elle rêve d'être mise en avant.

Je ne l'ai pas vue ainsi depuis si longtemps ! Elle paraissait avoir une telle assurance à l'époque !

Derrière elle, je crois reconnaître Sophie, la vendeuse du marché de Noël. Je la désigne du doigt.

— Je l'ai rencontrée, sa mère habite toujours ici.

— C'est Sophie. Une fille adorable, elle prend de mes nouvelles chaque année.

— C'est une amie de Sybille.

— Oui, me confirme-t-elle. Elles étaient inséparables, malgré leurs différences.

On retourne au silence, le temps de regarder la vidéo. Clara finit par la mettre en pause avant de se tourner vers moi.

— Hier, ta petite chérie m'en a mis plein la tête, m'annonce-t-elle.

— Je suis désolé…

Elle m'interrompt.

— Arrête de t'excuser pour tout le monde… Elle m'a dit qu'elle ne m'avait rien pris… J'ai ressenti un choc en l'entendant. C'est pour ça que je regarde ça, je voulais réévaluer les choses d'un œil neuf.

— Et ?

— Elle a raison. Je me cache derrière des prétextes depuis des années alors que la vérité est très simple : je n'aurais jamais été capable de me hisser à son niveau.

— Pourquoi ?

Elle retire la pause et l'arrête de nouveau quand on arrive sur le groupe de jeunes filles.

— Tu la vois sur cette vidéo ?

— Non.

Elle relance le reportage et quand la caméra dézoome, on distingue une silhouette au loin, seule, qui garde le rythme, enchaîne les figures.

— C'est elle. Ce jour-là, elle a refusé de se joindre à nous. Si je me souviens bien, on s'est moquées d'elle. On lui disait qu'elle était un vrai robot, incapable de s'amuser un peu. Mais elle s'en fichait. Elle voulait travailler, continuer à progresser. Je ne l'ai absolument pas comprise à ce moment.

Elle éteint la télévision. Soline se blottit contre elle, témoignage de soutien enfantin à la peine qu'elle sent chez sa mère.

— C'est elle qui avait raison, insiste-t-elle. Jamais je n'aurais été capable de tout laisser derrière moi pour me forger une carrière de championne. J'étais trop faible, pas assez motivée. Après ma blessure, j'aurais pu revenir. Je ne l'ai pas fait.

Elle soupire et serre un peu plus Soline contre elle.

— Ce n'était pas conscient de ma part. J'ai véritablement cru que ma vie avait été foutue en l'air par cette blessure. Quand je regarde Sybille, je me rends compte que je me suis vraiment voilé la face.

Je ne sais pas quoi lui dire. J'ai envie de la réconforter moi aussi, de lui faire comprendre qu'elle ne doit surtout pas ressentir de tristesse, qu'elle doit arrêter de se dévaloriser ainsi. Elle doit sentir mon émoi, car elle pose sa main sur la mienne, comme si elle essayait de me consoler.

— Tu veux me faire un cadeau, Matt ? Le plus beau d'entre tous ?

— Bien sûr !

— Ne m'épargne plus. Sois honnête avec moi, aide-moi à avancer. Je te sais incapable de faire du mal à qui que ce soit, alors dis-moi toujours la vérité maintenant, avec toute la bienveillance que tu peux puiser au fond de toi. Mais ne me porte plus, contente-toi de m'épauler.

Elle a raison. Depuis des années, j'effectue les choses à sa place pour lui éviter de se planter. Tout cela ne peut plus durer…

— Je crois que tu restes près de nous parce que tu as peur que je foire tout si tu t'éloignes.

— Non… Peut-être, avoué-je enfin.

— La claque que j'ai prise aujourd'hui, j'en avais besoin. Je suis en train d'intégrer tout ça, d'accepter la personne que je suis devenue.

Elle m'offre un immense sourire.

— J'ai de grands projets tu sais, il faut que je trouve ma voie, mes qualités. C'est assez excitant quand on y songe, non ?

Je me redresse, recule et m'adosse au mur, les mains dans les poches. Se pourrait-il que depuis des années, je l'empêche de guérir ? Que se montrer trop prévenant n'est pas le cadeau que je me targuais de lui offrir ?

Moi aussi, je me retrouve à devoir repenser ma vie.

— Donc tu n'en veux pas à Sybille ?

— Cette sale conne ? Bien sûr que si. Ce n'est pas parce que j'ai des torts qu'elle doit être absoute. Mais…

Elle réfléchit un moment, me laissant suspendu à ses lèvres.

— Mais je ne peux pas la rendre responsable de tout.

Je regarde l'écran éteint un instant avant d'aborder l'incident d'aujourd'hui.

— Soline aussi s'en est pris plein la tête… Sybille a été infecte avec elle, je suis désolé…

Elle s'écarte de sa fille pour observer son petit minois crispé.

— Raconte-moi, ma chérie.

— J'ai raté mon saut. Sybille n'était pas contente. Mais j'aurais dû faire mieux…

Je souffle en l'entendant plus ou moins justifier les actions de son entraîneur.

— On en a discuté, Soline. Peu importent ses raisons, elle n'avait pas à te parler de cette manière. C'est inacceptable.

— Que t'a-t-elle dit ? demande ma sœur.

Soline hésite à répéter, mais devant l'insistance de sa mère, elle lâche tout.

— Ah… se contente de répondre Clara.

— C'est tout ce que ça t'inspire ?

Je m'attendais à la voir crier au scandale.

— J'ai entendu ce genre « d'encouragements » toute ma jeunesse. Je m'étais d'ailleurs promis que jamais je ne m'adresserais ainsi à un élève. Sybille et moi sommes le produit d'années de maltraitance institutionnelle. Beaucoup l'ont rejetée. Sybille semble résolue à la reprendre à son compte.

— Elle a 27 ans. Le passé n'excuse pas tout.

— Exactement. Mais s'il n'excuse rien, il permet peut-être de comprendre. Elle aussi a peut-être besoin de se replonger dans sa propre histoire.

Nos réflexions sont interrompues par Soline, qui a décidé de nous ramener à des considérations bien plus pragmatiques.

— J'ai faim, maman. On mange quoi ?

— Du gratin de chou-fleur.

Je ris devant l'air dépité qui se peint sur son visage.

— Beurk.

— Tu restes avec nous, tonton ?

— Certainement pas. J'ai l'âge d'échapper au chou, moi ! En revanche, je reprendrais bien un bout de ce gâteau que tu as confectionné hier. Tu peux m'en préparer une tranche à emporter pour ce soir ?

Soline acquiesce et se rend dans la cuisine, moi sur ses talons.

Je m'appuie au plan de travail, les mains toujours dans les poches, répondant à son babillage pendant qu'elle découpe précautionneusement une part énorme de cake à la banane. J'entends Clara qui m'appelle depuis le salon.

— Quoi ? lui demandé-je en passant la tête par la porte.

— Ton téléphone sonne, me dit-elle en le levant dans ma direction. Stéphane.

— Tu peux décrocher et lui dire que je le rappelle tout à l'heure ?

— Tu me prends pour ta secrétaire ?

— Exactement. Et Manon fait toujours ce que je lui ordonne.

Elle me tire la langue, comme elle le faisait souvent dans notre enfance, me rassurant par la même occasion sur son moral. Les événements de ces derniers jours ne semblent pas l'avoir atteinte autant que par le passé. C'est encourageant.

Je reste un peu, occupant l'heure qui suit à discuter avec ma nièce, tentant de rendre le gratin de chou-fleur plus attirant que je ne le trouve en réalité.

Mais j'ai besoin d'être seul pour m'interroger sur ce que je souhaite vraiment.

Je me suis douté tout de suite que ma rencontre avec Sybille allait bouleverser beaucoup de choses.

Je n'avais pas imaginé à quel point.

23

La chute de trop

L'année de mes 5 ans, dans cette même pièce, allongée dans ce même lit, j'avais écrit une lettre au père Noël. En 2002, je n'avais pas commandé de poupée ni de jeu de société, j'avais simplement exigé du vieux bonhomme qu'il me renvoie mon père à la maison *illico presto.* Depuis qu'il nous avait quittées trois mois plus tôt, ma mère pleurait sans discontinuer, me rendant impuissante face à sa douleur. J'étais persuadée de pouvoir régler tout ça. Je désirais la revoir enfin heureuse, pendue au bras de mon solide gaillard de papa. Dans mes rêves, il rentrait, nous disait que tout était arrangé et ne nous laissait plus jamais. Ensuite, il me tendait mon écharpe, mon anorak, allait embrasser maman et on filait faire du vélo au parc, comme tous les mercredis.

Vingt-deux ans plus tard, assise sur ma housse de couette d'adolescente à la gloire de Taylor Swift, un crayon et un verre de vin à la main, je dresse un rapide bilan de ma vie sociale, professionnelle et affective.

J'ignore pourquoi, mais j'ai eu besoin de mettre les choses par écrit, d'opérer un point sur mon moi actuel.

Si je me fie à ce que je viens de rédiger, j'ai vraiment une vie de merde.

Après ma dispute avec Matt, j'ai repensé à une phrase que ma mère avait prononcée quand je suis revenue chez elle.

Sybille Jaffrelot est une grande sportive, mais Sybille tout court, qui est-elle quand elle est loin de la glace ?

La glace. Le patinage. La compétition.

Tout ce qui a rendu mon existence si exaltante. La passion qui, une fois derrière moi, me prive de repères et me fait errer sans but dans l'océan d'une vie sans objectif.

Je suis fâchée avec ma mère, mon petit ami officieux, son exécrable sœur, sa nièce chérie, ma meilleure amie, son connard de mec, mes copines d'enfance, et les dirigeants du club à Paris, aka mes employeurs.

Ce qui nous donne un sacré bilan de fin d'année. Même quand je me plante, je garde un palmarès de championne.

Je ne m'explique pas que tous me détestent. Franchement.

Ou plutôt, pour me montrer plus claire, je ne comprends pas pour quelles raisons ils m'en veulent maintenant. Parce que je n'ai jamais été autrement que celle que je suis actuellement. Mes défauts, mes coups de sang, mon manque d'égard vis-à-vis des sentiments des personnes proches ou non de moi, ça ne date pas d'aujourd'hui. Je sais que je possède un caractère compliqué, que je ne me montre pas tendre face aux imperfections de mon prochain. Je me considérais comme une femme de tempérament. Pas comme une garce imbuvable. Bizarrement, j'ai toujours eu conscience de mes faiblesses, mais je pensais que les gens autour de moi m'aimaient malgré ça.

Que cette facette rêche et pas très flatteuse de ma petite personne faisait partie des meubles.

Apparemment non.

Je souhaiterais en parler avec Sophie. La belle âme de notre duo, c'est elle. Elle adore tout le monde, sans exception.

Avant de changer d'avis, je saisis mon smartphone et trouve le numéro de ma meilleure amie. Au bout de seulement deux sonneries, elle décroche.

Mais ne prononce pas un mot.

Je sais que c'est à moi de lancer les pourparlers, cette fois. Je ne l'ai pas soutenue dans ses choix, elle ne méritait pas ça. Les efforts doivent venir de mon côté.

— Je ne suis qu'une pétasse sans cœur, lancé-je, sans préambule.

— Et ?

— Comment ça « et » ?

— Tu n'es pas qu'une pétasse sans cœur, tu es bien plus que ça. J'écoute.

Je lève les yeux au ciel et tente de trouver l'inspiration.

— Que penses-tu de ça : un être insensible, une amie lamentable ?

Je laisse passer un instant avant de reprendre.

— Je suis désolée, ma Sophie. Je ne comprends absolument pas ton choix, mais ce n'était pas une raison valable pour te parler de cette façon… Tu me pardonnes ?

Papoter au téléphone avec Sophie, dans le décor presque intact de ma chambre d'adolescente, m'envoie brutalement un souffle de nostalgie en plein cœur. Tout me paraissait pourtant si compliqué à l'époque ! Avec le recul offert par l'âge, je saisis maintenant à quel point l'enchaînement sans accroc d'une enfance presque classique avait pu se révéler réconfortant. Même seule, maman avait joué son rôle pour que la vie m'apparaisse simple. Que je ne doute jamais de son amour, de son soutien.

Si je ne bouge pas, je peux quasiment sentir l'odeur des croque-monsieurs du dimanche soir ; entendre les rires enregistrés de la série que nous regardions toutes les deux, chaudement enveloppées dans des plaids tricotés par ses soins. Si je reste immobile, éveillée jusqu'au milieu de la nuit, nul doute que je la surprendrai en train d'entrouvrir ma porte. Elle n'a jamais supporté les pièces fermées, l'idée de ne pas s'endormir au son de mes ronflements la plongeait constamment dans un état proche de la panique.

Et ma Sophie… Ma Sophie qui écoutait toujours mes jérémiades à propos de mes entraînements ratés, sans jamais se plaindre ou me faire remarquer que ses propres tentatives de progression se soldaient régulièrement par de cuisants échecs.

Qu'il est étrange de se dire que tout ce confort et cet amour ont fait de moi une bien piètre amie !

Elle ne répond pas à ma question, mais je sais que ce silence ne vise pas à me faire souffrir. Elle en est bien incapable.

Elle cherche simplement ses mots, s'efforçant de mettre le doigt sur ce qui me ferait comprendre à quel point je la déçois.

— Tu dois grandir, Sybille, finit-elle par lâcher.

Ce n'est pas exactement ce à quoi je m'attendais.

— C'est-à-dire ? Je ne vois pas le rapport avec notre dernière conversation.

— Justement, me répond-elle. Ça n'en était pas une. Tu as agi comme une gamine mécontente parce qu'on lui a piqué sa copine. Tu ne te soucies que de toi. Et ce qui pouvait être acceptable quand nous avions 13 ans ne l'est plus maintenant. La vie, c'est une suite de compromis. Quand en as-tu fait un pour la dernière fois ?

Je repense à Matthieu et à notre baiser sur la glace. Il avait réussi à me donner envie de changer ce jour-là. Mais, je n'ai pas envie de l'intégrer à notre discussion à cet instant. Je me sens incapable de gérer plusieurs problèmes en même temps.

— Je peux faire des compromis, protesté-je. Ce n'est pas parce que je ne le crie pas sur tous les toits que cela n'arrive jamais !

— Je te connais, tu sais. Tu ne sais pas ce que signifie ce mot.

— Il faut que tu m'éclaires.

— Tu ne fais de compromis que si tu es déjà d'accord. Jamais tu n'accepterais un accord qui ne t'avantagerait pas.

Elle ne retient pas ses coups aujourd'hui. A-t-elle raison ? Est-ce que quand Matthieu est venu me trouver, je ne désirais pas, déjà, au fond de moi, lui pardonner ?

À y réfléchir, sans doute. Aurais-je pris le risque de le perdre sur une simple dispute ?

Jamais.

— Je vois ce que tu veux dire, avoué-je. Mais pourquoi me le reprocher maintenant ? Vous espérez tous que je change ? À mon âge ?

— Tous ? Je ne suis donc pas la seule à qui tu as balancé tes remarques, sans filtre ? Pour répondre à ta question, ce trait de caractère fait partie de toi, de ta façon d'être. Mais, pour ma part, je ne comprenais pas que tu puisses te satisfaire de cette vie où tu avances comme un bulldozer qui envoie tout valser sur son passage.

— Je t'ai déçue ?

— Oui.

Aïe.

— Pendant toutes ces années, je pensais être ton soutien moral, ta béquille émotionnelle, celle qui t'aidait à sortir de la coquille dans laquelle ton esprit de compétition t'avait enfermée. Ce n'était pas le cas.

J'étais ton excuse, le pendant positif que tu baladais partout avec toi pour faire oublier ton refus d'évoluer. La coquille a peut-être toujours été trop dure, il est sans doute impossible de la briser.

— Excuse-moi. Vraiment.

— Je veux bien t'excuser, mais qu'est-ce que cela change ?

Pour la première fois, je comprends que je risque de perdre sa précieuse amitié.

— Tu m'en veux réellement, murmuré-je.

— Oui. C'est étrange pour moi aussi. Tu me connais, ça finira sûrement par passer. Mais pas tout de suite. Pas quand je suis parfaitement heureuse. Tu n'ignores pas que ce n'est pas arrivé si souvent dans ma vie. Je n'ai pas envie de te préférer à tout le reste cette fois.

Silence.

— Ma mère se tape un petit jeune.

Ne me demandez pas pourquoi j'ai lancé ça. Certainement pour la faire changer de voie, éloigner l'opprobre de ma propre personne. Pour lui proposer de viser ma daronne à ma place. J'ai parfaitement conscience que la démarche se discute, mais la fin justifie les moyens.

— Que veux-tu que je te dise ?

— Il a vingt ans de moins qu'elle, Sophie !

— Au risque de me répéter : et alors ? Tu sais que je t'imagine à merveille faire pareil un jour ? L'irrévérence a le droit de changer de camp, tu ne possèdes pas le monopole de l'audace. Quand tu vis ailleurs, quand tu gères ta propre existence loin de nous, tu te fiches de la manière dont nous menons notre barque. Pourquoi devrions-nous modifier nos façons d'être chaque fois que tu reviens parmi nous ?

Ouille.

— Je te laisse, finit-elle par me dire.

Elle raccroche.

Je pose mon verre et m'enroule dans la couette. Je m'endors les larmes aux yeux.

Le lendemain, je quitte mon lit les paupières encore gonflées. Je décide de prendre ma matinée pour souffler avant d'aller au boulot.

Les propos de Sophie font leur petit bout de chemin en moi, éclairent un peu la voie que je dois suivre pour m'aider à comprendre ce qu'on attend de moi.

Pour commencer, je veux présenter mes excuses à Soline. J'ai passé mes nerfs sur elle hier, et ce n'était pas correct de ma part. Il faut effectivement que je fasse quelques efforts de ce côté. La gamine est mignonne, on peut repartir du bon pied. En revanche, j'ai du mal à avaler les paroles de Matt. Nous ne voyons pas le monde de la même façon ! Je ne le condamne pas – ou, en tout cas, j'essaye de ne pas le faire – de penser que dans la vie on peut tout régler à coups de bienveillance et de tapes dans le dos. Là où je m'aperçois que je suis déjà très attachée à lui, c'est que ce que je considère comme une fragilité inacceptable chez les autres se transforme en force tranquille chez lui. Il n'a pas besoin d'agressivité pour faire preuve de charisme. Sa compréhension, son empathie ne le rendent pas fade à mes yeux pour autant.

Il n'empêche qu'il doit intégrer que, pour certains, cet entraînement à la dure est indispensable. Si on m'avait écoutée, cajolée, confortée dans mes certitudes, si on ne m'avait jamais challengée, je sais que je n'aurais jamais pu parvenir au niveau qui a été le mien.

Ses mots m'ont piquée à vif, ils m'ont fait douter de moi. Je n'aime pas ça.

Je parcours à pied la distance qui me sépare de la patinoire et, quand j'arrive, le mouvement d'un gyrophare attire immédiatement mon attention.

J'entre en courant dans le bâtiment, inquiète de ce qui a pu s'y dérouler. Je repère Bérénice en pleine conversation avec un pompier, et me rue vers elle.

— Qu'est-ce qui se passe ?

— C'est Soline, elle a fait une mauvaise chute.

Un vertige me prend en entendant le nom de la fillette. Dans ce sport, on peut se faire très mal à cause d'un simple glissement. Difficile de bien se rattraper, surtout quand on est aussi inexpérimentée qu'elle…

— Elle va bien ? m'inquiété-je. Où est-elle tombée ?

Je vois ma collègue lever le bras pour me désigner un point près de la barrière du fond.

— Elle faisait une pirouette là-bas, pendant la séance publique. À côté de la ligne bleue.

Sérieusement ?

— Bérénice. Je te demande sur quelle partie de son corps elle s'est blessée !

— Ah… Avoue que ça prêtait à confusion ! Elle est arrivée à l'ouverture pour s'entraîner. Elle était toute seule. Un *free styler* l'a heurtée de plein fouet.

— Bérénice ! Dis-moi si c'est grave !

— Je crois qu'elle a la jambe cassée. Elle est tombée en arrière pendant qu'elle faisait une pirouette assise. Elle a cogné la barrière avec la tête, mais pas de gros bobo.

J'ai un vertige quand je comprends qu'elle est revenue pour s'entraîner à passer la pirouette que je lui avais demandé de réaliser au gala. Elle n'a pas laissé tomber et s'est remise seule au boulot parce que j'ai refusé de lui offrir un peu de temps supplémentaire pour faire ses preuves.

C'est à cause de moi si elle trouvait là, ce matin.

— C'est Clara qui l'a amenée ?

— Elle est venue toute seule. On a tous tellement l'habitude de la voir traîner autour de la piste qu'on ne lui a rien demandé. Matt venait d'arriver pour s'assurer qu'elle était bien ici quand l'accident s'est produit. La gamine est sortie sans prévenir sa mère. Il est avec elle dans le camion.

Je me retourne en direction de l'entrée et l'aperçois à travers la porte vitrée. Il penche la tête au-dessus du brancard sur lequel Soline est allongée, et lui caresse tendrement les cheveux. Je vois qu'il lui parle. Le connaissant, il doit lui murmurer des mots apaisants, réconfortants.

Contrairement à moi, qui n'ai réussi, hier, qu'à lui donner envie de prendre des risques.

Matthieu doit sentir le poids de mon regard, car il lève les yeux vers moi. On s'observe et j'essaye d'un haussement d'épaules de lui montrer à quel point je déplore ce qui s'est passé.

Que je comprends maintenant qu'un acte sans importance pour certains peut entraîner des catastrophes en série.

Que j'aimerais qu'il me dise comment devenir meilleure.

Qu'il me dise que ce n'est pas grave, qu'on va trouver une solution. Ensemble.

Mais il détourne les yeux.

Et, pour une fois, peut-être la première fois de ma vie, je sens peser sur moi le poids des regrets.

Le faux pas de trop, aucun doute, c'est moi qui l'ai fait.

24

La fuite en avant

J'ai passé l'après-midi sur YouTube.

Je contemple Sybille au firmament. Quand seule la compétition comptait. Gagner. Écraser les autres. Les faire se sentir nuls face à elle. Les humilier parce qu'ils ne sont pas à son niveau. Je l'observe attentivement montrer au monde les résultats d'une discipline de fer, à l'époque où elle s'entraînait des heures par jour pour remporter un bout de métal qui lui permettrait de clamer au petit milieu pourri de son sport de prédilection que oui, bien entendu, c'est elle la meilleure.

Pour finir, elle a peu changé.

Le sport de haut niveau vous démolit ou vous dote d'une confiance en vous inébranlable. C'est en tout cas l'impression que j'ai.

Il a foutu ma sœur à terre et donné à Sybille de quoi lui marcher dessus.

Je ne parviens toujours pas à faire le lien entre ma Sissi et la gorgone qui maltraite les gosses. Je n'arrive pas à me remettre de cette claque qui m'a été assenée lorsque je l'ai entendue parler à Soline.

J'ignore ce que je fais, planté devant ma télé depuis des heures. Bon, si j'arrête de me mentir deux minutes, la réponse me vient plutôt vite : je cherche une excuse à lui offrir. Tout me satisferait, même une simple justification, n'importe quoi qui m'expliquerait qu'une femme de 27 ans ne pige pas qu'on ne s'adresse pas avec mépris aux enfants. OK, c'est comme ça qu'on l'a « dressée », je saisis qu'elle n'est que le fruit des agissements de ceux qui ont créé la championne qu'elle est devenue. Au fond de moi, j'oscille entre la compréhension et la colère.

Comment peut-elle ne jamais songer aux conséquences de ses actes ? Tout le monde ne réfléchit pas en termes de performance, elle doit l'avoir appris depuis le temps, non ? Je commence à me demander si elle sait s'accorder un moment de plaisir sans qu'il y ait une arrière-pensée de réussite ou de prestige.

Quand Clara m'a dit que Soline était sortie sans prévenir, j'ai d'abord paniqué. Après avoir fait le tour des maisons des parents de l'école, j'ai pensé à la patinoire. J'espérais qu'elle y avait peut-être rejoint une copine. L'inquiétude me monopolisait tellement l'esprit que je n'ai pas songé une seconde qu'elle avait eu l'envie de reprendre l'entraînement seule. Il faut que je bosse sur ma naïveté. En travaillant quotidiennement avec des jeunes, je devrais être davantage capable d'entrer dans leurs cerveaux si immatures… Soline était si obnubilée par le fait d'impressionner Sybille qu'elle a manqué de la prudence la plus élémentaire : regarder autour d'elle. Le gamin fonçait à toute vitesse, elle était sur son passage. J'en ai encore des palpitations à l'idée que c'est la tête de ma nièce qui aurait pu se fracasser sur la glace.

Sybille m'a envoyé un unique message.

Pardon.

L'image de la fille que j'ai croisée dans un bar me semble tellement éloignée de ce que j'ai vu hier. On joue tous un rôle au début d'une relation, on se présente sous son meilleur jour. Elle est une formidable actrice, car elle a réussi à me subjuguer en cachant ses pires travers. Revenir en arrière est impossible, et de toute façon, je ne sais pas si je souhaite oublier cette image d'elle en train d'humilier une gamine.

Elle a appelé Clara pour avoir des nouvelles et faire amende honorable quant à son attitude. Elle a été prise de court. Elle a écouté, sans prononcer un mot, avant de raccrocher.

— Voilà, j'espère que tu comprends mieux mes sentiments à son égard, m'a simplement dit ma sœur.

Je me rends compte que je m'attendais à ce qu'elle change à mon contact. Prétentieusement, j'imaginais exercer une influence positive sur elle. Tout comme elle avait commencé à affecter mes propres choix de vie. Grâce à elle, je comprends enfin que le compromis ne résout pas tout, qu'exprimer mon opinion clairement ne fait pas forcément de moi une personne insensible.

Que j'ai le droit de décider, de refuser.

De penser d'abord à moi.

Et en guise de célébration pour cette découverte de moi-même, ma toute nouvelle confiance en moi se trouve déjà mise à l'épreuve. Je dois déterminer si je souhaite garder Sybille dans ma vie ou pas.

Je relance une vidéo que j'ai visionnée plusieurs fois. Il s'agit de la toute première compétition de Sybille. Elle est tombée sur chaque saut, a perdu des points sur chaque rotation, chaque pas. Mais ce n'est pas ça qui m'intéresse. Ce que je veux voir, c'est son regard quand elle se relève. J'essaye de trouver ce qui la motive, ce qui la constitue au point que la défaite soit inacceptable pour elle. Bêtement, je me dis que si j'arrive à comprendre, à saisir de quoi est composée cette étincelle au fond de ses yeux, je saurai quoi lui dire.

Mon téléphone vibre sur la table, je me penche pour lire qui ose me déranger pendant que je ne fais strictement rien d'intéressant.

Stéphane.

Je mets la vidéo en pause et décroche.

— Allô ? Steph ?

— Ça va ? Je peux te demander un truc ?

— Je t'écoute.

— Tu veux bien me donner le numéro de ta sœur ?

— C'est une blague ? Aurait-on fait un bond de dix ans en arrière sans que je m'en rende compte ?

— T'emballe pas, je dois juste lui donner une recette de cuisine, rien de bien méchant. La dernière fois qu'on s'est parlé, c'est Clara qui a décroché. On a un peu papoté, rien d'autre.

Effectivement, pendant que je me trouvais avec ma nièce, elle a pris l'appel pour moi. Je n'avais pas pensé qu'ils avaient eu le temps de discuter.

— Je crains que ce ne soit pas une bonne idée. Clara a vécu des événements compliqués ces temps-ci, et je ne doute pas une seconde que tu vas essayer de la draguer…

Stéphane souffle dans le micro du téléphone.

— Il va falloir que tu apprennes à foutre la paix aux gens, Matt. Ta sœur est une grande fille, elle n'a pas besoin d'un gardien collé à ses basques pour gérer sa vie. Je lui tire mon chapeau de te supporter et surtout de continuer à t'aimer autant. Tu l'infantilises en permanence !

Je m'apprête à rétorquer avant de me rendre compte que ce qu'il dit est parfaitement juste. Elle me l'a elle-même demandé. Je dois apprendre à la lâcher. Je dois accepter de ne plus gérer à sa place les aspects les plus compliqués de sa vie. Je dois m'autoriser à avoir peur pour elle, mais seulement de loin. Je dois la laisser se planter et se relever.

Dur.

— Au fait, percuté-je d'un coup, comment connais-tu les sentiments de ma sœur à mon égard ?

Ils n'ont parlé que cinq minutes. Ou peut-être pas…

— Occupe-toi de tes fesses. File-moi le numéro et retourne à ta vie. On se voit toujours le 31 ? Avec ta petite copine ?

Il a dit « petite copine » comme un grand-père qui pose des questions à son petit-fils de 14 ans.

— Je serai seul, finalement.

— Ah. Désolée. Ça arrive.

Stéphane est fraîchement divorcé et son ex-femme, une castratrice de première, l'a laissé brisé quand elle s'est barrée. Il n'avait pas prévu qu'elle filerait avec le représentant en vin avec qui elle le trompait depuis belle lurette. Il n'avait absolument rien vu se profiler. Elle lui a déclaré que tout était de sa faute. Sa faute à lui, bien sûr. Comment lui reprocher de chercher de l'affection ailleurs lorsqu'on est à ce point négligée par son mari ? Tout ça pour expliquer que Steph manque souvent d'empathie quand il s'agit de consoler un pote pendant un chagrin d'amour. Il ne possède plus assez d'énergie pour les autres.

— Mais j'y pense, tu es en vacances ? me lance-t-il soudainement. Ça te dirait de venir ? Ma demande est parfaitement intéressée, pour être honnête. Il me manque un serveur et je rêve d'un coup de main. Je t'offre mon canapé, des bières, et une oreille attentive si je suis d'humeur.

Partir dès ce soir pour me sortir de cette spirale infernale. Est-ce la solution ? La pensée qu'il s'agit d'une fuite m'effleure, mais si je reste, je vais finir par l'appeler. Et je suis incapable de savoir si c'est une bonne ou une mauvaise chose. Sybille me donne l'impression de me comporter comme un vieux con intransigeant, doublé d'un mec sans personnalité, impuissant à refuser quoi que ce soit à qui que ce soit.

Bizarrement, j'ai le sentiment qu'effectivement, ils cohabitent en moi. Et ces deux gars qui se partagent mon cerveau embrumé m'empêchent de gagner en confiance.

— Carrément, m'entends-je répondre. Je ne m'étais pas rendu compte à quel point j'avais besoin de partir avant que tu me le proposes. J'arrive.

— Super. Et envoie-moi le numéro avant de te mettre en route.

— Tu ne vas pas déconner avec Clara ?

— Ça ne te regarde pas.

— Non, mais…

— Numéro, Matt. À tout à l'heure.

Il raccroche.

Je demande la permission à Clara, histoire de savoir si elle est d'accord pour que je transmette ses coordonnées.

Stéphane demande ton numéro. C'est OK pour toi ?

La réponse ne tarde pas.

OK.

Je me force à ne pas réclamer d'explications supplémentaires.

Je pars quelques jours. Besoin de souffler. Tu te débrouilleras avec Soline ?

Elle me répond par un smiley exaspéré.

Tu as recontacté la gorgone ?

Mes doigts cherchent d'eux-mêmes la fiche de Sybille dans mon téléphone. Je la préviens ou pas ?

Non. Ce n'est pas à moi d'arrondir les angles.

J'hésite encore.

Les mots qui suivent ne me surprennent pas.

J'espère que tu ne vas pas prendre la mauvaise décision.

Moi aussi. Le tout est de savoir lequel de mes choix sera le bon.

J'éteins mon téléphone et le glisse dans ma poche. Je ressens un besoin immense de me vider la tête, de penser à autre chose.

Deux heures plus tard, je suis à Grenoble, vautré dans ce mémorable canapé où j'ai dormi avec elle pour la première fois. Stéphane est face à moi, et me tend une bière.

— On fête ton retour chez les losers. Je trinque aux femmes de nos vies, toujours là pour nous rappeler qu'on n'est jamais à la hauteur !

Cette tirade désabusée ressemble tant à Stéphane qu'un sourire m'échappe. Le visage de Sybille assise au comptoir me revient et je suis pris de nostalgie.

Au temps pour la fuite.

25

Le premier pas

Je me sens minable quand je franchis les portes vitrées de la patinoire le lendemain matin.

Matthieu ne m'a pas répondu, ce qui ne m'a pas franchement étonnée. J'aurais tellement aimé être plus éloquente que le simple mot que je lui ai adressé, mais j'avais beau me creuser la tête, impossible de trouver quelque chose d'assez fort pour qualifier mon état d'esprit.

Je pense finalement comprendre ce que Clara me reproche depuis toujours. Il a fallu que la leçon prenne l'apparence d'une adorable gamine pour que je prenne enfin conscience que mes actes ont des conséquences. Je me suis souvent dit, pour ne pas expérimenter les affres de la culpabilité, que mes concurrentes avaient le même âge que moi et que leur choix de se frotter à la compétition me dédouanait de toute responsabilité.

Soline méritait autre chose que ma condescendance face à ses efforts.

Soline n'était pas assez mûre pour avoir du recul.

Tout comme Clara était trop fragile pour supporter la pression.

Force est de constater que j'ai toujours été trop égocentrique et méprisante pour me poser les bonnes questions.

Cette gifle me réveille. Je vois la vie autrement aujourd'hui.

La première personne que j'aperçois en arrivant est Soline. Assise dans les gradins, sa jambe plâtrée en équilibre sur une barrière, elle assiste à l'entraînement de ses camarades en arborant un air maussade. Mon premier réflexe est de me diriger vers elle, mais je me fais la réflexion qu'il faut que je parle à sa mère avant. Comme Clara n'est pas visible, je prends le chemin des vestiaires où elle doit sûrement se trouver. Elle est bien là, dos à moi, occupée à trier des voiles de couleurs destinés à un des numéros du spectacle. J'ai le cœur serré à la pensée de la discussion tendue qui m'attend.

— Clara ? Je peux te parler une minute ?

Elle se crispe en entendant ma voix. Elle finit par se retourner et me contemple froidement.

— Je me demandais si tu aurais le courage de revenir ici.

— Je me suis vraiment mal comportée…

Elle m'arrête d'un geste.

— Pas maintenant. J'en suis encore à me retenir de le gifler pour ce que tu as infligé à ma fille. On a du boulot, je préférerais en discuter après.

— Tu me permettras de présenter mes excuses à Soline ?

Elle baisse les yeux et lâche un soupir.

— Elle veut te parler. Je ne l'empêcherai pas.

Je hoche la tête et sors du vestiaire pour rejoindre la piste. Bérénice est en train de placer les enfants pour le final. Elle est tout sourire et me fait signe quand j'arrive.

— Tu ne te chausses pas ? me demande-t-elle en constatant que j'ai toujours mes bottes aux pieds.

— Je vais gérer depuis le bord, ça te dérange ?

— Pas du tout. Qu'est-ce qu'on fait pour Soline ? m'interroge-t-elle en désignant la fillette derrière moi.

— Qu'est-ce que tu veux dire ? Elle ne sera pas guérie dans trois jours, impossible pour elle de participer au gala.

Je me rends compte que mon ton est sec quand je lui réponds, mais elle ne semble pas s'en formaliser.

— Bien entendu, mais en quoi ça nous empêche de l'intégrer au spectacle ? J'y ai réfléchi toute la soirée, je crois avoir trouvé une solution. Tiens, Clara arrive, on va lui demander ce qu'elle en pense.

Cette dernière nous rejoint et s'accoude à la barrière, sans m'accorder un regard. Bérénice, comme à son habitude, ne comprend pas que l'ambiance est tendue entre nous.

— Clara, j'ai eu une idée pour permettre à Soline de participer au spectacle. On pourrait mettre le traîneau qui se trouve dans notre vestiaire sur le côté de la piste pour qu'elle s'y installe ? Il est assez grand pour cacher son plâtre et si on reprend le costume que tu lui avais cousu pour la fête de l'école, elle fera un lutin absolument adorable. Je me disais que, si elle s'en sent le courage, elle pourrait annoncer les numéros ? J'en ai touché deux mots à Didier du service technique de la mairie, il peut nous monter un projecteur qui pointera dans sa direction. Si elle remplace l'une d'entre nous, il n'y aura pas de différence sur la liste que nous avons fournie à la sono, ça ne nous demandera pas plus de temps de préparation. Comme ça, nous resterons dans les coulisses pour aider les enfants ! Une paire de bras supplémentaire ne sera pas de trop… Qu'est-ce que vous en pensez ?

Je ne sais pas quoi dire. Pour moi, Soline était devenue inutile au numéro à partir du moment où elle ne pouvait pas enfiler ses patins. Bérénice a songé au groupe comme à une équipe et s'est creusé la tête pour donner à la fillette un nouveau rôle à tenir. Je n'aurais jamais pensé à le faire. Le collectif, ce mot est tellement abstrait en ce qui me concerne… Je me tourne vers Clara qui a les larmes aux yeux.

— C'est une idée lumineuse, Bérénice ! C'est adorable de ta part. Je suis certaine qu'elle sera ravie de jouer ce rôle !

— Tu crois qu'elle serait capable d'apprendre les textes de lancement ? J'ai déjà commencé à y réfléchir, ça ne devrait pas être trop compliqué.

— Tu as vraiment pensé à tout, je suis impressionnée, lui dit-elle en lui saisissant la main pour la serrer chaleureusement.

Bérénice, cette fille que j'ai constamment jugée incompétente et naïve, rougit modestement de ce compliment sincère. Elle n'ajoute rien. Ce qu'elle a organisé sans rien en dire à personne, elle ne l'a pas fait pour briller. Sa propre réussite n'est rien par rapport à celle des enfants.

Je comprends à ce moment-là que je ne suis pas faite pour ce job. Ma collègue sans médailles, sans notoriété, sans ambition l'est, elle, parfaitement. Je pense que je viens d'apprendre ce qu'est l'humilité. Je décide qu'une fois le gala terminé, j'annoncerai que je me retire. Je ne veux pas prendre le risque qu'on me retienne à cause de mon palmarès.

— C'est une idée formidable. Je te laisse nous guider pour les préparatifs, il est évident que tu as tout en tête.

Et c'est effectivement le cas. Je suis persuadée qu'elle a passé des heures, seule chez elle, à peaufiner les moindres détails de ce que j'ai toujours considéré comme un événement sans grande importance.

On travaille sous sa houlette durant les heures qui suivent, respectant sans mot dire ses recommandations. Le fait de savoir qu'on lui fait confiance semble lui réussir. Elle rayonne de fierté. La voir si épanouie me fait m'enfoncer encore un peu plus dans la mélancolie. Le spectacle a lieu dans trois jours. Après ça, je n'ai plus de projet. Retour à la case départ.

Je devrais sous peu recevoir la lettre de licenciement venant de mon club parisien pour abandon de poste. Je vais devoir rendre mon appartement.

Si Matthieu ne me répond pas, je ne sais même pas si je pourrai rester chez ma mère, dans ce bourg où je pourrai le croiser au supermarché, au détour du rayon farine.

Quand l'heure du déjeuner arrive, Bérénice nous quitte, me laissant seule avec Clara. C'est elle qui prend l'initiative de lancer la discussion.

— Je tiens à te remercier, Sybille. Je pense que si tu n'étais pas revenue mettre le bazar dans mon existence, je n'aurais jamais pu guérir de toi.

Je ne dis rien, sentant qu'elle n'a pas terminé son sermon. Je lui dois bien mon silence.

— Je t'ai crainte toute ma vie. Je t'ai attribué mes déconvenues, à tort. Parce que tu as toujours eu raison à ce sujet, je n'étais pas taillée pour ça. C'est seulement maintenant que j'ose me l'avouer. Je crois que je te dois un remerciement pour ça. Faire face à mes échecs m'a permis de grandir.

Comme ce n'est absolument pas le moment de lâcher un « de rien », je garde le silence.

— Tu sais pourquoi je peux te parler comme je le fais en ce moment ? continue-t-elle. Parce qu'en fait, tu es tout aussi paumée que moi. Les fantômes des médailles que je n'ai pas gagnées ne me hantent plus. Toi, tu les as eues, et tu te retrouves, pour finir, au même niveau que moi. Tu te rends compte qu'on postule à un poste que ni toi ni moi n'aurons ?

Elle me surprend. Envisage-t-elle également de renoncer ? Je me décide à prendre la parole pour vider mon sac.

— Tu as raison. Je suis sincèrement désolée de ce qui s'est passé avec Soline. Je crois… Je crois que je comprends maintenant ce que tu me reprochais. Et je m'en veux de l'avoir saisi après avoir poussé ta fille à commettre une bêtise.

— Pour moi, ça ne change rien. Ton repentir arrive trop tard. Je ne peux pas te considérer autrement que comme une princesse insensible, imperméable aux sentiments des gens qui l'entourent.

Aïe. Ça fait mal.

— Mais, continue-t-elle, Soline a besoin d'entendre tes excuses pour passer à autre chose. C'est pour ça que je ne t'empêcherai pas d'aller lui parler.

— Je te remercie.

Elle lève les yeux au ciel, signe qu'elle se fiche bien de ma reconnaissance. Je pousse quand même ma chance en abordant le sujet de son frère. Peut-être pourra-t-elle m'en apprendre plus sur son état d'esprit.

— Je sais que Matthieu m'en veut aussi.

— Effectivement.

— Est-ce qu'il doit venir aujourd'hui ? tenté-je, maladroitement.

Elle me regarde, les sourcils froncés, une moue moqueuse sur le visage. Je sens que sa réponse ne va pas me plaire.

— Je te conseille de ne pas trop t'attarder ici, tu perdrais ton temps. Il est parti hier soir, justement pour ne plus avoir à te croiser.

— Oh…

— Bravo, Sybille, tu as réussi à te mettre toute la famille à dos. Je t'avais déjà prévenue que Matt était loyal, n'espère pas trop son pardon, ce qui tu as fait à Soline, il ne l'oubliera pas.

Elle a raison. Bien sûr qu'elle a raison. Jamais il ne pourra reléguer la scène qu'il a surprise avec Soline dans le passé. Je sens mes yeux s'embuer, signe avant-coureur d'une grosse crise de larmes.

Je ne dis rien et pars rejoindre Soline dans les gradins. La fillette est plus encline au pardon que sa mère et paraît passer l'éponge assez facilement.

— Je sais que tu ne le feras plus, me dit-elle naturellement. Tu n'es pas méchante, c'est juste que tu n'as jamais eu l'habitude d'être gentille.

Une vraie leçon de vie, courte, mais salutaire.

Quand je redescends les marches qui me ramènent en bord de piste, j'y retrouve Bérénice occupée à vérifier que les guirlandes qui orneront les tee-shirts des enfants pendant le numéro que j'ai mis au point s'allument bien. Elle regarde chaque LED, chaque pile, pour être certaine que, le jour « J », tout sera bien en place. Encore une fois, je ne peux m'empêcher d'admirer son implication.

— Ce n'est pas à toi de vérifier que tout est OK pour mon numéro, lui dis-je gentiment. J'aurais pu le faire demain en arrivant.

— Ça ne me dérange pas. J'aime partir d'ici en me disant que tout est prêt.

Pendant qu'elle me parle, elle continue sa tâche, le sourire aux lèvres.

— Je pense que tu vas obtenir le poste d'entraîneur. Tu es celle qui possède le plus d'aptitudes pour réussir.

Elle lève la tête pour m'observer.

— Je sais.

Sa réponse me laisse sans voix. Aucune trace de prétention ou de condescendance dans son intonation.

— J'ai conscience que mon expérience ne fait pas le poids face à ton palmarès. Mais ce job, ce n'est pas une question de compétition. Tu t'en es rendu compte depuis. Je me trompe ?

— Tu as raison. Je suis désolée de ne pas t'avoir prise au sérieux. Jusqu'à aujourd'hui, terminé-je. Tu m'as impressionnée par ton professionnalisme.

Elle rougit en entendant le compliment.

— Je vais avoir ce job, car tu n'en veux pas vraiment. À tes yeux, devenir entraîneur est la suite logique de tes années de compétition. C'est la même chose pour Clara, sauf que pour elle, c'est l'occasion d'obtenir sa revanche. Aucune d'entre vous ne souhaite le décrocher pour de bonnes raisons. La seule chose qu'il faut prendre en compte, ce sont les enfants. Admets qu'ils ne sont pas en haut de ta liste de priorités.

L'entendre énoncer cette vérité m'agace. Une fois encore, j'ai le sentiment d'être jugée pour mon caractère, pour ce qui constitue la personne que je suis. L'envie de pleurer revient. Bérénice le voit, car elle lâche tout pour m'enlacer. Je déteste ce genre de démonstration de la part de quasi-inconnus, mais je me dis que ce n'est pas le jour pour faire la fine bouche quand quelqu'un souhaite m'aider.

Je la laisse m'entourer. Elle a une énergie positive qui me rappelle celle qui émane de ma Sophie. J'éclate en sanglots.

— Oh, je suis désolée ! s'exclame Bérénice. Je me suis trompée ? J'étais certaine que tu ne voulais pas vraiment de ce poste !

— Tu as raison et c'est ça qui me fait pleurer. Tu viens de dire à voix haute quelque chose que je refusais d'admettre. Bien sûr que je ne suis pas faite pour ça… Mais qu'est-ce que je dois faire alors ?

— Qui a décrété qu'il fallait forcément faire quelque chose ? Tu es majeure et autonome, qu'est-ce qui t'empêche de rêver ? Aucune compétition en vue, pas de contraintes ! Sybille, tu es libre d'essayer quelque chose et de changer d'avis après. Profite !

Je renifle et m'écarte d'elle.

— C'est plus facile à dire qu'à faire, répliqué-je piteusement.

— Tu as eu assez de cran pour encaisser des années de privation, d'entraînements difficiles… Tu as su utiliser tes victoires pour avancer, mais tu as également réussi à apprendre de tes échecs pour progresser. Tu as peur de sortir du rang, Sissi. Mais n'oublie pas que c'est seulement le premier pas qui coûte.

J'étais minable en arrivant, je suis K.-O. en repartant. Il a fallu que je me prenne une leçon de la part d'une personne que je considérais comme nettement inférieure à moi pour enfin saisir le sens de toutes les épreuves de ces dernières semaines : ma vie doit changer.

Quand je rentre à la maison plus tôt que prévu, je découvre qu'une voiture est garée dans l'allée. Je jette un rapide coup d'œil à la fenêtre et constate que le fameux Yves est assis dans le salon, une tasse de café à la main.

J'hésite.

Soit je les laisse, respectant ainsi l'intimité de ma mère, soit j'entre et je fais le premier pas en avant dans ma nouvelle vie. Je m'accorde une grande inspiration avant de pousser la porte. Quand elle m'aperçoit, le regard de ma mère se voile.

Merde, j'ai vraiment été très con avec elle.

Je m'approche du canapé et tends la main.

Il a l'air gentil, Yves. Il a le physique sec des marathoniens, musclé, mais sans carrure impressionnante. Il a un début de calvitie, des lunettes cerclées de métal et de petites ridules au coin des yeux indiquant qu'il doit souvent rire. Je comprends ce que ma mère lui trouve. Yves paraît réconfortant.

— Bonjour, vous devez être Yves. Je suis Sybille. Ravie de faire votre connaissance.

Le voilà, le premier pas.

Ce n'était pas si terrible.

26

Assiettes sales et bons conseils

Stéphane m'a collé à la plonge.

Il a peur que je fasse fuir les clients avec ma mine de bouledogue. Sauf qu'être tout seul face aux gamelles sales n'est rien d'autre qu'un encouragement à l'introspection. Je ressasse en permanence les mêmes questions et les réponses varient en fonction du moment.

Par exemple, il y a une heure, quand je remplissais le lave-vaisselle industriel avec les assiettes des entrées, je pensais vraiment avoir pris la bonne décision en quittant mes problèmes sur un coup de tête. Rester n'aurait rien permis d'autre que creuser davantage le trou bien entamé depuis quelques semaines.

Il y a trente minutes, pendant que je passais les casseroles au jet, je réalisais qu'en partant, j'avais laissé Soline seule avec sa tristesse parce qu'elle ne pouvait plus participer à ce gala qu'elle attendait tant. Cette prise de conscience m'avait fait retirer mes gants pour envoyer un message d'encouragement à destination de Clara, comprenant un gros câlin à ma nièce de ma part. Ma sœur m'avait répondu en me rassurant quant à l'état d'esprit de sa fille, une astuce ayant été trouvée pour lui permettre d'y prendre part.

Je n'avais pas posé de question quant à la fameuse solution.

Là, pendant que je range les plaques à pâtisserie, je suis en train de rejouer mentalement ma dispute avec Sissi. Est-ce que je mérite les reproches qu'elle m'a adressés ? Franchement, le portrait qu'elle a dressé de moi n'était pas des plus flatteurs. Elle a voulu appuyer là où ça faisait mal et a trouvé mon point sensible. Est-ce que je suis aussi consensuel qu'elle le pense ?

Le simple fait que je me pose la question en dit long sur mon caractère. Sybille m'a donné le sentiment d'être faible.

Ça m'a vexé.

J'essuie mes mains avec le torchon qui pend à ma ceinture, et pousse la porte qui mène au restaurant. Le service est terminé depuis vingt minutes, il ne reste que trois couples en train de finir leur café. Je rejoins Stéphane derrière le bar et ouvre un frigo pour attraper une bouteille d'eau gazeuse.

Il ne m'a pas interrogé sur les raisons qui m'ont fait accourir à Grenoble du jour au lendemain. Je le connais, il attend que ça vienne de moi.

— Est-ce que tu me trouves faible ?

Il se fige, la main au-dessus de la caisse. Il me regarde, étonné, et me répond en reprenant le décompte de l'addition, là où il s'était arrêté.

— C'est une question étrange, Matt. Du genre que je ne m'attends pas à avoir de la part d'un pote. Qu'est-ce que tu veux que je te dise précisément ?

— Je crois que Sybille me trouve faible. Qu'elle pense que je manque de caractère, de consistance.

— Si elle t'a effectivement dit ça, je ne comprends pas pourquoi tu la regrettes… J'ai trop souvent entendu ce genre de paroles à l'époque où j'étais marié à Mélissa et tu sais ce que ça a donné. Fuis tant qu'il est temps, voilà mon conseil.

— Ce ne sont pas ses mots exacts, mais en gros ça voulait dire ça…

Il me fait signe de patienter le temps qu'il tape l'addition d'un couple qui attend au bar. J'attends pendant qu'il leur fait un brin de causette, agacé de le voir si désinvolte face à mes problèmes existentiels.

Il revient enfin et prend à son tour une bouteille d'eau qu'il vide d'un trait.

— Raconte-moi ce qu'elle t'a dit, continue-t-il.

Un couple se lève pour payer, ce qui décale encore une fois le moment de répondre. Stéphane est dans son élément ici. Il adore œuvrer dans sa cuisine, mais quand vient l'instant de se retrouver face aux personnes qu'il a régalées de ses plats typiques de son Sud-Ouest natal, en bon natif de Bayonne qu'il est, sa jovialité reprend le dessus. Avenant, souriant, il trouve toujours le mot pour rire, la petite phrase qui leur donnera envie de revenir. Ça me fait mal pour lui qu'il ait justement si peu de clients en ce moment. Il a déjà tellement perdu à la suite de son divorce, ce serait le coup de grâce de devoir renoncer à son rêve.

Les deux derniers clients, constatant que le restaurant se vide, terminent leurs cafés et se lèvent à leur tour pour payer. Quand Stéphane baisse enfin le rideau, nous prenons nos verres pour rejoindre un canapé.

— Je t'écoute, finit-il par me déclarer, une fois installé.

— Tu me trouves consensuel ? Du genre à ne jamais dire non à personne ?

Je suis horrifié en le voyant hésiter.

— Vas-y, prends ton temps pour répondre !

— C'est surtout que je suis étonné que tu me poses la question. Bien sûr que tu n'aimes pas déplaire. C'est en quelque sorte ton rôle dans le groupe. Je suis râleur, Nico, dragueur. Toi, tu es celui qui arrondit les angles parce qu'il déteste le conflit. On a toujours besoin d'un type comme toi dans une bande pour ne pas s'entretuer. C'est plus ou moins ainsi que tu as agi depuis qu'on se connaît. Tu es le mec fédérateur qui cherche des solutions pour que tout le monde aille bien.

— Tu viens de me donner la définition du parfait fonctionnaire… Même au fond de moi, je suis donc le gars qui bosse pour l'administration, à peu près aussi intéressant et glamour qu'une escalope de poulet à la cantine.

— Tout à fait. Sauf pour la fin de ta phrase, bien évidemment. Pourquoi ai-je l'intuition que ce n'est pas ce que tu désirais entendre ?

— Tu te rends compte que vous me donnez le sentiment d'être chiant comme la pluie ?

— Elle t'a également critiqué à ce sujet ?

Je ne te reproche pas d'être ainsi. J'avais même l'impression qu'on se complétait assez bien dans nos manquements...

— Non… Non, pas du tout. Elle m'a surtout blâmé de ne pas prendre de risque. De n'être d'accord que quand je ne risque pas de me planter.

— C'est plutôt juste. Tu as toujours fait en sorte de ne pas avoir à te planter. Tu as choisi une voie logique pour toi et depuis tu suis la route tracée depuis le début. Ce n'est pas grave, si c'est ça qui te convient. Tu es un mec fiable, loyal.

— Chiant.

— Pas du tout. Franchement, je vais m'arrêter là parce que quoi que je dise, tu le prends mal.

Je m'enfonce dans le canapé, le regard dans le vide. Au lieu de rabrouer Sissi, j'aurais peut-être dû la remercier de m'avoir sorti du trou de médiocrité dans lequel je vis apparemment depuis toujours. J'ai soudain besoin de confier à Stéphane tout ce que sa présence déclenche chez moi.

— Quand je ne suis pas avec elle, j'ai l'impression de ne servir à rien. D'être un gars lambda sans grandes qualités ou défauts rédhibitoires. Chaque fois qu'elle posait les yeux sur moi, je savais que je valais quelque chose… Je l'aidais à se trouver, à ne pas monter en pression. Je pensais que rire d'elle, avec elle, était ce que j'avais de mieux à faire pour lui prouver mon affection. Et ça fonctionnait plutôt bien.

— Dans ce cas, pourquoi es-tu assis toujours sur mon canapé en ce moment ?

— Parce que je n'ai pas été à la hauteur quand elle a mal agi. Parce que lui pardonner est inenvisageable si je m'en tiens à mes principes.

— Qui sont ?

— Protéger ceux que j'aime, les soutenir quand ils sont en difficulté. Être celui sur qui on peut compter, quoi qu'il advienne. Clara et Soline ont besoin de moi.

— Tu as oublié quelque chose d'important.

— Quoi ?

— Ta Sissi… Tu l'aimes aussi, ça crève les yeux. Tous ces grands principes, tu aurais dû les lui offrir sur un plateau. Elle y a également droit. Peut-être même plus que les autres. C'est intenable de vivre une relation dans laquelle on sait ne jamais avoir droit à l'erreur. Tu viens de lui donner l'impression que ton affection peut s'évaporer au moindre problème entre vous. Je vais me montrer franc avec toi… Tu as décidé de protéger la mauvaise personne. Tu infantilises ta sœur, tu assures auprès de ta nièce le rôle du père qu'elle n'a jamais connu et à côté de ça tu refuses d'absoudre la seule personne qui t'a choisi pour ce que tu es, sans essayer de te changer. Oui, elle a déconné. Mais toi aussi. On ne peut pas avancer dans l'existence sans prendre de décisions difficiles. Tu sais quoi ? On doit tous le faire et ce n'est pas si terrible que ça.

Il a tellement raison. J'espère qu'il n'est pas trop tard pour rattraper le coup.

— Depuis quand es-tu devenu si sage ? lui demandé-je. Tout ceci ne te ressemble pas…

— Tu n'es pas le seul à vouloir évoluer.

Je sors mon téléphone et le rallume. Aucun message de Sissi.

— Je devrais l'appeler.

— Tu devrais surtout ramper et implorer son pardon. Avant de provoquer une bonne engueulade avec elle pour mettre les choses au clair.

— J'irai la voir demain… Le spectacle a eu lieu aujourd'hui, ce soir c'est le réveillon de Noël, j'espère que la magie des fêtes la rendra plus sensible à ma cause…

Stéphane se lève pour finir de ranger la salle.

— Tu es un mec génial, Matt. Arrête d'en douter, tu mérites amplement de trouver le bonheur.

Je souhaite juste qu'il ne soit pas trop tard et que Sissi pense la même chose.

— Tu vois ta sœur à ce dîner ? glisse-t-il en passant.

— Bien sûr. Nos parents viennent pour l'occasion. Ils arrivent en fin de journée.

— Tu embrasseras la jolie Clara pour moi ?

— Hors de question. Il faudra que tu lui demandes d'abord si elle est d'accord.

— Je crois en mon charme ravageur.

— Tente plutôt la liste au père Noël.

— T'es un sacré blaireau, tu le sais ? Allez, va faire ton sac. Joyeux Noël, mec.

27

Mea culpa et dolce vita

Le spectacle avait tenu toutes ses promesses. Bien sûr, c'était moins élaboré que ce que je mettais en scène il y a encore quelques semaines, moins clinquant, mais j'ai aimé le côté authentique de l'exercice. Savoir que l'enjeu se trouvait désormais ailleurs pour moi m'a libérée. J'ai été ravie pour Bérénice, et j'en ai été la première surprise. J'ai vu ça comme un nouveau pas en avant. Soline a joué son rôle à merveille, enthousiaste à l'idée d'être la « madame Loyale » de la soirée. Nous sommes le 24 décembre, ce soir je fête Noël avec ma mère, et demain je rentre à Paris.

Je dois démissionner de mon job proprement et trouver un moyen de rebondir vers une autre vie.

J'ai tout fait foirer ici, je compte sur mon nouveau moi pour apprendre de mes erreurs. Même s'il est certain que tout ne se fera pas en un jour. Il y a beaucoup d'aspects de ma vie que je dois désormais regarder en face.

Quand le gala s'était terminé, j'avais annoncé à Bérénice et Clara que je ne souhaitais plus obtenir le poste et que je partirai dès le lendemain.

— Tu as des projets ? m'avait demandé Bérénice.

— Aucun. Mais ce n'est pas grave, l'avais-je rassurée. C'est même assez excitant de chercher une nouvelle vocation.

Clara s'était contentée de hocher la tête.

Je ne m'étais pas attardée. Après tout, nous n'avions jamais été amies toutes les trois.

Quand je rentre, ma mère m'accueille, tout sourire. Mon geste envers Yves lui a mis les larmes aux yeux. C'est fou ce qu'une simple poignée de main peut changer.

— Tu ne pouvais pas me faire de plus beau cadeau, m'avait-t-elle avoué, la voix enrouée par l'émotion.

— Tu ne devrais pas dire ça, avais-je murmuré, gênée. Être polie avec ton ami ne devrait pas être considéré comme un exploit…

— Sans doute.

J'ai à peine le temps de retirer mes bottes qu'elle se précipite pour me serrer contre elle. Elle s'écarte pour m'observer, soudainement soucieuse.

— Que t'arrive-t-il ? Je suis ravie que tu t'ouvres enfin aux sentiments des autres, mais une telle tristesse se dégage de toi ma puce…

— J'ai rencontré quelqu'un. Et j'ai tout fait foirer.

— En es-tu certaine ? Parfois, on fait une montagne d'une taupinière…

— Je t'assure que je suis on ne peut plus sûre de ce que j'affirme. Et je ne peux même pas lui en vouloir. Depuis le début de mon séjour ici, tu cherches à me guider sur une voie plus sensée, plus sage, plus épanouissante. La vérité, c'est que mes certitudes ont eu raison de moi. Je me retrouve à 27 ans, un soir de Noël, sans travail, bientôt sans logement et avec absolument aucune idée de ce qui m'attend.

— Et le patinage ?

Mon regard se pose sur la photo de mon père sur la cheminée. Le cadre est installé au milieu des guirlandes lumineuses, éclairant délicatement l'éternel sourire figé de ses 40 ans.

— Tu sais que, pendant longtemps, j'ai eu l'impression d'honorer papa en patinant ? Comme c'était avec lui que j'avais découvert ce sport, je me disais qu'il approuverait totalement mon implication, mon envie de progresser.

— Ma chérie, je ne veux pas casser ton rêve, mais ton père n'était pas un homme de paillettes.

— Je n'en doute pas, acquiescé-je dans un sourire. Patiner me donnait l'impression de garder un lien avec lui, malgré tout… Je pensais que je continuais seule quelque chose qui avait débuté à deux.

— Je comprends parfaitement ce que tu entends par là… T'élever a été ma mission de solitude… Tout comme dans ton exemple, ça aurait dû se faire en équipe. J'éprouve une grande fierté d'être parvenue à faire de toi la femme que tu es devenue aujourd'hui, même si ton père m'a manqué chaque seconde de chaque journée depuis sa mort. Tu sais, c'est pour ça qu'Yves revêt tant d'importance pour moi, car vois-tu, il accepte que ton père reste l'éternel homme de ma vie. Il me prend avec mon passé, mes névroses, mes contradictions. Il ne me reproche jamais rien.

— Il a l'air d'être un type bien.

— C'est le cas. Et celui qui t'a brisé le cœur ? Est-ce quelqu'un de bien ?

Matthieu. Sa timidité, sa sincérité, sa capacité à découvrir le meilleur chez n'importe qui… Oui, il rentre lui aussi dans cette catégorie. Il est formidable, adorable, intelligent, cultivé, et porte des lunettes sexy. Comment avais-je pu ne pas davantage prendre soin d'un tel trésor ? J'ai l'impression que je n'en croiserai pas un autre comme ça de sitôt.

— Il est encore mieux que ça, lui dis-je simplement.

— Pourquoi ne l'appelles-tu pas ?

— Je… Je l'ai déçu. Si je l'appelle, j'ai peur de recommencer à mal me comporter, un jour. Car lui, il finira par me pardonner, j'en ai conscience. C'est dans sa nature… S'il oublie trop aisément, je crains de ne pas ressentir le besoin de faire le travail nécessaire pour m'améliorer.

— Pourquoi ?

— Parce qu'il faut que je comprenne pourquoi j'agis toujours de cette manière et que je découvre une façon de changer. Et pour ça, que j'y réfléchisse sans pression…

Maman ne voit rien à redire.

On mange sur la table basse, sans faire de manière, et j'ai enfin le droit d'attaquer l'énorme dinde de Noël pendant que maman savoure ses légumes. On termine la soirée de Noël, toutes deux serrées l'une contre l'autre dans le canapé, à regarder des bêtises à la télé. Mes yeux se portent sur les coupes qui garnissent l'étagère juste au-dessus de celle-ci. À une époque, maman y disposait toutes celles que je gagnais, mais au bout de quelques années, ça a pris trop de place. Pour finir, elle n'y a mis que les plus prestigieuses, ce qui occupe déjà une bonne partie du mur.

— Tu devrais les retirer, lui dis-je en les désignant du doigt. Elles ne signifient plus grand-chose…

— Pas pour moi. Je n'ai pas toujours pu t'accompagner et ça a été un regret… Quand tu les ramenais, j'éprouvais une telle fierté ! Je t'enviais aussi de voyager autant… Laquelle de toutes ces villes as-tu préféré visiter ?

Elle me prend de court. Je me lève pour lire les plaques apposées sur chacune des coupes.

Montréal, Tokyo, Oslo, Turin, Pékin, Boston, Milan… Si je me souviens de chacune des patinoires, les localités en elles-mêmes ne m'évoquent rien. Je n'ai jamais eu le temps de les parcourir, de flâner dans leurs rues. C'est peut-être ça la voie que je dois suivre. Un retour en arrière, reprendre à zéro.

— Tu connais Milan, maman ?

— Absolument pas. Il paraît que c'est une ville magnifique.

— Tu partirais la visiter avec moi ?

Elle s'illumine à cette proposition.

— Mais bien sûr ! Je peux sans doute prévoir ça… Un voyage juste toutes les deux, j'aime tellement cette idée ! Quand ?

— Demain. On peut y aller en voiture, non ? Ce n'est pas si loin, Milan.

Elle me contemple comme si j'avais perdu la tête. Je ressens l'urgence de concrétiser cette pensée folle qui ne me quitte plus.

— Demain, nous roulerons en direction Milan. J'ai envie de commencer mon périple avec toi. Après, je partirai pour…

Je parcours l'étagère du regard avant de poser le doigt sur le socle de bois d'une des coupes.

— La Suisse. Je veux reprendre tout ce que j'ai raté. J'ai un compte avec mes gains, que je destinais à l'achat d'un appartement… Je vais utiliser cet argent pour me construire une nouvelle vie. Qu'en penses-tu ?

Elle a les yeux brillants.

— J'en pense que je dois préparer ma valise.

Elle tape ensuite dans ses mains comme une gamine excitée. Un sourire pur, chaleureux, éclaire son visage.

— Milan à Noël. C'est une jolie façon de finir l'année.

Elle me quitte pour faire ses bagages, et j'en profite pour prendre mon courage à deux mains et réaliser la dernière tâche de ma liste.

Sophie.

Je ne peux pas rester fâchée avec elle. Elle représente une part essentielle de mon existence depuis si longtemps… Je me rends compte que j'ai considéré sa présence à mes côtés comme un dû. Pour qu'elle accepte de me pardonner, il n'y a qu'un moyen. J'attrape mon téléphone et lance l'appel.

— Sybille ? me répond une voix surprise.

— Bonsoir, Hugo.

Un silence s'installe. Je comprends sans difficulté le fait qu'il ne sache pas quoi me dire.

— Je souhaitais te demander pardon. Je suis désolée si mon attitude t'a causé des soucis dans ta relation avec Sophie. J'ai eu une très mauvaise réaction et j'espère que tu me pardonneras.

Il se passe encore quelques secondes avant qu'il reprenne la parole.

— Je t'avoue que je suis… enfin que nous sommes surpris de ton appel.

Il se tait. On n'a jamais vraiment discuté, lui et moi. Une conversation téléphonique n'est pas idéale pour commencer.

— Je sais… Je te remercie d'avoir décroché, tu n'étais pas obligé de le faire. Je voulais juste que tu saches que j'ai compris pas mal de choses dernièrement et que je sais que j'ai merdé avec elle. Elle ne méritait pas un tel mépris de ma part. Et toi non plus, par la même occasion. Donc, voilà, je trouvais important de te le dire. Je ne vais pas vous déranger plus longtemps. Passez un joyeux Noël et embrasse Sophie pour moi, ajouté-je en dernier lieu.

— Je n'y manquerai pas.

— Et n'oublie pas que si tu lui fais du mal, je te casse les genoux. Je ne plaisante pas.

Il rit doucement.

— Ne t'inquiète pas, je n'ai jamais pris une seule de tes paroles à la légère.

Je raccroche, et quelques secondes plus tard, mon téléphone vibre.

Merci. Joyeux Noël, ma Sissi. Je t'aime.

Telle que je la connais, ma Sophie doit être en train de pleurer dans les bras de son chevalier servant.

L'idée d'appeler Matt m'effleure. Si seulement je parvenais à surmonter ma honte… J'ai des années de manque d'empathie à surpasser, et pas le début d'une piste pour commencer ce travail sur moi-même.

Lorsque je saurai ce que je peux lui apporter, je reviendrai vers lui. Quand je pourrai enfin le regarder et lui dire « j'ai déconné, mais ça n'arrivera plus jamais ». Je souhaite faire en sorte que plus jamais il ne doute de moi.

Bientôt, j'espère.

Ma mère revient dans la pièce, son portable à la main.

— Je ne trouve pas mon chargeur… Je voulais prévenir Yves que je serai absente quelques jours. Tu me prêtes le tien ?

— Il n'est pas compatible avec ton modèle. Prends mon téléphone à la place.

Je me lève et déverrouille l'écran avant de le lui donner.

— Je prépare le dessert pendant que tu appelles ?

— Vas-y, je n'en ai pas pour longtemps.

Un projet loin du patinage. Voilà ce dont j'avais besoin. Le sourire de ma mère me met du baume au cœur. Ça fait du bien de rendre les gens heureux.

28

Les joies de la famille

— Et tu sais ce qu'elle me dit ? Tu ne devineras jamais. Tiens-toi bien, elle me sort « tant qu'on n'a pas eu de cancer, on n'a pas son mot à dire ». Tu te rends compte ? Je peux te garantir que je ne suis pas près de la rappeler. Tiens, passe-moi le saumon, Roger. Non, Roger, pas le foie gras, le saumon. Tu sais bien que je ne digère plus le foie gras depuis des années ! De quoi je parlais déjà ? Ah oui, Solange. Donc sous prétexte que son mari a eu un cancer de la peau, on n'a plus le droit d'aller chez le dermatologue ! D'ailleurs, Matthieu, tu as fait vérifier tes grains de beauté cette année ?

Entendre prononcer mon prénom me sort de la torpeur dans laquelle la litanie de ma mère m'avait plongé. Depuis des années, je l'écoute à moitié quand elle s'adresse à moi. D'ailleurs, je choisis toujours le moment de l'appeler avec soin. Il faut que je sois seul pour mettre le haut-parleur. Une fois la conversation lancée, je peux vaquer à mes occupations en lâchant simplement un grognement de temps à autre pour confirmer ma présence au bout du fil.

Elle peut disserter pendant des heures à propos de gens que je ne connais ni d'Ève ni d'Adam, sans jamais se rendre compte que je me trouve au bord de la saturation.

Il m'arrive de me demander si je vais devenir aussi chiant que mes parents en vieillissant, virer comme mon père, cet être qui ne révèle sa vraie personnalité qu'en dehors du foyer conjugal. Ma mère est persuadée qu'il a arrêté la cigarette il y a quinze ans. Hier soir encore, je l'ai surpris en bas de l'immeuble de Clara en train de fumer une clope avant de dormir.

— Bah bravo, lui avais-je dit. Tu n'as pas l'impression de te comporter comme un gosse ?

— Ce que ta mère ne sait pas ne la fait pas souffrir. Alors, tu as intérêt à garder ton clapet fermé.

Pourtant, je suis heureux de retrouver mes parents. Depuis qu'ils ont déménagé, je me rends compte qu'ils me manquent. Et quand ils reviennent, j'ai hâte qu'ils me manquent de nouveau.

— Non, maman, dis-je en retournant au présent, je ne suis pas allé voir le dermato cette année. Je n'ai pas eu le temps, il faut des mois pour avoir un rendez-vous.

— Ton grand-père est décédé à 48 ans d'un cancer de la peau.

Clara, qui était partie couper du pain, interrompt l'annonce de ma mort prématurée dès son arrivée dans la salle à manger.

— Maman, c'est Noël. Merci de trouver des sujets de conversation plus gais, je te prie…

— On ne peut plus rien dire…

— On doit facilement pouvoir éviter d'aborder les maladies graves et autres joyeusetés du genre, non ? Vous avez eu des nouvelles de Lætitia ? demande-t-elle en faisant habilement dévier la discussion. On ne s'est pas téléphoné depuis au moins un mois.

— Pas moi, admets-je. C'est vrai que maintenant que j'y pense, elle ne m'a pas donné signe de vie depuis des lustres.

— Tu ne lui en as pas donné non plus, me lance Clara. C'est toujours nous qui devons t'appeler… Si on ne te sollicitait pas, tu resterais solitaire, dans ton trou, à longueur d'année.

— C'est le privilège d'être le seul garçon.

À l'instant même où je lui réponds, je me fais la réflexion que Clara en me disant ça, ne prend pas du tout en compte les efforts que j'ai faits pour elle depuis plusieurs années. Je suis revenu ici pour la soutenir, je m'occupe de Soline dès que je peux… Repensant au fait que je dois arrêter de m'écraser, que je dois me montrer moins consensuel, je me redresse pour rétorquer.

— Il me semble que pour un ermite, tu peux quand même t'appuyer sur moi régulièrement…

— Je n'ai pas dit le contraire, me répond-elle en levant les yeux au ciel.

— J'ai bien l'impression que si… Tu laisses sous-entendre que je me fiche de tout le monde.

— Bon, ne commencez pas à vous disputer tous les deux, intervient ma mère. Je sens que ça va dégénérer.

— Mais pas du tout, maman. Matthieu est contrarié en ce moment, ça le met de mauvaise humeur.

Elle se lève et empile les assiettes qui ont servi pour l'entrée pour les rapporter à la cuisine. Je la suis avec les restes de plats que j'emballe machinalement tout en la fusillant du regard.

— Je suis contrarié ? finis-je par lancer. Tu m'attaques sans raison et c'est moi qui suis contrarié ?

— Ne dis pas le contraire. Tu n'écoutes rien, tu arbores ta tête des mauvais jours. Pas besoin de pousser plus loin pour voir que tu n'as pas envie de te trouver ici. C'est Noël, fais un effort.

— J'en fais tout le temps, des efforts.

— On sait bien qu'on te doit tout… Saint Matthieu… Que deviendrait-on sans toi ?

Je tique en l'entendant m'appeler ainsi. *Saint Matthieu de la consensualité.*

Ça fait deux fois que l'on m'affuble d'un surnom de ce genre…

— Qu'est-ce que tu insinues ?

— Tu as envie qu'on s'engueule le soir de Noël ? Qu'est-ce qui te prend ?

— Ça veut dire quoi, *saint Matthieu ?*

Elle souffle et accroche le torchon qu'elle utilisait à la ceinture de son tablier. Elle positionne les mains sur ses hanches et me regarde, exaspérée. C'est fou ce qu'elle ressemble à ma mère. Je lui dirais bien pour l'énerver un peu plus.

— Tu veux que je te le dises ? Ça veut dire que je ne suis pas une cause à sauver. Je sais bien que tu es revenu par ici à cause de moi et je t'en remercie ! Vraiment ! Mais ne minimise pas mon rôle dans cette famille sous prétexte que j'ai fait preuve d'une grande fragilité à une période de ma vie.

— Pas si lointaine que ça, lui rappelé-je, un peu sournoisement.

— Tu vois ? Tu recommences. Tu sais pourquoi tu ne prends pas la peine de passer un coup de fil à notre sœur ?

— Je t'en prie, éclaire-moi.

— Parce qu'elle va bien. Tu ne t'inquiètes pas pour elle, elle n'a pas besoin d'être sauvée. En revanche, à la minute où tout se cassera la gueule pour elle, je ne doute pas que tu achèteras ton billet d'avion pour aller la soutenir.

Je lève les bras dans un geste d'exaspération. Comment parvient-elle à donner un côté entièrement négatif au moindre de mes actes, réel ou imaginaire ?

— Franchement, je suis sans voix…

Sentant que je suis vexé, elle me prend la main.

— Tu es formidable, Matt. Mais j'ai souvent le sentiment que t'occuper des problèmes des autres est une manière de te trouver des excuses pour ne pas vivre ta propre vie. Tu m'as aidée à me remettre en selle, mais je vais bien maintenant. Saint Matthieu, ça te convient parfaitement. Tu dédies ton existence à surveiller ta famille pour l'empêcher de plonger. Sybille était sans doute une autre de tes missions. Je suis certaine que tu pensais pouvoir la rendre meilleure, l'adoucir.

Touché.

— Mais certaines personnes ne changent jamais. Je crois que tu t'en es rendu compte, non ?

— Ça ne te regarde pas.

— C'est vrai. Et c'est une bonne chose. Moi aussi, je suis en train de construire mon propre jardin secret. Je trouve ça formidable.

Elle rougit. Un petit sourire naît sur son visage à l'évocation de cette partie de sa vie qu'elle garde volontairement cachée. Une idée me vient soudainement.

— Ne me dis pas que Stéphane a quelque chose à voir avec ça ?

— Ça ne te regarde pas, me renvoie-t-elle malicieusement.

La voix de ma mère nous rappelle que nous sommes toujours à table et que le plat principal se fait attendre. J'ouvre le four pour en sortir la dinde que je place dans une assiette de présentation.

Je suis agacé, car Clara a visé assez juste. Est-ce que je souffre du syndrome du « sauveur » ? Je ne me suis jamais vu sous cet angle, mais c'est assez peu flatteur. Est-ce que j'ai sélectionné Sissi comme on choisit une mission humanitaire ? Très vite, je me rends compte que non. Parce que je n'avais pas l'ambition de la métamorphoser en une espèce de poupée parfaite pour moi. Elle me plaisait telle qu'elle était. Tout ce qu'elle a changé pour s'adapter à moi, c'est elle qui l'a décidé. Prendre conscience de ça me donne encore plus envie de la retrouver.

Clara retourne dans la salle à manger, mais je m'attarde un peu et repose le plat brûlant sur le plan de travail. Sortant mon téléphone de ma poche, je bloque une minute sur l'écran noir, hésitant quant aux mots à écrire.

Je me lance avant de renoncer. C'est difficile de trouver la formulation qui reflétera au mieux ce que j'ai sur le cœur.

La vie sans toi est beaucoup moins belle. Je n'ai pas envie d'essayer de m'y habituer. Tu crois qu'on peut s'efforcer d'arranger les choses ?

C'est un peu fleur bleue, mais c'est exactement ce que je ressens. J'attends de voir si la réponse arrive, mais le message n'a même pas été distribué. Elle a dû éteindre son portable.

Je retourne à table, où la discussion a dévié sur les ambitions professionnelles de Clara. Je reprends ma place à côté de Soline et saisis la purée de châtaignes pour me servir.

— Si c'est ce qui te rend heureuse ma chérie, fonce !

— Qu'est-ce qui te rend heureuse ? demandé-je pour rattraper la conversation en cours.

— J'ai renoncé au poste à la patinoire.

Splash.

Une cuillerée de purée vient de s'écraser à côté de mon assiette.

— Je te demande pardon ? Il y a deux semaines, tu pleurais de désespoir dans ton lit à l'idée de ne pas l'avoir et pour finir tu abandonnes ?

— Les détails ne sont pas nécessaires, Matthieu.

Ma mère tapote la main de Clara.

— Nous n'avons pas besoin de ton frère pour savoir que tu chouines facilement, pupuce.

Clara ouvre la bouche, outrée, ce qui provoque un ricanement narquois de ma part.

— Et Matthieu, je me permets de te dire que tout le monde a le droit de faire ses choix, au moment où il en ressent la nécessité. Tu as largement bénéficié de ce principe par le passé, ce qui te retire le privilège de te moquer de ta sœur.

Me voilà muet à mon tour.

Soline intervient pour la première fois dans la conversation.

— J'aime bien Bérénice, on s'amuse toujours avec elle.

— Elle a obtenu le poste ? demande ma mère.

Clara opine du chef, ce qui achève de me déstabiliser.

— Ce n'est pas Sybille qui l'a eu ?

— Elle a renoncé, elle aussi, se contente de dire ma sœur.

Mes parents se tournent vers Soline pour continuer de parler de ses activités extrascolaires. Je regarde Clara, avide d'en apprendre plus sur Sissi, mais elle me chuchote que ce n'est plus le moment. J'ai envie d'insister, mais elle me calme.

— C'est Noël. Est-ce qu'on peut accorder un peu d'attention à Soline au lieu de régler nos comptes ?

Elle a raison. Je jette un dernier coup d'œil à mon téléphone et constate que Sybille n'a toujours pas répondu. Je le range et concentre enfin mon intention sur ma famille.

J'aime bien ces réveillons qui cochent toutes les cases du formalisme des fins d'année : la dinde, la bûche, les cadeaux… Comme prévu, j'enchaîne les verres de vin et capitule, sans même me battre, face au digestif proposé par mon père.

À l'approche de minuit, j'ai oublié pas mal des problèmes qui m'occupaient l'esprit. Je me ressers une coupe de champagne et m'affale dans le canapé, bientôt rejoint par Clara qui vient de coucher Soline.

— Elle est contente de ses cadeaux ?

— Comment ne pas l'être ? me répond-elle. Depuis que Lætitia a déménagé, vous gâtez beaucoup trop ma fille…

— Comment peut-on trop gâter un enfant ? l'interrogé-je. Certains de mes élèves ne trouveront rien sous le sapin ce soir… Ils devraient tous en avoir autant que ma nièce, ça fait partie des plaisirs de l'enfance. Et toi aussi, tu devrais être choyée !

— Tu es tellement gentil quand tu es soûl.

— Prends un verre, c'est miraculeux comme remède.

Elle rit et m'ébouriffe les cheveux.

— Excuse-moi de m'être montrée si dure avec toi…

— Tu avais raison. Alors, tu as laissé tomber le boulot qui te faisait tant rêver ?

— Je le voulais pour de mauvais motifs.

— Qu'est-ce que tu vas faire ?

— Je vais bosser au magasin de sport du centre. C'est provisoire, précise-t-elle. Mais j'avoue que ça me soulage de pouvoir prendre le temps de réfléchir.

Pour une fois, elle paraît sûre d'elle. Je n'ajoute rien, elle gère. Je ne peux cependant pas m'empêcher de poser la question qui me taraude depuis tout à l'heure.

— Et Sybille ? Je sais que tu ne souhaites pas en entendre parler, mais tu peux me dire pourquoi elle a renoncé ?

— Elle nous a appris vouloir quitter la ville. Peut-être retourner à Paris.

Je me redresse et renverse mon verre.

— Quoi ? Pourquoi ne m'a-t-elle rien dit ?

— Parce que tu étais parti.

— Comment l'a-t-elle su ? Je suis juste parti quelques jours, j'ai toujours eu l'intention de revenir…

Le silence qui s'installe n'augure rien de bon.

— Clara ?

— Tu t'es sauvé parce que tu ne voulais plus la voir, non ? C'est ce que je lui ai dit.

— Mais pourquoi ? Je sais que tu la détestes, mais pourquoi lui raconter des mensonges ?

— Des mensonges ? En quoi en était-ce un ? Vous vous êtes disputés et tu t'es sauvé au lieu de chercher à arranger les choses. À quel moment aurais-je dû comprendre que tu avais envie de reprendre ta relation avec elle ? Je reste persuadée que cette fille est une garce. Certes, elle n'est pas le monstre dont je gardais le souvenir, mais ce n'est pas pour autant quelqu'un de bien. Pourquoi désirerais-tu continuer à la voir ? Explique-moi.

Ça me fait mal de me dévoiler devant une personne qui déteste autant Sybille, mais j'ai besoin qu'elle l'entende.

— Parce que je l'aime. Aussi imparfaite soit-elle, c'est avec elle que je veux passer ma vie. Parce que moi aussi, je suis parfaitement imparfait pour elle. Ce n'est ni logique ni sensé. Mais c'est ma décision.

Je n'ai pas envie de débattre avec ma sœur de mes choix de vie. Remarquant que je me tais, elle se lève pour rejoindre sa chambre, non sans m'avoir embrassé sur le haut du crâne.

Resté seul, je prends mon portable pour la supplier de me voir avant de partir. Peu importe l'heure, l'alcool me donne assez de culot pour la déranger sans scrupule.

Je déverrouille l'écran et constate qu'un message de Sybille m'attend depuis des heures. Après une grande inspiration, je l'ouvre et ce que je découvre me surprend au-delà des mots.

29

Le miracle de Noël

Je prends la direction que ma mère m'indique.

— Tu es sûre de toi ? C'est par là ?

— Absolument certaine.

La route a été déneigée, mais les flocons qui tombent depuis l'aube m'empêchent d'y voir à cinquante mètres.

— Rappelle-moi pourquoi nous devons nous rendre chez ton amie ? Avec ce temps, c'est un plaisir…

— Ma veste n'est pas assez chaude. Dominique possède un magasin de vêtements de sports, elle est passée dans sa boutique ce matin pour m'en prêter une plus adaptée.

— Milan, ce n'est pas la haute montagne, celle que tu portes aurait été parfaite pour notre séjour.

— Laisse-moi en décider, me rétorque-t-elle sans plus de précisions.

Nous continuons notre route bon gré mal gré. Au moins, ce n'est qu'un léger détour puisque le chemin que nous empruntons nous mènera jusqu'au col qui permet de passer la frontière.

— Yves a bien pris que tu le quittes pour quelques jours ? demandé-je à ma mère.

Ça fait partie de mes bonnes résolutions de Noël. M'intéresser davantage à la vie des autres, maman se trouvant bien sûr en tête de liste.

— Que veux-tu qu'il me dise ! proteste-t-elle. Yves n'est pas mon père, à mon âge je me passe d'autorisation ! Oh, c'est par ici, tourne à droite !

La route mène à une minuscule église typique de nos montagnes. En pierres grises, elle possède un clocher et un petit toit chapeauté d'une croix rustique. Une célébration de Noël est en cours et quand j'ouvre la portière, la puissance des chants du chœur traverse les vitraux et me parvient avec force. Je ne crois pas en Dieu, mais se retrouver dans cet endroit presque désert, recouvert de neige en ce matin de Noël m'émeut.

— C'est une église, maman.

— Oui, je sais.

Le bruit d'une autre voiture détourne mon attention, et j'ai la surprise de voir Yves se diriger vers nous. Un instant je me dis qu'il refuse que ma mère me suive, mais le sourire qu'il m'adresse m'indique qu'il n'est pas fâché.

— Je ne viens pas avec toi, ma puce, m'annonce ma mère en le rejoignant.

— Je... Je ne comprends pas ! Pourquoi ? Tu semblais tellement heureuse hier !

— Nous partirons toutes les deux, ma chérie. Bientôt.

— Tu me laisses aller seule à Milan ? Quel beau cadeau de Noël !

— Si tu le souhaites, je te propose ma compagnie, me répond une voix qui me met aussitôt les larmes aux yeux.

Matt.

Il émerge du second véhicule et paraît hésiter à me rejoindre.

— Mais… Mais qu'est-ce que tu fais là ?

— Devine…

Je glousse en entendant sa réponse. Ce simple mot me permet de comprendre que tout n'est pas fichu entre nous. Ma mère s'approche et m'enlace.

— J'ai eu une petite conversation avec Matthieu hier soir. Tu ne devrais pas prêter ton téléphone aussi aisément, ma chérie, j'ai profité de ta gentillesse pour régler tes comptes à ta place… Avec la complicité d'Yves, il a été très facile de te préparer une surprise. Certes, il n'a pas de traîneau…

— Ni de gros ventre, intervient-il.

Je ris de bon cœur avec lui, et ma mère lui lance un coup d'œil attendri.

— Comme je le disais avant d'être interrompue, il n'a pas de traîneau, mais il a joué au père Noël en t'amenant ce que tu désirais vraiment.

Elle m'embrasse et me quitte pour rejoindre Yves.

— Je compte sur toi pour me donner des nouvelles.

Elle m'envoie un baiser de la main et prend place sur le siège passager. Je les regarde disparaître au loin avant de me tourner vers Matthieu. Il attend que je décide de son sort, son sac de voyage aux pieds.

— Comment vas-tu rentrer si je préfère partir seule ?

— J'avoue que je n'ai jamais été fan d'auto-stop. Surtout par ce temps, grimace-t-il.

— Pourquoi es-tu venu ici ?

Il s'approche et prend mon visage entre ses mains. Les paumes sont chaudes et contrastent avec ses doigts gelés. Son regard me transperce, grave, sérieux.

Sincère.

— J'en ai assez des barrières. Je dois trouver le courage de mener ma vie comme je l'entends, de résister aux pressions, familiales entre autres… Mon choix, c'est toi. Je t'aime, Sybille. Je me fiche de ton passé, des histoires de compétition, de rivalité… Tout ce que je sais, c'est que ces quelques semaines avec toi m'ont rendu plus heureux que jamais. Alors, ce que je te propose, c'est de faire de moi ton allié, ton compagnon de route. Je t'aime, répète-t-il doucement. Choisis-moi. Choisis-nous.

Il craint la décision que je vais prendre. Je le vois dans son regard, il a peur que je le rejette. Je refuse d'être cette personne qui peut lui faire regretter d'éprouver des sentiments si forts pour quelqu'un.

— Et combien de temps as-tu à m'accorder ?

— Toute la vie, si tu veux, mais on va commencer par une semaine, car il faudra que je retourne au boulot.

Il se gratte la tête, gêné.

— J'avoue que ça ne fait pas très sexy de parler boutique au milieu d'une déclaration.

J'éclate de rire. Ça lui ressemble tellement. Matthieu, si sérieux et loyal, ne laissera jamais rien en plan. Moi y compris. Je m'approche de lui pour coller mon corps au sien.

— Une semaine devrait suffire à visiter Milan. Moi aussi, je t'aime. On aura tout le temps pour concevoir d'autres projets plus tard.

Je termine à peine ma phrase que les cloches se mettent à sonner. Les portes de l'église s'ouvrent, déversant le flot des paroissiens sur le parvis. Leurs yeux s'écarquillent en nous découvrant enlacés, seuls au milieu des flocons qui tourbillonnent dans le vent.

— On devrait y aller, me propose Matthieu en entrelaçant nos doigts.

— À Milan ?

— Ou ailleurs. Je ne te quitte plus cette fois.

Épilogue

Un an plus tard

— Franchement, tu y mets tellement de mauvaise volonté que ça en devient risible.

— C’est une réflexion mesquine. Regarde l’état de mes genoux et redis-moi que je n’essaye pas ? Je n’y peux rien, je ne comprends pas le principe du croisé arrière. Comment peut-on croiser les jambes pour reculer ? C’est parfaitement illogique.

Je me relève péniblement en refusant sa main tendue et retrouve mon équilibre après de multiples moulinets des bras. Je sais que ça lui fait plaisir que je teste son sport préféré. Elle n’avait pas reposé les pieds sur une patinoire depuis un an. Une année salutaire qui lui avait permis de comprendre qu’arrêter définitivement était inenvisageable. Les sensations provoquées par le patinage lui auraient trop manqué. Le panorama grandiose d’un lac autrichien nous avait semblé idéal pour fêter ce premier anniversaire ensemble.

Je la vois se diriger vers le banc situé sur le talus pour y prendre mon sac à dos. Elle revient et pêche à l'intérieur la bouteille de champagne et les verres en carton qu'on y a mis avant de partir.

— Je te laisse l'ouvrir, lui précisé-je. Hors de question que je bouge d'un pouce. Rien qu'en remuant un doigt, je peux me tuer, j'en suis sûr.

Elle rit et fait sauter le bouchon, avant de me tendre les gobelets pour qu'elle puisse les remplir. Elle pose ensuite la bouteille à même la glace et se redresse pour trinquer.

— Je crois qu'on peut débuter par un joyeux Noël de circonstance, commence-t-elle.

Nous entrechoquons nos verres et buvons une première gorgée de champagne. Les bulles explosent sur ma langue, rendant encore plus concret l'esprit des fêtes.

— À ton changement de job, continue-t-elle.

J'acquiesce et avale une nouvelle gorgée.

Il y a presque un an, après la semaine enchanteresse que nous avions passée tous les deux à Milan, j'avais décidé de me réinventer, moi aussi. Comme je ne pouvais pas tout laisser tomber du jour au lendemain, je rentrais au collège quand les cours reprenaient et la rejoignais dès que les vacances arrivaient. L'attente s'apparentait parfois à de la torture, mais c'était pour nous l'occasion d'interminables discussions par téléphone. On en avait profité pour apprendre à se connaître. Vraiment. Ce fut une année très compliquée de mon point de vue, car j'étais obligé de préparer au millimètre mes dossiers depuis l'étranger pendant les congés pour rester le plus professionnel possible à chacune de mes reprises.

Pendant que je me trouvais au boulot, Sybille continuait ses pérégrinations. Être seule lui avait fait du bien, elle avait eu besoin de ce tête-à-tête avec elle-même pour avancer.

J'avais fini par demander une disponibilité pour voyager avec elle, dès l'été revenu. En juillet dernier, je l'avais rejointe en Espagne. Elle avait choisi, après l'Italie, de suivre un chemin qui retournait dans toutes les villes qu'elle n'avait pas pris le temps de visiter lors de ses déplacements pour des compétitions. On avait tous deux beaucoup apprécié notre séjour à Grenade.

On bougeait au gré de nos envies.

J'ai finalement renoncé à mon poste de principal et ai choisi de redevenir le prof de maths que j'avais adoré être. Mais ça, ce sera pour plus tard, quand on se décidera à rentrer.

— À ta reprise d'étude ! continué-je, reprenant les remerciements pour cette année écoulée.

Sybille avait opté pour des cours par correspondance pour se remettre à niveau. Son statut de sportive de haut niveau lui permettra d'intégrer un master STAPS à l'université et elle est motivée à emprunter le chemin de la fac en ayant rattrapé une partie de son retard scolaire. Elle n'a pas encore d'idée précise quant au métier qu'elle exercera dans quelques années, mais elle est certaine de vouloir continuer à travailler dans le sport de haut-niveau. Pas comme entraîneur, cela va de soi, mais le champ des possibles reste vaste. Tous les jours, elle bosse pour être prête le moment venu. Bien entendu, elle met la même opiniâtreté dans les études que dans le sport.

C'est en partant loin, tous les deux, que nous avons appris à nous trouver. Ensemble. Je n'ai jamais été plus heureux. Elle paraît lire dans mes pensées, car elle lance un dernier toast.

— À nous… Je t'aime, Matt.

— Je t'aime aussi.

On se sourit bêtement et c'est la sonnerie de mon téléphone qui m'empêche de tomber dans la niaiserie la plus profonde.

Je finis mon verre d'un trait et le lui tends avant de consulter le message.

Il vient de Clara. Ce n'est toujours pas la folle entente entre Sybille et elle, mais une trêve semble avoir été signée tacitement. L'année a été compliquée pour ma sœur, mais elle s'en est sortie d'une manière totalement inédite qui nous a tous surpris. Surprise que je ressens de nouveau à la lecture de son texto.

— Qu'est-ce qui t'arrive ? me demande Sybille. Mauvaise nouvelle ?

— Non… C'est Clara.

Je relève la tête, interloqué.

— Elle va se marier.

Remerciements

Pour Catherine et Mélanie. On a toujours besoin de bonnes copines pour vous réconforter. Un grand merci à Vanessa Covos, autrice en devenir, poétesse aguerrie et relectrice de talent.

Achevé d'imprimer en octobre 2025
sur les presses de la Nouvelle Imprimerie Laballery
58500 Clamecy
Numéro d'impression : 510237

Imprimé en France

La Nouvelle Imprimerie Laballery est titulaire de la marque Imprim'Vert®